镜 人
像 间

方尖碑 出品

三郎

さぶ

［日］**山本周五郎** 著

张静文 译

古吴轩出版社

山本周五郎

不管什么人，都无法独自生存。

目 录

第 一 章

一

黄昏，小雨如雾霭般迷蒙，三郎一边掩面哭泣，一边自西向东走上两国桥。

他身着粗细条纹相间的和服，扎着细细的条纹腰带，系着一条已经褪色的黑围裙，从头到脚都湿透了。因为不时用手背擦被雨水、泪水弄得湿淋淋的面颊，他的眼圈和脸蛋都变得黑迹斑斑。三郎又矮又胖，脸圆圆的，头尖尖的。他刚下桥，荣二便从后面追上来了。荣二身形瘦削轻盈，长脸浓眉，紧闭着小嘴，显露出既聪明又不服输的性格。

荣二追上来，挡在了三郎前面。三郎低着头，想避开荣二绕过去，荣二一把抓住他的肩膀。

"别跑啦，三郎。"荣二说道，"好啦，回去吧。"

三郎用手背擦着眼睛，抽抽搭搭地哭起来。

"回去吧，"荣二说道，"听见没？"

"不，我要回葛西去，"三郎说道，"老板娘说让我滚，这已经是她第三次说了。"

"走吧，"荣二说着，朝左边抬抬下巴，"别人会看见的。"

两个少年左转离开桥畔，雨依旧下着，无声又迷蒙。

"我真的不知道，"三郎说道，"昨晚我往柜子里收面粉袋的时候，老板娘说厨房里要用，让我拿出一袋来，所以我就少收了一袋，结果那袋面粉就一直那样在外面放着。老板娘说她用完后明明把面粉袋还给我，让我收起来了，但是我却忘了收。"

"她就那样，她不就那脾气吗？"

"面粉进了潮气，老板娘说我整天犯错。"三郎停下脚步，用手背擦着眼圈哭着，"我真的不记得老板娘有没有还给我面粉袋子，真的不记得。"

"都说了她就那脾气，其实老板娘没想这么多。"

"不行，我太没用了，我真的又愚笨又迟钝——这我自己也知道。我实在坚持不下去了，我已经受够了。"三郎哽咽着，"我觉得，我回葛西去当农民更好。"

宽阔的河岸大街右侧坐落着武士宅邸，左侧是大河，再往前稍走一点，就到了横网①。两个衣着寒酸的中年男子，不知是武士家仆还是壮工，撑着破了洞的伞，语速飞快地聊着什么，从三郎和荣二身边路过。两名男子的短和服外衣下露出赤裸的小腿，在荣二看来冷极了。三郎一边走着，一边诉说着他到小舟町的芳古堂做佣工这三年的遭遇——不仅没有休息的空暇，

① 横网：地名。

而且不断地受到责骂、嘲笑，还被打耳光。他并不是强烈地控诉，说话的声音犹如婴儿啼哭般软弱平缓。大河里的水时而像想起什么似的，拍打着石墙，发出低沉的声音。

"做佣工很艰苦，这在哪里都一样。老板娘说话刻薄只是她的脾气使然，"荣二支支吾吾地说道，"况且我跟你说，女人什么的，本来就……啊，有车过来了。"

荣二碰了碰三郎的手腕，两个人停住脚步，往河边靠了靠。一名拉着空板车的男子从后面过来，越过他们两个走远了。

"想学手艺是很艰辛的，"荣二继续说，"你想想看，即使回到了葛西，你也不可能一天到晚都笑着过日子吧，还是说做农民就没有烦心事了呢？"

"在葛西的老家，"三郎说道，"起码不会有人让我滚吧。"

"真的是那样吗？"

三郎默不作声。荣二也没期待他的回答。三郎想了想在葛西的老家：驼背的祖父患有哮喘病，父亲胆小懦弱，母亲性格豪爽但动不动就出手打人，嫂子啰唆，每天一大早就和母亲吵个不停，还有三个弟妹、一个酒鬼哥哥，以及五个侄子、侄女。房子里光线昏暗，四壁被煤烟熏污，不仅破旧拥挤，而且整个儿往一边倾斜。此外，家中还有大概五反①大小的薄田。想到这些，三郎不知如何是好，抽泣着又迈开了步子。

"你还有个乡下老家，"荣二和三郎一起走着，"不论那是怎样一个家，有个能回去的地方总是好的。但是我呢，既没有父

① 反：日本古时候的面积计量单位，1反≈991.736平方米。

母兄弟，又没有别的亲戚，在这世上孤身一人。今年春天，我干了一件会被店里赶走的事情——要么被赶走，要么自己离开，一件恶劣到这种程度的事情。"

三郎慢慢地回过头，看了看荣二的脸。他不是出于好奇，而是满眼疑惑。荣二用不太高兴的，甚至是有些生气的口吻，向三郎坦白了自己从去年开始几次从账房偷钱被老板娘阿由发现的事情。

"和国桥桥畔的护城河边，有个卖烤鳗鱼串的小摊，"荣二接着说，"我一闻到烤鳗鱼串的味道就控制不住自己了。"

"路过的时候闻到那香味，要是不吃到肚子里，胃就不肯罢休。整个人心神不宁，心不在焉，简直像得了病一样，有时甚至连手脚都哆嗦起来。从账房的钱箱里掏钱，就是在这种时候。从去年秋天开始，大概偷了十二三次吧。我一心光想着吃了，没意识到自己做了坏事。今年二月份，我被老板娘阿由叫去了账房。"

"老板娘没有责备我。"荣二像嚼了泥巴似的，皱着眉头说道，"'去年的八月五日，还有昨天，你在账房做的事情我可都看到了啊。以后别再做那种事情了，想要钱的话我会给你的，来跟我直说就行。'老板娘只说了这些。"

阿由是只看到过两次，还是对整件事情了如指掌却故作不知呢？不管怎样，荣二羞愧得要死，觉得已经无法在店里待下去了。他虽然没有把自己当小偷，但是想到自己从钱箱里掏钱出来的样子，实在是又卑鄙又可耻，不能继续这样留在店里了。

"可是离开店里，我又能去哪儿呢?"荣二接着说，"我八岁那年的夏天，大锯町发生了一场火灾，父母和妹妹都被烧死了，只有我一个人因为在白鱼河边钓鱼幸免于难。可是我连一个能投靠的亲戚都没有。父亲说过他来自伊势，我却记不得是伊势的哪个地方了，即使记得，也无法去投靠。那个时候，我为自己没有家而感到深切的悲哀。"

"我之前都不知道这些，一点都不知道。"三郎嘟囔着，"阿荣你也忍受了很多呢。"

"我再也没有偷过钱了。"

两人来到横网河岸，三郎停住了，眼睛盯着地面，用湿透以后变重的草鞋前端，左右摩擦着地面。

"我想起来，"他用迟疑不定的口吻说，"我小的时候曾经被母亲打过。弟弟那家伙恶作剧，而母亲以为是我干的就打了我。我当时哭着说不是我。后来搞清了淘气的是弟弟，母亲却一脸满不在乎地说，难道你从来没做过该被打的事情吗?"

"女人就是这样，"荣二说道，"用抚摸过你的手去掐你，又用掐过你的手去抚摸你，而且不管是哪样都立刻就忘了……你有没有平静一点了，三郎，这会儿可以回去了吧?"

三郎犹豫不决地"嗯"了一声。

"谢谢，"三郎用小到听不太清的声音说道，"对不起哦，阿荣。"

"下次别再默不作声地突然离开了，"荣二说道，"以后有什么事都来跟我商量一下，我会帮你的。"

三郎慢慢点点头。

两个人掉头往回走，刚到两国桥，一个十二三岁的少女追上来，气喘吁吁地叫住他们。

"你们撑这把伞吧，"少女说着冲两人递来一把油纸伞，"本来是要拿去给我姐姐的，虽然咱们不同路，不过没事，拿去用吧。"

荣二看着少女，发现她自己撑的那把伞也破了洞。少女穿着打了补丁的青梅缟①带衬里的和服，和服腰带皱巴巴的，脚上是一双磨秃了的大人木屐，木屐带子已经完全松了，溅满泥巴的脚指头弯得像蝮蛇一样。

"用不着，"荣二说道，"我们要回小舟町，你也快走吧。"

"呀，那正好，"少女开心地笑了，"我要去崛江町，我姐姐在崛江町一家叫作住吉的店里工作，我可以顺路送你们回家了。"

"真啰唆，"荣二说道，"我都说了不需要伞。"

"可是你们两个都湿透了呀，喏，拿去撑吧。"

"三郎，"荣二说道，"咱们跑回去。"

两个人在小雨中跑了起来。

"傻瓜！"少女大声喊，"好啊，你们尽管淋雨去吧，没出息的家伙！"

荣二和三郎那时都是十五岁，两人立刻就把和少女的相遇忘到脑后了。

----

① 青梅缟：在东京都青梅市生产的一种条纹布。

| 二 |

两人二十岁那年的二月十五日，生平第一次一起去外面喝酒。单说喝酒，倒不是第一次。每逢节庆日，店里都会拿出酒来给大家喝，他们也曾尝过两三杯，但是两人从来没有花自己的钱去外面喝过酒。主要是害怕，因为老板芳兵卫明令禁止。他总是说，身体还没有完全长成就喝酒，骨头会变软的，二十岁之前不准喝酒。

芳古堂装裱的字画、制作的隔扇屏风，以品格高雅、工艺可靠著称。店里只做从上一辈就光顾的老主顾、当代知名的五六个书法家和画家、老字号的古董店、武士家族、大商店等客户的生意，廉价的工作一律拒绝。因此，对八名工匠严格管教，从小悉心栽培。读书、写字自不必说，插花、茶道也要了解，书画的好坏优劣更是让他们从小观摩实物、学习品鉴。店里有八名工匠，工匠头名叫和助，二十九岁；其次是二十七岁的多市，接下来是二十岁的重七、五郎、荣二和三郎，下面还有十七岁的传六和十五岁的半次。此外已经独立出去开店的十三人，有时会有生意上的往来。芳古堂的工作忙不过来，或是有特别要求的订单时，会叫他们之中合适的人来帮忙。店里的情况大致如此。工匠们的生活很有规律：除每月初一与十五以外，禁止夜间外出游玩。二十岁以后晚饭会添一杯酒，除此之外一滴也不许多喝，但是不用问也能想到，并不是每个人都严格遵守规定。每天工作到傍晚五点，不论工作积压了多少，一到五点就收工，收拾妥当后去公共澡堂洗澡，吃晚饭，九点准时就寝。睡前时间按自己的喜好自由支配，可以读书、习字，也可以下围棋、下将棋。也有人偷偷溜出去喝酒或是找女人——这种情况老板芳兵卫都清楚，一般不会多说什么。但是溜出去玩多了，自然会影响到工作，这时候就会受到老板的责备。过后要是恶习不改，就会被解雇。五年中出现过两个这样被解雇的工匠，他们离开后甚至不许提起曾经在芳古堂待过。

荣二和三郎心情有些激动。

"到了二十岁，心情变化好大，"三郎慢悠悠地说道，"我觉得比十六岁剃月代头①时候的心情变化还大。"

"是啊。"荣二说道。

两人身穿直条细纹手工棉布带衬里的和服，外罩粗细条纹相间的和服外褂，腰间扎着细细的条纹腰带，脚穿麻衬草鞋。正值黄昏，他们在人来人往的小舟町大街上往东漫步，琢磨着去两国广小路那儿转转。

"真羡慕你呀，阿荣。"三郎说道，"你现在都能裱屏风了，糊隔扇的技术更是独当一面。再看看我，现在还在调糨糊呢。"

"那也是工作啊。"

"有时在水中揉着袋子，我就觉得自己实在干不下去了。都二十岁了，还是这副样子。"

---

① 月代头：日本武士的独特发型。进入江户时代后，一般平民也会剃月代头。

"那也是工作啊，三郎，"荣二说道，"糨糊的好坏决定了装裱工作的出色与否，难道你不知道吗？"

"虽说如此，可是……"

"既然知道，就别发牢骚啦。"荣二说道，"如果调糨糊的水平达到日本第一，那也是一名出色的工匠，你要成为日本最厉害的调糨糊匠人啊。"

"这话倒是不假，可是……"

既然身为芳古堂的工匠，我也想要装裱书画、屏风，糊大宅邸的隔扇。这些话，三郎想说却没能说出口。

"等等。"荣二说着停下脚步。

崛江町与新材木町之间有条护城河。护城河的一头散落着五六家小饭馆，在其中一家小饭馆的门前，一名女子正在悬挂一面藏蓝底白字印着"住吉"字样的短布帘店招。女子个头不高，身材苗条，扎着束袖带①露出的两只手臂、挽着下摆的黄底棕格纹和服下露出的白皙小腿，看起来都纤细柔软。

"怎么了，阿荣？"

"住吉，"荣二嘟囔着，"好像在哪儿听过。"

"就是柳桥的那家饭馆呀，住吉不是咱们店里的老主顾吗？"

"不对，不是在柳桥，我似乎在别的地方听说过。"

女子挂好布帘，绕开地上的盐堆②，回店里去了。荣二眯着

---

① 束袖带：束和服袖子便于活动的带子，从肩到后背打十字结。

② 盐堆：在餐馆、曲艺场等门前放一小堆盐，堆成山形，为了驱恶辟邪，生意兴隆。

009

眼想了一会儿，好像在努力唤醒记忆，但最终什么也没想起来，于是轻轻咂了下舌，说："不管了，进去看看吧。"催着三郎往那儿走了。

刚一进店，看见一个四十岁左右的男子，正在把一盏点亮了的大油灯吊上天花板。长约五间^①、宽约三间的屋子里没有铺榻榻米，餐桌摆在两侧，左右安装了固定的椅子。每隔两尺左右的距离放一个蒲团，这样即使店里客满时客人们也有足够的空间喝酒，而无须挤作一团。右手边，竹子做成的格栅将厨房隔开，房间的尽头挂着一面布帘，浅黄底印着蓝色的"住吉"二字。

"是不是来得太早了？"一进店，荣二问正在吊灯的男子，"还没开始营业吗？"

"欢迎光临，"男子爽朗地回答，"快请进。"

随后，男子冲着里面大喊一声："有客人来啦！"荣二推着三郎的肩膀，选了一张桌子，在靠里的一端坐下。立刻有两名女子整理着头发从后面出来了，一边寒暄一边给他们点单，但都不是刚才在门前挂布帘的姑娘。这两个女子体态微胖，一个十八九岁，一个二十二三岁，散发着浓烈的脂粉和发油的香味。荣二点了醋拌凉菜和甜煮炖菜，外加两壶酒，点菜时脸红起来。

"我认得你，"年龄大点的女子对三郎说道，"你是小舟町芳古堂的伙计吧？"

---

① 间：日本长度单位，1 间≈1.818 米。

三郎不知所措地看看荣二。另一名女子去厨房下单了，年龄大点的这名女子坐了下来。

　　"不是的，"三郎说，又连忙改口道，"不，其实没错，今天我们是得到了老板和老板娘的许可才来的。这是阿荣，我叫三郎，我们两个今年都正好……"

　　"行啦，"荣二说道，"别说些没用的。"

　　"哎呀，说说怕什么嘛。"女子说道，"二位便是三郎和阿荣了，我叫阿龟——不是绰号，是真名哦。请多关照。"

　　三郎笑了起来，荣二瞪他一眼。

　　"我们两个想单独喝酒，"荣二对女子说道，"不用你斟酒，让我们自己喝吧。"

　　"那样的话，去里面坐吧！"女子似乎并没有感到不快，"这里客人很快就要多起来了，没法安心说话，里面虽然小但是安静，你们觉得怎样？"

　　"嗯，"荣二说着把手伸进怀里，"我们可没多少钱。"

　　女子笑着说不必担心，招呼两人起身，带着到后面去了。穿过布帘，后面有三间并排的四帖①半大小的茶室。右侧是隔壁的围墙，种了竹子来遮挡围墙，但是竹叶稀稀拉拉的，已经变黄发皱。大概是为了稳固竹根，到处摆着生了苔藓的石头，那苔藓也都干巴巴的。

　　"这里正合适。"女子把两人带到最里面的一间茶室说道，"我这就拿油灯来。"

---

①　帖：计算榻榻米的量词。

这是间小茶室，半间大小的壁龛上方挂着字画，一扇对折的小屏风遮住隔壁房间的拉门，方形的桐木火盆里生着火。她自己都说是真名了，应该不会有假吧。不一会儿，阿龟就拿着点亮的油灯回来了，接着又来一人，端上来两张蝶足食案①。

"这么高级，没关系吧?"三郎心里没底，小声说，"万一结账的时候钱不够怎么办?"

"别瞎担心，"荣二故作镇定地说道，"对方知道我们的店名，即使不知道，还能取我们的首级不成? 别担心啦。"

过了不久，阿龟把两人点的酒菜端上来了，分别摆放在各自的食案上，告诉他们如果有需要就拍手叫她，然后离开了。

"咱们各自喝各自的吧，"荣二说道，"敬酒什么的太麻烦了，就自斟自饮吧，怎么样?"

"好是好，"三郎目不转睛地盯着食案说道，"可是我总觉得有点担心。"

"担心什么呢?"第三个女子拉开拉门，探出头来莞尔一笑，说道，"哎呀不好，我以为是河岸的老板呢，对不起。"

正是刚才在门前挂布帘的女子。细致的瓜子脸，一笑起来就露出了嘴里的虎牙。荣二突然冷漠地转开视线。

---

① 蝶足食案：单人进餐用的小木桌，四条腿的形状如蝴蝶翅膀张开一样，外侧涂黑漆，内侧涂红漆，格调高雅，一般只有节庆日或者过年的时候才用。

"多闷啊，"女子说道，"就你们两个人吗？"

"不用你管，"荣二还是不看她，"不需要人斟酒。"

"好像守灵似的，"女子说道，"还是你们在商量什么不可告人的坏事啊？"

"真啰唆！"荣二转过头来说。女子才刚露出笑容，一看到荣二的眼神，立刻板起脸低声说"对不起"，关上拉门离开了。女子笑的时候，又露出了虎牙，她的样子留在了荣二眼里。

三月一日那天，荣二没有休息。日本桥本町一家名叫绵文的大钱庄要更换客厅拉门的糊纸，为了确定纸张样式以及做一些事前准备，荣二跟师兄多市一起到那里去了。绵文也是芳古堂的老主顾了，每年要换一次拉门的糊纸。荣二从十三岁起，每年都跟着多市和重七一起去，给他们做些打杂的活计，所以跟绵文的一家人和下人们都很熟悉。老板德兵卫是个大胖子，总是浑身酒气，很少在店里露面，沉迷于把玩古董、欣赏俳文。妻子美代身材娇小，长着一张紧致的小圆脸，与其说是大店的老板娘，不如说更像普通的家庭主妇。这家没有儿子，只有阿君、阿园两个女儿，两人年纪相差两岁，都是公认的美人。姐姐随父亲，体态丰腴，性格温和；妹妹则身材瘦削，一张小脸，说话老成，动作麻利。

绵文坐落在街道拐角，有两间土墙仓库，店面盖了两层。

住宅是平房，与店铺隔着中庭。住宅的门在侧面，正面是玄关。沿着防火用的厚土墙右转，对面是一口加了顶盖的水井，水井左前方有一个侧门，供家人、朋友以及各类商人、工匠等往来使用。因为家里来客很多，所以有一个兼管看鞋的小伙计。小伙计在入口处六帖大小的和室里，正在把装着小粒金块和小金币的麻袋往板子上摔打——把麻袋举高，然后摔在板子上。这样单调愚蠢的动作，会让麻袋沾上微量的金屑，一段时间后，把麻袋烧掉，能够回收残留的金屑。这种事要是被当差的看到会有麻烦，所以不能在店里做，但是所有的钱庄大抵都这么干。荣二听到这事的时候很是轻蔑，这么大的钱庄还干这种吝啬的事情啊。

荣二拿着装了纸张样本的包袱，和多市两人一起被带到客厅，十五六岁的女佣阿末端来茶和点心。荣二前年和去年没来这里。不过，三年之前则每年都来，跟这家的两个女儿关系很好，跟阿末也很熟悉。

"好久不见了，荣哥，"阿末跟多市打过招呼后看着荣二，"你可真是长大了很多啊，一开始我差点以为认错人了。"

"别逗他啦，"多市笑着说道，"怪可怜的，他可已经二十岁了呢！"

"对不起，"阿末涨红了脸，"我本想说荣哥长得一表人才了，哪知一不小心说溜了嘴。"

荣二也脸红起来，但是看都不看阿末。

"阿末你多大了？"

"十六了。"阿末回答多市,"我因为身材瘦小,老是被人取笑说只有十二三岁,很难为情。"

有人站在走廊朝这边张望,是这家的大女儿,随后小女儿也来了。她正巧路过,躲在姐姐身后探出头来看,说道:"哎呀,是荣哥!"姐姐站那没动,妹妹阿园飞快地冲进客厅,扑通一下坐到荣二面前,瞪着大眼睛目不转睛地盯着荣二。阿末行过礼出去了,荣二用余光瞥了一眼她的背影。

"真令人吃惊,这不是荣哥嘛!"阿园神采奕奕地说道,"长大了呢,吓了我一跳。"

多市抿嘴笑了笑:"荣二刚刚还被说长大了呢。"

"荣哥,"阿园不理睬多市,盯着荣二说道,"你知道我是谁吗?"

"你是阿园小姐,"荣二答道,"又不是多年不见,我不就这两年没来吗?"

"你看我也长大了吧。"

"你好。"荣二向在走廊的阿君打招呼。

阿君落落大方地点点头,慢声说:"欢迎。"

四

这时老板德兵卫进来了,多市把纸张样本摊开来。德兵卫依旧浑身酒气。

"荣哥,你来一下嘛,"阿园说道,"我有东西想给你看。"

"阿园!"阿君在走廊喊了她一声。

"好不好吗,父亲?"阿园哼唧着对父亲撒娇,"我有东西想给荣哥看,让他跟我来好不好吗?"

"阿园你真是的。"姐姐又责备道。德兵卫心不在焉地摆摆手,说道:"吵死了,随便你啦。"荣二求救似的看看多市,多市没有笑,抬抬下巴,做了个"去吧"的表情。"荣哥,"阿园牵起他的手,"来嘛,快点。"

还是跟以前一样啊,荣二心想。以前跟师兄们一起来工作的时候,总会被姐妹两个捉去陪她们玩耍。换拉门的糊纸是在每年十二月,所以玩的都是扑克牌、羽毛毽①,或者沙包、弹球这些无聊的游戏。而且陪女孩玩什么的,甚至让荣二觉得屈辱。无奈对方是很重要的老主顾,而且师兄们也总让他照做,所以无法拒绝。勉强陪姐妹俩玩久了,哪样游戏荣二都拿手,总是把好强的阿园气哭。

荣二被带去姐妹俩的房间,房间里每人各有两个衣柜,以及摆放娃娃的装饰架、古琴、三味线②、收纳茶具的茶柜、朱红漆的衣架等,处处洋溢着少女闺房特有的华丽色彩和芳香气味。

"我不是十六岁了嘛,"阿园走到自己的衣柜前跪下身说,"所以又做了一件友禅印花③的长袖和服,可漂亮了!"

---

① 羽毛毽:用木板对打羽毛毽。日本新年的游戏之一。
② 三味线:日本的弹拨乐器。由琴杆和鼓(琴桶)组成,有三根弦,鼓上贴猫皮或狗皮,用拨子弹拨。
③ 友禅印花:一种染色花纹的样式及其技法。由京都的宫崎友禅首创。

说着拉开一个抽屉，从里面取出和服，非常爱惜地两手捧着递给荣二。

"快打开看看，"阿园说道，"是京都田丸屋染制的四季花草图案。"

"我的那件和服图案印在裙摆上，"姐姐在旁边说道，"我把我的也拿来给你看看。"

"过会儿再看你的，"阿园责备道，"姐姐你总是学我，不要碍事了。"

荣二把和服摊开看看，感叹说真美呀。对这么富有的大户人家的小姐来说，京都染制的友禅印花和服明明算不了什么，她们却特意拿出来给别人展示，可见两姐妹不摆架子，像平民百姓家的孩子一样开朗直爽。

尽管被妹妹责备了，姐姐阿君也没有不开心，她慢吞吞地打开自己的衣柜，打算取出她那件图案印在裙摆上的和服。妹妹阿园却抢了先，一边说着要给荣二展示和服腰带，一边去拉抽屉。抽屉拉出来的一瞬间，阿园尖叫着跳了起来，双手抱住荣二。

"好可怕！"阿园紧紧抱着荣二喊道，"老鼠！有老鼠！"

阿君也吃了一惊，退后几步。荣二想要挣开阿园的手，谁料阿园紧紧抱着荣二，力气大得惊人，荣二一下没能挣脱出来。

"你得放开我啊，"荣二说道，"这样我怎么去追老鼠？"

"不要，太可怕了，"阿园更用力了，"吓得我都快停止呼吸了。"

"我得去赶老鼠，"荣二好不容易挣脱出来，把阿园推到一边，"阿君小姐，请你也躲开点。"

随后，荣二探头看看抽屉里面，没见老鼠的影子；又伸进手去，把摞在一起的和服腰带一条一条拿起来，一直检查到抽屉底。别说老鼠了，连一只虫子都没有。荣二把抽屉里面恢复原样，站起身来，瞪着阿园的脸。阿君两手抱在胸前，胆怯地抬起头看荣二。

"是真的，我没撒谎。"阿园心虚地避开荣二的目光，"刚才我想取和服腰带的时候，老鼠就蹲在旁边，想要咬我。"

荣二正要说话，听到走廊那边有人叫他，一回头，看见阿末。

"多市哥在叫你呢，"阿末眼睛看着别处说道，"说该量尺寸了，让你过去。"

荣二点头答应，接着转向阿园，给她指了指被和服腰带塞得满满当当的抽屉，示意她不论是多小的老鼠，都没有足够的空间可以蹲在里面。

阿园轻轻耸肩说道："可是刚才有老鼠，真的，它就像这样蹲着，想要咬我，还这样龇着牙。"阿园学着老鼠的样子给荣二看。荣二什么也没说，转身出去了。

五

事情办妥后，荣二先一步从侧门离开。他拿着装了纸张样本和记录尺寸的笔记本的包袱，一走出格子门，就看见阿末。阿末站在水井边，像是在等荣二。她跑过来，凝视着荣二的眼睛，露出微笑。那目光里闪着思绪万千的光芒，那微笑扭曲得像要哭了一样。

"刚才的事，请你原谅。"

"原谅什么?"荣二反问。

"原谅我刚才说你长大了，"阿末盯着荣二说道，"我本意真的是想说你长得一表人才了。"

"没关系了，这点小事，"荣二把包袱换到另一只手上，"我没生你的气。"

"真的吗?"阿末低声说着，泪珠掉下来，"那就好。"

"什么嘛，就为了这点小事，至于吗?"

"我第一次见荣哥，是十三岁的时候，记得那时我就想，荣哥真是个爱发脾气又可怕的人啊。"

荣二似乎想说什么，涨红了脸，接着用生气般的口吻说道："我那时候也记得你啊。"

阿末低声说句"谢谢"，背过身去，一溜小跑离开了。荣二不去看阿末，依旧红着脸，深呼吸，胸口上下起伏。

"荣二!"有叫声传来，"过来一下!"

隔着格子门，看见多市在喊他，荣二就像做坏事被捉住似的，慌张地过去了。"你先回去吧，"多市说道，"我得陪绵文的老爷喝酒，虽然很烦，可是没办法。你回去代我跟老板说一声。"

入口处六帖大小的和室里，小伙计还在把麻袋重重地往板子上摔打。荣二冲多市点点头，随后离开了。

"我长大了吗?"回去的路上，荣二嘟囔着笑了，"你才是呢，明明长大了，身材和脸蛋却丝毫没变，跟十三岁的时候一模一样。"

女孩子到了十三岁，脸蛋和身材就已经长成大姑娘了吗?真是不可思议，荣二想着，又笑了起来。

回到小舟町，因为是休息日，所以店门紧闭，荣二从侧面的栅栏门进去了。一进门，就看见三郎正在屋后一块狭窄的空地上调糨糊呢。只见他折起和服下摆，扎着束袖带，面对一个五公升左右大小的木桶，坐在小板凳上，双手伸进桶里揉搓。小麦粉里加入水均匀和好，然后装入袋子里揉搓，就会有白水出来，把这白水沉淀以后倒进坛子里贮藏。坛子要放在背阴处，并且一半埋进土里。给字画、屏风做衬底，只能使用这样调出来的糨糊，糨糊还要在坛子里发酵两到三年。

"三郎，你怎么了?"荣二边走向三郎边问道，"今天不是休息吗，你干什么呢?怎么还跑到屋后面来了?"

三郎既没回话，也没回头。荣二发现三郎的侧脸湿润着。

"怎么了嘛，"荣二放低声音，"出什么事了吗?"

"没事，"三郎摇头，"什么事也没有。"

"你这不是哭了吗?"

"我没哭。"三郎说着抬起手腕擦擦眼圈，"揉面的时候，面粉进眼里去了。"

荣二更使劲地盯着三郎，三郎也不转头看他。

"我本来想跟你两个人出去转转，才匆忙赶回来的。"荣二说道，"你既然开始揉面了，那没法出门了。"

一旦开始揉面，直到把沉淀出来的白水倒入坛子为止，都不能停手。荣二本打算叫三郎一起出去喝酒，聊聊阿末的事情。虽然他自己也不知该说些什么，但无论如何不聊聊就心神不定。

"挺好的呀，你自己出去吧。"三郎用变白了的手揉着面说道，"你不用理会我，没关系的。"

"别说傻话了，一个人怎么去啊。既然你要工作，那我也去工作吧。"荣二说道，"我已经从绵文量好了拉门的尺寸，那我去准备纸吧。你也别待在这里了，去作坊弄吧。"

"我就想待在这里，"三郎好像哽住了喉咙，"你不要管我了。"他突然双手往桶里一戳，向前弯着腰，使劲压着声音哭了起来。

"到底怎么了，三郎?"荣二弯腰蹲下问道，"对我都不能说吗?"

"你让我一个人待着吧，"三郎抽泣着背过脸去，"真的什么事也没有，拜托你别管我了。"

"真的可以吗?"

三郎使劲点点头。矮胖的身体向前弯着腰、圆圆的脑袋使劲点头的样子，看起来实在是憨直而又孩子气。真是个可怜的家伙啊，荣二心想。

第　二　章

｜ 一 ｜

两人再次同去崛江町的住吉，是一个半月后的四月十五日。

因为是吃过晚饭后才去的，店里已经点亮了灯，来了五六个客人。上次见过的名叫阿龟的女子正在忙着招呼客人，看到荣二和三郎，只说了句"欢迎光临"，并没有过来接待，大概已经把他俩忘了。荣二有点无所适从，店里的客人都是中年人，看上去像是熟客，他俩与店里氛围很不相称，不知道该坐在哪里好。就在这时，房间尽头的布帘被掀开了，上回那个探头往小茶室里看的年轻女子走出来，看到荣二和三郎，睁大眼睛，拍着双手跑过来。

"欢迎光临，"女子说，"我认得你们哦。还去上次的小茶室怎么样？跟我来吧。"

说着，女子转过身，又往布帘的方向去了。荣二冲三郎使了个眼色，跟上女子的脚步。女子走进上次的小茶室，摆好棉坐垫，拿出烟具盘①，竖起小屏风。

"你别急急忙忙的嘛，"荣二走进小茶室说，"搞得我眼花缭乱得受不了。"

"大家都这么说我，"女子耸耸肩说道，"酒和下酒菜，下酒菜点什么呢？"

"我们吃过饭来的，所以上两三道不撑肚子的下酒菜吧。"

"跟那个时候简直一模一样，"女子看看荣二，又看看三郎，"单看一个人，可能不记得，但是你们两个一起，我一下就认出来了。啊，不对，上次你们两个走后我就想起来了，我心想就是那两个人。"

"真啰唆，"荣二皱眉道，"你快点去下单吧。"

"就是这句'真啰唆'，"女子把自己的脸伸到荣二面前，"你不记得我了吗？"

"我倒是知道一个像你的人。"

"说什么像我的人啊，又不是我本人。"

荣二觉得女子跟阿园很像，回想起阿园说老鼠想咬她，差点笑出来。"讨厌，真薄情啊。"女子边说着，边去厨房下单了。

"下酒菜马上就来。"女子取了酒回来，在两人之间摆上一张食案，端起温热的酒壶，边给三郎斟酒边看荣二，"还没想起来我是谁吗？"

荣二端着酒杯，说了句"真啰唆"，听到这，女子又拍了一下双手。

---

① 烟具盘：吸烟丝用。

"就是这个，就是这句'真啰唆'。"女子迫不及待地说道，"在两国桥那里，你不是对我说过'真啰唆'吗？"

"噢，"三郎用慢吞吞的语调说，他端着酒杯点点头，"是伞吧。"

"就是伞呀。"女子说道。

"是在五年前，"三郎说道，"对了，那天下着雨，你撑着破了洞的伞。"

"是的，没错。"

"你们说什么呢？"荣二问道。

"记得吗，五年前，我……"三郎说到一半，又支支吾吾起来，"记得吗，我们两个从东两国走到横网，被雨淋得湿透了。"

荣二像一下子从梦中惊醒似的，转头看那女子。

"是这样啊！"他说，"那个时候有个女孩很啰唆地非让我们撑伞——那就是你吗？"

"我叫阿信，"女子露出虎牙笑了，行了个礼，"请多关照。"

"我是荣二，他叫三郎。你那个时候很小，所以我一下没想起来，现在长大了呢。"荣二偷笑，打算报复一下阿信，"我还记得你那颗虎牙呢。"

"哎呀，讨厌，你坏死了。"阿信一只手捂着嘴，瞪一眼荣二，又给三郎斟酒，"听人说这颗虎牙会自己脱落，我现在十八岁了，听说到了二十岁就会脱落了。"

"你十八岁了吗？不过身体还真是小啊。"

"很漂亮哟，"三郎用说和的口吻道，"真的很漂亮。"

"我去端下酒菜了。"阿信说道。

阿信离开后,三郎要给荣二斟酒,荣二拒绝了,自己倒上酒,抿了一口。

"有件事我还是很在意,无法释怀。"荣二眼睛看着别处,低声问道,"上个月一日,到底发生什么了?"

三郎心头一惊,难为情地垂下眼皮,耷拉着脑袋。

"现在可以讲了吧?"

"那个时候真对不起,"三郎嘟囔着,"让荣二你为我担心,我很过意不去,所以,我觉得……"

"别说没用的了,"荣二打断,"你每次说'我觉得'时,都是打算退缩,赶快说重点吧。"

"嗯,"三郎点点头,抿了一口酒,说道,"那天,阿光来了。"

| 二 |

阿光是芳古堂家的女儿,今年十九岁,去年春天嫁进了日本桥桧物町一家叫泽村的梳子店里。芳兵卫夫妻有两个孩子,弟弟芳二郎已经十五岁了,因身体羸弱,委托玉川①乡下的农家照料。那户农家名叫平左卫门,名下有很多土地,跟老板娘阿由是亲戚,每月互相往来见面一次。阿光长得不太漂亮,在家里时总爱对别人挑三拣四,不是挑工匠们的毛病,就是编造些

---

① 玉川:地名。

有的没的去父母那里告状。芳兵卫和老板娘都知道阿光的性格，所以对她的告状大多置若罔闻。但是这样做似乎更加助长了阿光固执的天性，出嫁以后她也总是愤愤不平，不时回娘家来拿大家出气。

"她一回来就看见我了，对我说即使是放假也不应该游手好闲。"三郎苦笑道，"她还说，吃着别人家的饭在这儿学手艺，只要稍微有点感激之情，即使是放假也应该找点活干吧，别人家的一粒米也都不是白来的。"

"后面的不用说了。"荣二制止三郎，"阿光的性格你也不是不知道，她肯定是又在桧物町跟人吵了架，跑回来胡乱发脾气的，你别放在心上了。"

"如果是荣二你的话，倒不用在意，但是我生来愚钝，到现在还只会调糨糊，被人说别人家的一粒米也都不是白来的……"

"别说傻话了，我们才不是白吃饭的。"荣二用生气似的口吻说道，"我们是在店里学手艺不假，但是绝没有游手好闲。从小时候开始，就被他们死命使唤，冬天冻得手脚皲裂，夏天热得大汗淋漓。正是因为有我们这些工匠，芳古堂才能一直经营下去的。你要坚强起来啊，三郎哥！"

阿信把下酒菜端来了，还说要过来斟酒，于是进茶室来，解下束袖带，坐在了两人中间。

"我方才想起来了，"荣二看着阿信说道，"那个时候你是不是说你姐姐在这里？"

"是的，我那时是要去给姐姐送伞。"

"你姐姐现在还在这里吗?"

"她已经死了。"阿信摇头说道,"姐姐的事就不要问了,她死得实在太可怜了,说起姐姐的事我就忍不住想哭。来,喝一杯。"

"你家是在本所那里吧?"三郎问道。

"对,小泉町。"阿信给荣二斟好酒,再给三郎斟一杯,"我家的事就别问了,实在太凄惨,对外人难以启齿。我整天都想索性离开那个家,去外面做乞丐讨生活算了。"

"好了,别说这个了。"荣二说道,"不是你自己说不想别人问你家里事吗?"

"确实呢,"阿信耸耸小小的肩膀,"对不起啦,来,把酒满上。"

"那颗虎牙,很可爱哦。"三郎喝了口酒,用迷离的眼神盯着阿信的嘴,"我觉得你这颗虎牙还是不要拔,就这样留着为好。"

"不是特意拔掉,是会自然脱落。"

"为什么呀?"

"哎呀,你不知道吗?"阿信瞪大眼睛,"据说虎牙是没按顺序长的多余的牙齿,所以自然而然就会被慢慢挤出去,不知道什么时候就脱落了。"

荣二赶忙说道:"要是虎牙不脱落的话,嘴唇就会被顶出个洞来,快喝酒吧,三郎。"

"我是哪里说错话了吗?"阿信看着荣二。

"少来啦，嘴唇怎么可能被顶出洞来呢？"三郎好脾气地笑着说道，"阿荣他这么说只是因为关心我，怕我会担心虎牙的事。我都已经习惯了，所以别人说什么我都不往心里去了。要是万一嘴唇真的会被顶出洞来，那肯定还是虎牙脱落了更好啊。"

"我彻底被你们搞糊涂了，感觉你们好像在挖苦我似的。"

"对不起啦，咱们换个话题吧。"荣二把杯子递给阿信，"你也喝一杯吧。"

"我可是很能喝的哟。"

"没问题，你再去拿个杯子吧。"

"我这就去拿。"阿信把刚才荣二递来的杯子还给他，站起身，"不过，现在时间还早，可别让我喝太多啊。"

"我们也没钱让你多喝啊，"荣二冲着阿信的背影说道，"顺便也点些你吃的东西吧。"

阿信出了房间，转过头来盯着荣二的脸，说道："谢谢，那我就不客气了。"

| 三 |

五月份，和助离开芳古堂，在浅草的东仲町开了一家自己的店，取名为香和堂，还带走了十五岁的学徒半次。在那之前已经有卯吉、阿定两名学徒去店里工作了，到秋天为止店里都

比较清闲，所以让半次也跟去了。

荣二和三郎一到休息的日子，就会去住吉。三郎似乎喜欢
上了阿信，总是想方设法找借口买小礼物带去，可惜自己却没
有勇气，每次都要拜托荣二交给阿信。天气开始渐渐转凉，十
月十五日这天，两人吃过晚饭后又一起去住吉喝酒。这天晚上，
三郎给阿信买了带刺绣的和服衬领，放在荣二那里，让他代为
转交。不料到了住吉店里，一进往常那间小茶室，荣二就把包
袱还给了三郎。

"已经不用我了吧，"荣二故意冷淡地说道，"你又不是十七
八岁的小伙子了，以后自己送给阿信。"

"你也知道的，"三郎露出依赖的眼神，"我自己做不到呀。"

"阿信知道你的心思，"荣二说道，"不是我告诉她的，是她
自己觉察到的。她说我不是会送她礼物的那种人，当面被她这
么说，真没面子。"

"这是什么时候的事?"

"上次来的时候，你去洗手间之后她跟我说的。"

三郎把礼物放到旁边，害羞得把头垂得很低。不一会儿阿
信就来了，去厨房吩咐过酒菜后，先端着酒回来了。两人像往
常一样喝起酒来，可是三郎始终闷闷不乐，一反常态地一杯接
着一杯，丝毫没有醉意，也完全没什么兴致。于是两人没过多
久便离开住吉了。

"你刚才为什么不把礼物给她?"沿着黑漆漆的护城河畔往
小舟町走着，荣二说道，"阿信可是看到那个包袱了啊。"

走到护城河畔的转角处，三郎突然停下脚步。

"我好像喝多了，"三郎摇摇晃晃地蹲了下去，"本来今晚还有话想跟阿荣你说的呢。"

"在这护城河边怎么说啊，会冻感冒的。"

"和助师兄已经开了自己的裱糊店，"三郎支支吾吾地说道，"阿荣你很快也要自立门户了吧，可是我，还差得远呢。"

"这些话咱们回去再说吧。"

"我觉得，"三郎凄惨又无力地说道，"反正我的前途毫无希望，干脆趁现在早点改行说不定更好。"

"别说傻话了。像你这么会调糨糊的人，打着灯笼也难找啊。老板不也总是这么说吗？你自己又不是不知道。"

三郎稍做沉默，说道："阿荣你曾经对我说过，如果调糨糊的水平达到日本第一，那也算是一名出色的工匠。这话虽然不假，也并不是你当时为了安慰我才说的，但是单凭调糨糊的手艺，是不可能自己开店的啊。换句话说，我这一辈子都要留在芳古堂门下碌碌无为了。"

"你想跟我说的就是这个吗？"似乎是为了寻找答案，荣二反问道。可是他并没有得到回答，于是独自点点头，平静地说道："人啊，对于眼前即将发生的事情都无法预料，更何况是五年后、十年后将要发生的事情呢？即使是佛祖神仙，恐怕也无法预知吧。但是你既然这样说了，那也听听我的想法吧。如果事情一直这样顺利发展下去，将来我开了自己的店，我打算跟你一起工作。"

三郎慢慢抬起头，看着荣二的脸。荣二则弯下身，蹲在了三郎的旁边。

"虽然不知道我会开一间什么样的店，但是我想和你住在一起，不管是装裱字画也好，还是做隔扇屏风也罢，我都想用三郎你调的糨糊出色地完成工作。即使将来某天我们各自娶妻生子了，我们也不分开。"荣二动情地悄声说道，"无论到何时我们两个都齐心协力，打造一间比芳古堂还厉害的江户第一的裱糊店。我就是这么打算的，你怎么看？你不愿意跟我一起干吗？"

三郎想了想，摇头说道："不行，你这样为我着想我很感激，但是我只会成为你沉重的负担。"

| 四 |

"又来了，这是你最大的坏毛病，三郎！"荣二说道，"明明是两个人一起开店，你怎么会成为沉重的负担呢？你调制出不逊色于任何人的优质的糨糊，我用你调的糨糊装裱，明明是我们两人同心协力一起干，你怎么会没用或者成为沉重的负担呢？"

三郎结巴起来："我觉得……"

"你不要觉得了。"

"但我还是觉得，"三郎坚持说下去，"就像阿信的事情，因为我自己不争气，给阿荣你添了意想不到的麻烦。"

"我说你给我添麻烦了吗?"

"你什么也没说,你什么时候都不会嫌我给你添麻烦。正是因为这样,我才更忍受不了不争气的自己。"说完,三郎像在黑夜中摸索一般地看着荣二,"你还记得吗,阿荣?十五岁那年的冬天,我从店里跑出去,你冒着雨出来追我,浑身淋得湿透了,一直追到横网河岸,把我带回去了。"

"你也被雨淋得湿透了呢。"

"我一辈子都忘不了那件事。被你带回去的路上,我就一直在想,这样下去我一定会成为阿荣你的累赘吧,会一直给你添麻烦,让你为难吧。"

"那我也直说吧,"荣二深吸一口气,又长吁一口气,"你呀,三郎,对我来说你非但不是累赘,反而是一直在心灵上支撑着我的无可替代的朋友。我有话直说,你别生气。你虽然总是被大家说愚蠢、迟钝,却一直耐心地默默忍受着,就像长在石头上的青苔那样,踏实地完成自己的工作。每当看到你这个样子,我就会在心里告诉自己——这才是真正的工匠精神。"

"喂,你们俩差不多行啦。"从两人身后传来叫喊声,"虽然不知道你们在说什么,可是我们都等得不耐烦了,你们俩先站起来怎么样啊?"

荣二和三郎回过头,黑暗之中无法完全看清,但是能大体分辨出三个流氓样子的男子站在他们身后。三郎慌慌张张地准备起身,荣二把他按住了。

"等一下吧,"荣二蹲着没动,冷静地说道,"我们正在谈重要的事情呢，你们有事的话稍后再说。"

"那可不行，"另一名男子用凶狠又平稳的声音说道，"我们已经等累了，等得不耐烦了，快给我站起来，你们两个小子！"

"阿荣。"三郎说道。

"别理他们，"荣二说道，"倒是我刚才说的那些……"

其中一名男子走上前来，一把揪住三郎的和服衣领。荣二似乎早有准备，站起来，转身扑向站在后面的一名男子，用右腿膝盖狠狠地顶一下他的小腹，男子惨叫一声蹲在了地上。荣二不管他，接着用尽全力朝站在后面的另一名男子撞过去，男子被撞倒在地。荣二立刻骑到他身上，左手勒紧男子的脖子，右手伸出两根手指，抵在他两边的眼皮上。

"我戳瞎你的眼！"荣二喊道，"那边的两个人也好好看着，再不老实，我就戳瞎这家伙的眼！"

被荣二按在身下的男子已经动弹不得，被踢了小腹的那个家伙还蹲在地上呻吟，揪着三郎的男子则惊得呆若木鸡。大概是因为荣二和三郎穿着条纹和服，扎着细长腰带，所以男子以为他们是店里的伙计，没把他们放在眼里。谁知荣二出乎意料地行动敏捷，打起架来动作娴熟，令他大吃一惊。惊呆了的男子放开三郎，张大了嘴，无意义地挥挥右手。

"喂，小哥，开玩笑的，"男子说道，"我们只是……那个……只是想跟你们商量件事情。"

"别动！"荣二抵在眼皮上的手指一点点加大力度，"你要是敢动，我就这样把手指戳进去。"

"快阻止他啊，胜哥。"被荣二压在身下的男子惨叫起来，"我的眼睛要被戳瞎了。"

"你们几个有什么事？"荣二说道，"说清楚点，找我们商量什么事情？"

"是关于阿信的事。"惊呆了的男子又挥着右手，用逢迎的口吻说道，"就是住吉店里的那个阿信，这么说你们明白了吧？"

"阿信怎么了？"三郎站起来反问道。

"我是阿信的哥哥。"男子说道，"从去年开始，阿信就有一个定好了婚约的对象，但是自从小哥你们开始光临住吉以后，那丫头突然反悔了。"

这时，荣二发现在他对面很近的地方有一截木棍，趁对方说话的工夫，荣二迅速放开被他压在身下的男子，一跃而起，从地上拾起木棍，握在右手里，摆好架势。这是一根粗两寸有余、长约三尺的栎树枝，大概是别人担柴的时候遗落的。

"你要干什么啊？"说话的男子看见荣二这架势，向前伸出右手，结结巴巴地说，"我不会再动粗了，只是想让你听我说话，我这不是在给你解释原因嘛。"

"你继续说，"荣二说道，"不过我先警告你们，要是还敢乱来，我就打死你们其中的一个。我们可是正经的工匠，被流氓找碴，卷入斗殴事件，就算打死一两个流氓也不犯法。行了，你们三个都到那去，站成一排。"

蹲在地上的男子和被荣二压在身下的男子都站起身来，不情愿地聚集到自称是阿信哥哥的男子旁边。

五

回到店里躺下以后，三郎说他的心还在怦怦跳。睡觉的地方在作坊的隔壁，面积有十帖大小，除了荣二和三郎，还有十七岁的传六、三月份来的卯吉以及阿定这三个小学徒，总共五人睡在这里。多市、重七和五郎各自有一间专属的四帖半大小的房间，而这边五个人全部挤在一起。房间里有一个三间左右的柜子，里面的空间分隔开来，五个人的衣服和日用品、被子、私人物品等都放在这里。柜子对面是墙，另一边是通往工作间的木门，东边是窗户，荣二和三郎就在这窗户边并排铺着被褥。

三个学徒已经睡着了，传六有打鼾的毛病，搞得整个房间充斥着嘈杂的声音。

"那三个人是谁呢？"三郎说道，"那个自称是阿信哥哥的男子，真的是阿信的哥哥吗？"

"肯定全是谎话。"

"可是他还说，从去年开始阿信就有婚约了……"

"全是谎话，"荣二打断三郎，"咱俩每月去两次住吉，你还总是带各种礼物，再说从一开始咱们跟阿信就开诚布公、坦诚地说了各自的情况，要是真有婚约这回事，阿信怎么可能不说呢？"

三郎想了一会儿，说道："这么说，那几个家伙是什么人呢？"

"不知道，"荣二枕在枕头上，左右摇头，"我猜会不会是盯上了阿信的流氓之类的，还是得问问阿信本人才能搞清楚。"

"真可怜啊，"三郎悄声说道，"要是被那些家伙纠缠上，阿信到底会怎么样呢？"

荣二没有回答。传六的鼾声越发响亮起来，三郎也沉默了。

"人啊，对于眼前即将发生的事情都无法预料。"过了不久，荣二说道，"咱们两个既没钱也没能力，即使是作为工匠，也还不能独当一面。三郎，我很理解你的心情，可是对于咱们来说，眼前最重要的是自己的事情，接下来这两三年，会决定咱们一生的命运。我这样说或许有些残酷，不过你还是把阿信忘了吧，我不是单要你一个人为难，我自己也要把女人的事情忘掉。"

三郎倒吸一口气，转过身看荣二。

"你也要忘掉？"三郎问道，"阿荣你也有心上人吗？"

"我没说过吗？"

"我好像不记得你说过。"

"从很久之前就开始了，"荣二在被窝里摸着胸口，"在本町有个钱庄，是叫绵文的老主顾，你知道吗？"

"嗯，我还去过一次呢。"

"那里有个打杂的姑娘，叫阿末，"荣二小声说道，"皮肤黝黑，身材瘦小，见到我的时候还说我长大了。"

"我先打断一下，"三郎说，"那个绵文家不是说要把其中一个女儿嫁给阿荣你吗？"

"别说傻话了。"荣二说完，突然转头冲向三郎，"什么？你刚才说什么？"

"多市哥说这事的时候我听到了，"三郎尴尬地支支吾吾道，"我什么都不知道，只听说绵文家要把其中一个女儿嫁给阿荣。"

"饶了我吧，"荣二枕在枕头上摇头，"娶了那种又嘴碎又顽皮的丫头可怎么办，况且我还只是个半吊子的工匠，对方可是大财主家的千金。别开玩笑了，要是娶了那个丫头，那才真是我一辈子的负担呢。"

"那，"三郎试探般地轻声问道，"那个，那个叫阿末的女孩，已经……"

"没有，没有啦，"荣二像是要逃避三郎的话，"对方什么都不知道，这只是我的一厢情愿。我从很久之前就开始喜欢她了，想着如果可以的话，将来想跟她在一起，直到现在我也是这么想的。但是过了今晚，我决定放弃这个念头了。"

稍过片刻，三郎喃声道："人生的难题可真多啊。"

荣二没再说什么。传六的鼾声低了，小学徒阿定不知在说什么梦话。正当三郎以为大家都睡着了的时候，耳边传来荣二的低声细语。

"人生啊，"他叹息道，"活着就得面对啊。"

第 三 章

| 一 |

"到了二十又三岁……"三郎读着废纸上的文字，"二十三岁，不就是跟咱俩同龄吗?"

荣二整理了一下束袖带，一边用糨糊盘子稀释糨糊，一边用左手手背擦着额头。

"不要念了，"他没看三郎，"纸要是皱了就没法用了。"

"我都用镘刀小心压平了。"

"都说让你不要念了，怎么总是那么孩子气?"荣二几乎是心不在焉地说道，"别让我操心了。"

三郎轻轻地把废纸放下了。

两人现在是二十三岁，这是他们第一次独立来绵文店里换拉门的糊纸。两个客厅，共计八扇拉门，这天是第五天，正在裱糊衬底纸。光是手持毛刷面对着这朱红漆边框和吉野杉骨架的结实坚固的六尺拉门，情绪就高涨起来，全身都实实在在地感受到"工作"带来的心情舒畅又兴奋的感觉。

在绵文帮佣的阿末过来了，稍稍往房间里一看，问可不可以上茶。三郎看一眼荣二，荣二刚要回答时，绵文家的小女儿阿园跑过来，一把推开阿末，进了房间，坐在了荣二身旁。

"我刚才一直在练歌呢，"阿园把手放在荣二膝盖上说，"你能听到的吧，荣哥？"

"嗯。"荣二转过头对阿末说，"请给我们端茶来吧。"

阿末回了句"好的"。阿园用手摇着荣二的膝盖，死乞白赖地缠着荣二问是不是听得到她唱歌。阿末移开视线转身走了，荣二平静地推开阿园的手。

"你刚才在练什么歌啊？"

"哎呀讨厌，就是长呗①啊，"阿园用手拍拍荣二的膝盖，"上次你不是也来看总排练了吗？是吧，三郎哥？"

"是啊，"三郎摸着后脑勺，"我记得是在矢之仓的和泉楼。"

"荣哥你没来吗？"

"我去了哦。"荣二说着，用布手巾仔细地把左手的手指一根一根擦干净，"跟去年一样，还是《道成寺》那出剧，吓了我一跳，竟然也唱不腻。"

"讨厌，谁说不腻啊。"

"老师不腻啊。"

"我打你哦。"阿园张大眼睛瞪着荣二。荣二站起身来，说要去洗手，走出房间，到了走廊。

---

① 长呗：日本三味线音乐的一种。

"刚才荣二只是嘴上那么说而已，"三郎结结巴巴地打圆场，"嗯，其实他觉得演出很好。"

"骗人，谁会觉得好啊？连我自己都腻了。"阿园说着仿佛大吃一惊似的瞪大眼睛，"真的呢，真的如荣哥所说呢。"

接着阿园笑了起来，一边说着老师竟然唱不腻，一边按着胸口，弯腰笑着。三郎仿佛做错什么事情一般，圆脸涨得通红，一会儿往旁边挪挪糨糊盘子，一会儿又重新去摞废纸。

"啊，啊，"阿园止住笑说道，"实在太好笑了。"

阿末端着茶和点心进来了，荣二也紧随其后回来了。阿末沏好茶，取下点心碗的盖子，然后谁也不看，快步离开了。

"前不久有人给那个人说亲事呢，"阿园说着拿起一块点心，一只手冲三郎挥挥，"给我也来杯茶，用那个茶碗就行。"

三郎从阿末刚刚沏好的茶中取了一杯，放到托盘里递过来。荣二脸上一副若无其事的表情，反问道："你说的那个人是谁？"

"当然是阿末呀，还用问吗？"阿园咬口点心，又喝口茶，"那个人跟我同样年纪，都是十九岁，虽然早就到了该出嫁的年纪，但是迟迟不肯点头，要是嫁不出去了可怎么办啊。"

"那你自己又该怎么办呢？既然是同样年纪，阿园小姐你也已经……"

"不行，我们姐妹俩不行，"阿园打断荣二的话，"我跟姐姐都是天生的难嫁人，姐姐都已经二十一岁了，来说媒的还一个都没有。快吃点心啊。"

三郎赶忙拿了一块点心。荣二喝了口茶。

"天生的难嫁人吗?"荣二说道,"你们还真是想得开啊。"

"因为这是事实呀,"阿园左右摇晃着纤瘦的肩膀,用眼角的余光盯着荣二说道,"荣哥你愿不愿意娶我呀?"

二

完成裱糊衬底纸工序的第二天是十五日,这天本应是休息日,但因为时值十二月,所以工作依旧照常进行。可是,这天荣二吃过早饭,正在做出门的准备时,老板芳兵卫过来把他叫住,说会派五郎去绵文那边干活,让他不用过去了。

"为什么?"荣二困惑地问道,"我去不行吗?"

"让三郎跟着五郎去,你稍微休息一下吧。"

"休息?"

"工作已经全部安排完了,暂时也没有别的事情需要你做。"芳兵卫用冷淡的口气说道,"今年也没剩几天了,工作等来年再做吧,年底这段时间你都可以好好休息。"

"是不是有什么原因呢?我犯了什么错误吗?"

芳兵卫背过脸去:"我不说的事情不要乱问!三郎,你跟五郎去。"

三郎默默点头,芳兵卫离开了。三郎一边整理工作要带的包袱,一边偷偷看着荣二的脸色。只见荣二脸色煞白,紧闭的嘴唇也毫无血色。"怎么回事呢?"三郎压低声音说,"明明到昨天为止还好好的呢。"

荣二一脸茫然，让三郎别管自己跟着五郎去，然后把手里提着的工具袋放回柜子里，脱了工作服，换上平时穿的衣服。在芳古堂，每个人的工作都是事先分配好的，所以一旦被从自己负责的工作中排除，便无事可做了。当然，如果是小学徒的话，不会让他们闲着不干活，可是荣二已经二十三岁了，上面还有三位师兄，处在这样不上不下的尴尬位置，这种时候该如何安排他就比较难办了。

荣二跟小学徒卯吉打了个招呼便出门去了。芳兵卫说他不说的事情不许乱问，也就是说个中理由是不能说的。工作进行到一半更换工匠，肯定是有什么了不得的理由，但为什么这个理由不能说呢？荣二想不出个所以然来，于是漫无目的地在街上走着，头脑一片混乱，自暴自弃地想干脆去喝酒算了。

"为什么不能跟我讲清楚呢？"荣二自言自语着往大川端方向走去，"我从小就在这里学手艺，待了快十年了，怎么还这么见外呢？"

因为还是早晨，荣二找不到能喝酒的店。两国广小路那一带的小巷里或河岸边的茶馆里，有专门接待船工、武士和仆人的简陋的居酒屋，但若不是常客，很难认得出来。荣二从这些店前面经过，完全没有察觉，心不在焉地上了桥。就在这时，桥上有一名女子抱着一个小包袱从东边过来，她一认出荣二，先是睁大眼睛停住脚步，接着一溜小跑过来了。

"这不是荣二哥嘛，怎么这个时间一个人在这里呢？"

荣二像是吓了一跳，身体往旁边一躲，看看对方。他认出此女子是崛江町住吉店里的阿信，心里随即涌出"他乡遇故知"的开心和怀念之情，感到一阵温暖。

"你才是呢，"荣二头一次用亲切的口吻说道，"大早上的在这儿干什么呢？"

"我正往店里走呢，三天前我回家去了。荣哥你要去哪里？"

"随便转转，"荣二和阿信一起，掉头往回走起来，"我想找个地方喝点酒……"

"如果可以就来我们店里吧，荣哥来的话，老板和老板娘应该都不会拒绝，我想办法招呼你。"

"去熟人的店，有点不好意思啊。"

"有什么不好意思的，这种事经常有。"

"不过对下酒菜可不能要求太高哦。"阿信独自做了决定，脚步也加快了起来。

来到住吉，两人从后门进去，阿信把荣二带到他往常去的那间小茶室。昨晚客人留下的痕迹只粗略地收拾了一下，房间角落里还散落着纸屑和筷子，四五个棉坐垫抵在墙上，空气里弥漫着浓烈的酒气。女店员们应该还在睡觉，防雨门板紧闭的屋里光线微弱，四周寂静无声。阿信正在跟老板夫妻俩说话，她的声音模糊不清，语调低沉，听上去就像身处遥远的大山里。

"不该来这里的，"荣二冻得发抖，小声嘟囔着，"我应该去香和堂找师兄商量一下，或者直接去绵文把事情问清楚，应该那样做才对。"

"是啊，确实如此，"他又自言自语起来，"我应该先搞清楚自己究竟做了什么，光是喝闷酒，一点用处也没有。"

这时，阿信把剩余的火种和木炭放在火铲上拿来了。

| 三 |

食案上摆着三四碟下酒菜，三壶温好的酒。荣二的脸已经红了，阿信的眼圈也泛着红晕。

"骗人，肯定有什么原因。"阿信端着酒杯摇头说道，"我从桥上过来无意中看到荣哥的时候，你当时的神情就像打算投河一样。"

"别说傻话了，"荣二难为情地眨了眨眼，"我就是单纯想喝酒了而已。"

"看你那神情，肯定是有别的原因。"

阿信喝了一口酒，然后又给荣二斟酒。

"我倒是要问你，"荣二目不转睛地盯着酒杯里的酒问道，"回家待三天这么久，家里发生什么特别的事情了吗?"

"这你就别问了。"阿信注意到荣二一直盯着酒杯里的酒，"有什么东西落进去了吗?"

荣二把酒倒进洗杯器里，一边自己斟酒一边说:"没什么，只是灰尘。"然后又盯着酒杯里看了看，继续喝酒。

"曾经有一次从这里回去的路上，"荣二说道，"我跟三郎被三个流氓样子的家伙纠缠，你还记得吗？"

"是三年前的事情吧。"阿信屈指一算，"那个时候实在抱歉，那个自称是我哥哥的男子是个流氓，人称人贩子阿六，他想把我卖了赚一笔钱。"

"上次你可不是这么说的啊。"

上次跟三个流氓打过架之后，荣二跟阿信提起过这件事情。当时阿信巧妙地编了个故事，把话题岔开了。虽然从阿信的口气能推测出来她没说实情，但是荣二并没有追问。

"上次我没说，因为我就是想说也不能说嘛。"

"事到如今可以说了吗？"

"荣哥你今天是怎么了？"阿信像是要调查什么似的看着荣二的脸，"平时你对我的事情向来不屑一顾，偏偏今天如此关心我，你可不要把我哄得太开心。"

"如果让你听起来是这个意思，那我道歉，我并非如此打算才说这些话的。"

"不，你不要道歉，即使是谎言也好，只要荣哥稍微关心我一点，就是我最开心的事情了。"

阿信突然用衣袖遮住脸，眼看就要哭出来了。荣二有些惊慌失措。

"去拿酒吧，"他急忙说道，"这里的酒都已经喝光了。"

阿信默默起身，背过脸走出房间。不一会儿，阿信拿着两壶热好的酒再回来时，脸好像洗过了一样清爽，嘴角挂着亲切的微笑，露着那颗虎牙。

"对不起。"阿信把酒壶摆到食案上，又把空酒壶放进盆里，边坐下边说，"这些日子，我只要稍一喝醉就想哭，大概是上了年纪的缘故吧。"

"上了年纪？你几岁了？"

"已经是大妈了，二十一岁。"

"这就是大妈了？你是在得意自己年轻吧。"荣二说着自斟自饮了一杯，又给阿信倒上一杯，换了个口气平静地说道，"我之前就想跟你说了，三郎那家伙喜欢你，你知道的吧？"

"嗯，我知道。"阿信认真地点点头，露出毫无感情的笑容，"谁喜欢谁，这个谁又喜欢另外的谁——简直就跟猜虫拳①一样嘛。"

"我没有开玩笑，你听我说啊。"

"要是不把你的话当玩笑，可就会影响咱们的关系了。因为是荣哥我才说，对三郎我无论如何都喜欢不起来。如果是作为客人，那我很开心跟他来往，但若是到了喜欢与否的程度，就不行了。对不起，请原谅我。"

"他是个好人，实实在在地、诚心诚意地迷恋着你。"

"还有啊，荣哥，"阿信低下头，放低声音，"我家里有很可怕的父母和兄弟，我是无法成为别人的妻子的。"

"我记得你曾经说过想要离家出走。"

"我的父母没出息，家里孩子也多，而且哥哥弟弟们一个个的整天游手好闲。姐姐和我，还有十七岁的妹妹，一直以来只

① 猜虫拳：日本指猜拳的一种。

有我们三姐妹辛辛苦苦地赚钱养家，今后一辈子也非要受苦不可了。"

"你姐姐是为什么死的？"

阿信稍做沉默，依旧低着头，说道："殉情死的。"

"什么？殉……"

"跟她喜欢的人一起殉情了。姐姐明明有喜欢的人，却要被父母卖掉。"阿信摇着头说道，"姐姐不像我性子倔，她喜欢的人也老实敦厚，却是个死心眼。既然都有赴死的决心了，而且明明能想出别的办法来的，他们还是在小梅的祥门寺的墓地里上吊了。"

"喝酒吧！"荣二为阿信斟上酒，阿信细细品尝般喝起来。

四

荣二出了住吉，就奔着和助在浅草开的店去了。和助原本是芳古堂的工匠头，三年前的五月在东仲町开了一家叫作香和堂的店，裱糊生意进展顺利。

"还有这么狠心的父母啊！"荣二一边走一边嘟囔，"虽说以前听过这样的事，但没想到还真有这样的父母。"

姐姐一死，阿信的父母便死乞白赖逼迫她去卖身。阿信家里的确很穷，但是并没到要卖女儿的地步，家里的人但凡有一点干劲，就可以不必为吃饭发愁。可惜从父母到兄弟，谁都没有打算工作的意思，只想走捷径吃好东西，一心指望迅速地弄到一大笔钱。阿信丝毫不退让，坚定地拒绝了。她坚持说，家里还有五个年幼的弟弟妹妹，父母弄到手的钱肯定很快就花光了，到那时谁来照顾弟弟妹妹？为了保护弟弟妹妹的将来，她就算死也不会去卖身。终于，阿信的父母让步了。可是谁知，父母好像早已等不及妹妹阿篠长到十七岁，这回又盯上了阿篠，开始劝她去卖身。四五天前，阿篠哭着来找阿信求助，所以阿信为了谈判回家去了，花了三天时间，似乎终于说服了父母。"你们要是对阿篠做出什么不正常的事情来，我就把父亲或母亲杀掉。"阿信这样对他们说。

阿信说，从她们的处境来讲，父母比外人更可怕的情况并不罕见。所以为了保护自己，不得不拿出相当坚决的态度。她还说，因为背负着这样的父母兄弟，不仅是三郎，任何人她都不能嫁，她打算一辈子都要为弟弟妹妹而工作。

"身为女子却不得不考虑这些事情，世上还真有人面临如此遭遇呢。"荣二像训斥自己一般嘟囔道，"你小子还嫩得很呢！"

去东仲町的路上，他反复地考虑这些事情，好几次皱着眉头咋舌。香和堂正面宽三间，其中两间是铺了木地板的工作间，里面还有三间六帖大小的房间。从小舟町带来的小学徒半次已经十八岁了，除他以外还有两名小学徒。和助去年春天结了婚，今年夏天生了一对双胞胎女儿，正在为屋子狭小而烦恼。

"欢迎，"在店里的半次看到荣二，爽朗地笑了，"方才小舟町差人过来了呢。"

"老板在吗?"问完荣二扭过脸去,"小舟町差人来干什么?"

"阿定送信过来了。老板正在吃早餐,因为昨晚他通宵工作了。"话说到一半,半次皱起眉头,"师兄,你这样不行啊,酒气真刺鼻啊。"

荣二用手捂住嘴。和助不仅自己滴酒不沾,而且对酒本身异常厌恶。今天是十二月的十五日,虽然时间已接近正午,但要是被和助闻到酒味,别说跟他商量事情了,搞不好还会被他臭骂一顿。想到这里,荣二的脸红了起来。

"对啊,一不小心给忘了,"说着荣二轻轻挥手,"本来有点事情想来商量的,可是酒味这么大……"

"嗯,"半次摇摇头,一副大人模样,"恐怕不行呢。"

"我下次再来,"荣二说,"替我保密啊。"

荣二刚要往外走,对面的拉门被拉开了,和助剔着牙走出来,把荣二叫住了。荣二一只脚刚跨过门槛,转过头来,点头说道:"我改日再来拜访。"

"进来吧!"和助说道,"没办法,房子太小了,你喝酒的事情我听到了。"

荣二挠着头。

"喝酒的事,今天暂且不责骂你,"和助继续道,"我有话想跟你说,进来吧。"

荣二进屋后,和助把他带进右边那间六帖大小的房间,冲隔壁房间喊了句"端茶来",然后与荣二相向坐下。那边的房间是饭厅,能听到和助妻子的应答声,以及摆弄碗筷的声音,大概还有人在里面吃饭。

"方才小舟町那边差人来传话了，"和助还在剔牙，他高声地吸着牙齿说道，"安排你暂时在我这里帮一段时间的忙，你的行李稍后会送过来。"

"等一下，"荣二打断和助，"请等一下，我搞不清楚原因，让我在这里帮忙，是为什么呢？"

"是我先前拜托小舟町那边的。"

荣二摇摇头，脸唰地一下白了，眼睛闪闪发亮："骗人，这并非实情，师兄你有事情瞒着我。"

和助的妻子端了茶来，跟荣二打过招呼后请他喝茶。荣二生硬地行过礼，眼睛一直死死地盯住和助的表情。和助的妻子走后，和助端起自己用的大茶碗，喝着茶反问道："我隐瞒你什么？"

"本町的绵文店，"荣二说道，"小舟町送来的信里写了关于绵文店的事情吧，是不是？"

和助平静地啜着茶。

五

和助背过脸去说道："关于这件事不要问我。"

"我今年二十三岁，这次被派去绵文，是我第一次独立外出工作。"荣二说道，"我从还是小学徒的时候开始，就跟着师兄们去绵文。店里所有人的脾气我都了解，店里的人应该也了解我的脾气才对。"

他欲言又止，想说的事情太多了，此刻已经涌到了喉咙，但是他阻止了自己，拼命控制住了自己的感情。

"到昨天为止，一切都好好的，工作我也自认为一切进展顺利。"荣二低沉的声音里饱含力量，他继续说道，"师兄你也知道的，那两个客厅要换拉门的糊纸，这既不是烦琐的工作，也不需要什么特别的技术。即便这样，因为这是我第一次独立外出工作，所以我一直很用心地对待。可是今天早上，老板突然对我说不用再去了，把我从这份工作中排除了。"

"先喝点茶吧。"和助说道。

"当时我的心情就像是被打了一记耳光，"荣二不理会和助，继续说道，"我拼命地问老板为什么会这样，是不是我哪里犯了错，但是老板不肯回答，就说让我一直休息到年底，而且不要追问他不说的事情，别的什么也没有再说。"

"快喝点茶平复一下心情吧，"和助平静地说道，"茶都凉了，快喝一口吧。"

荣二喝了一口茶，这才发觉自己的喉咙又热又干，就一口气把剩下的茶都喝干了。

"你在本町那家店里很受欢迎，"和助说道，"尤其是那家的两个女儿，最偏爱你。不管是扑克牌、沙包，还是弹球、羽毛毽，年幼的你都被叫去陪她们一起玩，那家的老爷和夫人对此似乎也很乐意。正因如此，你才会觉得彼此都很了解对方的脾气吧。"

"难道事实并非如此吗?"

"人的心境并非一成不变的,有时即使被人打了也能笑着面对,但有时只是稍稍被人戏弄一下就会气得想杀了对方。"和助说道,"对于本町那家店来说,你最多也只是个经常出入店里的工匠,更何况对方是大财主,一旦发生什么事情,不论是多受宠的人,对方都不会客气和同情的。"

"一旦发生什么事情?"说完荣二舔舔嘴唇,"真的发生了那样的事情吗?"

"你自己没有头绪吗?"

"这么说,的确是发生了什么事情。"

荣二盯着和助的眼睛,正要继续追问,和助打断了他,说道:"既然这样,那我就直说吧。"

"你很熟悉本町那家店的房间布局吧。"

"谈不谈得上熟悉我不知道,"荣二想了想,"但是跟阿君小姐和阿园小姐一起玩过,所以我在店里应该不会迷路。"

"你知道老爷的起居室在哪儿吗?"

"在跟客厅相隔一个房间的地方吧。"

"起居室里有一个小抽屉柜,"和助说道,"其中的一个抽屉里装着老爷收藏的古金襕①。因为有人来家里做客,所以老爷打算拿来给客人欣赏,结果把那东西拿出来一看,却发现少了一块金箔白地古金襕。"

---

① 金襕:金线织花锦缎,一种装饰用织物。古金襕指近代初期从中国舶来的金襕。

说到这儿，和助盯住荣二的脸，但是荣二的表情没有丝毫变化，只是眼神里充满疑惑。

"那是相当贵重的物品，所以老爷和夫人便着手搜寻，"和助继续说道，"他们没有向其他人透露情况，只是两个人单独搜寻，然后，简略说就是，为了慎重起见，他们还检查了你和三郎放在客厅里的工具袋，结果在你的工具袋里找到了。"

荣二笑了："别开玩笑了，你别逗我了，师兄。"

"在你的工具袋里找到了，"和助说道，"是老爷找到的，袋子是你的。像绵文老爷这样的人物，应该不会撒那种谎吧。"

荣二不说话了，刚刚还笑过的嘴也紧紧闭着。他似乎是想要搞清和助的意图，凝视着他的脸，深深地吸了一大口气，又一点一点缓缓地呼出来。

"那么说，是认为我偷了那块古金襴放进自己的袋子里的意思了？"

"小舟町的老板昨晚被叫去了，关于事情的经过，对方只讲了这些，对方还说绝对不会对外走漏风声，但是从此禁止你出入绵文店。"

荣二刚要开口，和助抬起手阻止了他，让他先把话听完。随后接着说道："老板回到小舟町后，左思右想，同老板娘商量这事。他们不相信你会做出这种事情，觉得一定是哪里搞错了，可是在商量的时候，他们又想起了七八年前的事情。"

"七八年前的事情是什么？"

"你好好回想一下，"和助压低声音说道，"我本来也都忘干净了，可是读了老板写的信又想起来了。"

荣二先是一脸诧异，随后不久，突然像被打了一记耳光似的，瞪大眼睛，张开嘴巴。他右手握拳，使出全力抵在膝盖上，拳头关节处握得发白，眼看着颤抖个不停。

"是账房的……"荣二的舌头仿佛变成了铅块，慢吞吞地说道，"……钱箱吗?"

和助没说话，目不转睛地盯着荣二。他的眼神中既掺杂着警告荣二休想蒙混过关的意思，也包含着追问他事实究竟如何的意图。血液涌上荣二的脸颊，随即又见他面色惨白下去，脸颊抽筋，嘴唇发抖。

"当时的那件事，"他结巴着，舔舔嘴唇说道，"事到如今，又被翻出来了吗?"

和助什么也没说。

"确实，我曾经从钱箱里偷过钱，"荣二继续说道，"因为当时我无论如何都抵挡不住从和国桥桥畔烤鳗鱼串小摊传来的香味。不过，被老板娘发现并且规劝后，我一次也没再偷过，而且老板娘也清楚地跟我约定好，这件事不会告诉任何人。"

"被老板娘发现，那是后来的事情了。"说着和助又盯住荣二，"你还记不记得，我那时候曾经管过账房。"

荣二想了想，摇摇头。

"我曾经负责过账房，你从钱箱里偷钱的事情，是我最先发现的。"和助说道，"那时我要是立刻亲自训斥你，说不定就好了，可惜，我没能做到。我偷偷地去跟老板商量，谁知反而被老板臭骂一顿。"

荣二的眼睛一动不动，和助用坦白似的口吻继续说着。

"既没有人盯着，手边又放着钱，在这种情况下，不论是谁都会轻易地出手，这是人的本性。相比偷钱的人，给予对方可乘之机的人更恶劣，与其责怪荣二，不如说是你的疏忽——老板这样说。我无言以对，我认为正如老板所说，是我做得不对，给了你可乘之机，所以我什么也没跟你说。除了老板和老板娘以外，至今为止也没有其他人知道。"

"这么说，不，"荣二摇摇头，眼睛一动不动地凝视着一个方向反问道，"也就是说，这样一来，这次金襕的事情也跟那时的钱箱采用相同的处理方法吗？是这样对不对？"

"你对那家的房间布局很熟悉，又在相隔一间房间的客厅里工作，若是绵文的两个女儿或者店里的其他人对你怀恨在心，那另当别论，但是绵文的老板保证说店里并没有那样的人，或者你能想到什么人？"

荣二摇摇头，像脖子被折断了一样深深垂下头。"我不相信这件事是你做的，"和助说道，"但是现在条件过于齐备，一下子也毫无办法，因为根本没有能证明你清白的证据。"

"况且还有钱箱的事情，对吧？"

"别说丧气话，"和助严厉地说，随后他又把声音放柔和，"人生在世，不知不觉间就会跟世人发生借贷关系，你现在就权当世人欠你一个公道，不要再多做解释，暂时先在我这里帮忙一段时间。"

荣二呆呆地嘟囔道:"还有人说父母比世人更可怕。"

和助诧异地看看荣二。

"师兄,"荣二抬起眼来说道,"你刚才说有人会把我的行李送过来,是吧?"

"大概今天就会送过来吧。"

"对不起,请先借给我一点钱。我在小舟町存了大概二十两银子。"荣二没有留给和助反对的机会,"什么都不要说,现在什么都不要说,请借给我钱,拜托了,求你了。"

说完,荣二双手贴地,低垂下头。

第 四 章

| 一 |

"你还没有经验吧。"耳朵里听到女子的声音。微暖的紧贴身体的肌肤触感真真切切地残存在胸口和大腿的各处，那感觉简直像是蛞蝓爬过之后附着在肌肤上的一条黏液，不管怎么擦，怎么搓，也绝不会消失。荣二苦着脸，吐了两三次口水。

"是男人就拿出点男人的样子来行不行，你怎么了，是生病了吗？""对啊，我生病了，所以不要靠近我。""哼，真会装腔作势啊，你这个人，我说，你又不是什么大户人家的少爷，跑到这种地方来摆架子，可没人搭理你。""我没有装腔作势，真啰唆。"

"你可真是个好男人，我都被你迷住了，来嘛，转过来。""你快住手，我想睡觉。""哎呀，讨厌，这里可不是旅店哦，我说，别那么薄情嘛，好不好吗，我可是有两下子哦。""真啰唆，我可是个小偷，放开我。"像火一样，真的像火一样炽热的嘴唇，吸着耳朵、吸着脸……"啊！"荣二大声呻吟着，激烈地左右摇着头。

路上一片漆黑，连大体位置也搞不清楚。右手边应该是护城河或者河流吧，不时能听到波浪拍打河岸的声音。虽不猛烈，但是能感觉到风在吹。

"听她们说了什么门前仲町，所以这里或许是贮木场附近吧。"他嘟囔着，"好黑啊，一片漆黑，四周什么都看不见，仿佛不是人类居住的世界。"

天空中飘着云，云朵之间星光闪烁。借着微弱的星光，荣二发现道路左边堆着一堆木材，于是他走过，小心翼翼地坐了上去。木材堆得不太稳固，荣二用脚保持住平衡，然后把腰沉下去，叹了一口气。

"关于事情的来龙去脉，我一点都搞不清楚。"他把胳膊顶在膝盖上，用手撑着下巴，摇摇头，"究竟发生了什么事？金箔白地古金襕，我连见都没见过，就跑到我的工具袋里去了，我的工具袋里！"

之后，他突然哭了起来，手撑下巴缓缓地晃着脑袋，泪水从两眼中滑落。呜咽涌上喉咙，他听到了自己的啜泣声，那声音仿佛不是从自己喉咙里发出来的，听上去如同被雨淋湿的丧家之犬苦于无处避雨而发出的哀嚎声。

"不是三郎，"他呜咽着自言自语道，"我跟三郎就像兄弟一样从小一起生活，他没有理由去做那种事。那家伙依赖我，要是我不在了，他一定会不知所措。无论怎么想都应该是那个家里的人做的。"

"你哭哭啼啼的做什么呢，"耳朵里又听到了女子的声音，"反正世上一切无非是欲望和金钱，不如痛痛快快地快活一把吧，要痛痛快快地。就算你自命不凡，死的时候跟乞丐和贱民也没区别，等变成了骨头，管他是大名①还是猫狗都一样。好啦，你别哭哭啼啼了，痛痛快快地快活吧。""我打心底里迷上你了，"另一名女子的声音响起来，"真的，我还是第一次有这种想法，我说，你愿不愿意让我做你的妻子？"

"你愿不愿意让我做你的妻子？什么嘛！"荣二用手使劲擦着湿润的眼圈和脸颊，又吐了次口水，"所有人都说同样的话，你愿不愿意娶我呀？是不是还有谁这样说过？"

荣二突然身体僵硬，眼睛盯着黑漆漆的地面上的一点不动了。

"可不要太粗鲁呀，"又听到另外一名女子的声音，"我才刚入行，什么也不懂呢，请温柔一点，温柔一点教我。""哎呀，奇怪，"女子的声音继续道，"你怎么了，这么爱护我，会不尽兴的，再多按你的喜好来一些嘛。父母兄弟？哼，谁也不为谁，是因为自己想做所以才做的，要是不喜欢的话，谁来干这行啊？大家都找理由说是为了父母兄弟什么的，那完全是撒谎。哎呀，你过来嘛。"接着，又感觉到了那种肌肤触感，就像刚捣好的年糕紧贴在一起那样，热热地黏黏地贴在身体上分不开的肌肤触感。荣二用力摇着头，站起身，稍微跟跄了一下，迈开脚步。

---

① 大名：日本古时对封建领主的称呼。

"你娶我嘛，"他一边走着一边嘟囔，"是谁？是谁问我愿不愿意娶她的？"

荣二停下来，眼睛朝上凝视着天空中的某个地方。风把他的和服下摆吹得哗哗作响，凌乱的头发拂过脸颊。

"是阿园，"他嘟囔道，"对方是本町屈指可数的大店家的女儿，就算她只是说着玩的，那也事关店里的名声。从十三四岁起，我们就是青梅竹马的玩伴，对了，她说她天生难嫁人，然后就问我愿不愿意娶她。以她父母的角度来看，一定会担心吧，一定会怕我整天出入店里，搞不好万一发生什么事情吧。"

就是因为这个吧，因为这个他们才要阻止我出入，所以编造了那样一个谎言。荣二这样想着，觉得这样解释最接近事实。

"必须去问清楚，"他紧紧握拳，"除此之外别无他法，我不能背负着小偷的污名活下去，这样怎么能活得下去呢？我一定要把事情问清楚。"

| 二 |

"让我见见老爷，"荣二在绵文的店铺前坐下，"我是芳古堂的荣二，有事前来请教老爷，快去给我通报。"

此时还是早晨，店铺刚开门，一个客人也没有，只有三个小伙计在打扫卫生。荣二已经连续喝了五天酒，直到现在还醉得不轻，所以他误认为在账房格子窗里的是大掌柜或者二掌柜，而不是小伙计。

"我们当然认识荣哥，"一个小伙计说道，"要跟你说多少遍才好，老爷还在睡觉呢。"

"小伙计，你说什么呢，这里还轮不到你们插嘴。"荣二打了个嗝，冒出的酒气熏得自己皱眉，"你们几个啊，只管一天到晚跟傻子似的往板子上摔打装钱的麻袋就够了。我要见老爷，我要见绵文的老板，去给我把德兵卫叫出来。"

说完，荣二就横倒在那里了。

"不要做这种愚蠢的举动，要稳重一些。不能大喊大叫，也不能咄咄逼人。态度要谦恭，有钱人讨厌别人打探自己不光彩的一面，你要利用这一点，让对方大意。谎言与事实会表现在眼神里，就算嘴巴说谎，眼神也不会骗人，关键是眼神。"荣二这样对自己说。

"哎呀，你又来了呀。"荣二又听到女子的声音，"真讨厌，你好阴沉啊，简直就像马上要上吊的人。来，开心地快活吧，痛痛快快地，好不好？你是喝醉了吧，喝醉了酒来这里发牢骚，真是个没出息的家伙，我带你去找个地方醒醒酒。我说，你想怎么样啊，客人可不止你一个，快点走吧，真讨厌啊这个人。""啊!"他呻吟一声。

"母亲，"荣二说道，"儿子痛苦得受不了了，母亲。"

他抽抽搭搭地哭着，这次又听到自己宛如丧家之犬填不饱肚子而哀嚎一样的哭声。

"当心，这里有个水洼。"

"放开，"荣二试图挣脱左臂，"放开这只手。"

"还差一点就到了，我不扶着你，你会摔倒的，阿荣。"

"是三郎啊，怎么回事？"

"我们去崛江町，"三郎说道，"除那以外无处可去了，还是说你想去浅草的店吗？"

"别说傻话了，我要去绵文谈判。"

"醉成这样可不行，等你酒醒了再去吧。"三郎把荣二搭在自己肩膀上的手臂重新放好，"好了，你再往我这边靠一靠吧，我能撑住。"

"你怎么知道我在那里？"

"我去本町的店里干活，刚一到，就看见阿荣你醉得不省人事。"三郎回答，"之后我把你带去女佣的房间，想让你在那儿睡一会儿，可是你老是大喊大叫，没办法只能把你带出来了。"

"是这样啊，我记不太清了。"荣二使劲摇摇头，"梦境和现实混杂在一起，在哪里做过什么我都不记得了。今天是几号？"

"二十一日，"三郎说道，"听说你十五日离开浅草的店就没再回去。"

"我想喝水。"

"过了那个拐角，就到住吉了，再忍耐一下。"

"不行了，我已经走不动了。"

荣二膝盖发软，身体一点一点往下滑，最后坐到地上不动了。三郎也撑不住他，一个趔趄，差点倒在荣二身上。崛江町的街角，往来行人络绎不绝，三郎就好像自己被别人看着一样，惊慌失措，一边跟荣二说稍等一下，一边向住吉的方向跑去。

"我已经死心了，"荣二听到女人的声音，"我是天生的苦命，大概这辈子都要过苦日子吧，现在只能祈祷至少下辈子再投胎时能出生在一户稍微好一点的人家。都说佐渡什么的是这个世上的地狱，但是我从出生起到今天都一直过着地狱般的生活。""是啊，确实如此，这个世上处处都是地狱，随它去吧。"荣二说道。

"水来了，"女人说道，"小心喝，别呛着啊。"

荣二喝光茶碗里的水，紧接着又喝了一杯。

"是阿信啊，"荣二摇着脑袋抬头看看，"这里是住吉吧？"

"你最好睡一会儿，来。"阿信把棉坐垫对折起来当作枕头，让荣二躺下，"我去找东西给你盖上，你要是能睡着就睡一会儿。"

"三郎在哪儿？"

"当然是去工作了，他说工作一结束就回来，去了什么本町的店。"

"我也有事要去本町。"

荣二想要起身，阿信把他按住了。

"不要碰我，"荣二说道，"我的身体已经跟原来不一样了，变得像泥巴一样肮脏，我已经是个废人了。"

| 三 |

确定荣二不会再起身以后，阿信离开小茶室，拿了一件棉

睡衣回来，轻轻地给他盖上。

"是阿信吗？"荣二睁开眼，"给你添麻烦了，对不起。"

"我讨厌看到荣哥你这个样子。"

"那是当然，连我也讨厌我自己，请你原谅。"

"究竟是怎么回事？十五日那天你喝得烂醉，走的时候说改天再来，之后就像被大风刮跑的枯叶那样，音信全无，结果最后被三郎背来了，这也太不成样子了吧。你振作一点啊。"

"再多骂我几句，"荣二闭着眼说道，"你想说什么都说出来，我也没想听你表扬我。"

"你快睡觉吧，睡一觉清醒了以后我再听你说话。"

"哪能睡得着啊，这样……别动，阿信，我的身体真的沾满了污泥，你可不能靠近我。"

"什么沾满污泥啊，不就是和服上稍微沾了点土吗？我都给你拍干净了。"

"不是那种污泥。"

我跟女人睡过了，还是跟既不喜欢也不记得面孔的女人们。荣二虽然想这么说，但是没说出口。

"那种事情就忘了吧。"阿信简直像是听到了他心里的自白，"这件事是我第一次跟别人提起。在我十一岁那年，曾经被邻居家叫阿六的那个家伙亲了嘴，当时我哭了，觉得自己的身体完全被玷污了，一生都再也干净不了了，甚至钻牛角尖，想干脆一死了之。过了五天、十天，我的心情渐渐平静下来，又觉得自己并没有被玷污什么，怎么会因为这种事情就被玷污了呢？"

"对一个只有十一岁的孩子吗……"

"叫阿六的那个家伙，记得吗？以前我也提起过他，十五六岁时开始不学好，最后沦为人贩子了。"

荣二记起了那个曾经自称阿信哥哥的流氓。

"这么说，就是那个流氓吗？"

"目前不知去向。听说他背叛了同伙，已经在江户待不下去了，要是一不留神回来，怕是要曝尸荒野。"阿信说着，像是哄逗荣二般笑了，"怎么样了，心情稍微平复一些了没？"

"我试着睡睡看。"荣二说道。

阿信说去端水来，先离开了。荣二闭上眼睛，本以为会睡不着，结果似乎就这样睡过去了。睡梦中只模糊记得阿信来过，在枕边放了水。听到外面有人说话，荣二醒了，一睁开眼，黄昏昏暗的光线已经洒满房间。他发觉自己右边的胳膊从肩膀到手腕都凉透了，原来是掀开着棉睡衣就睡着了。

"让他再多睡会儿吧，"是阿信在说话，"看样子他几天都没好好睡觉了。"

"那我先回店里一趟，"又听三郎说道，"我还有事得跟师兄们打个招呼。"

"我想再等一等，"一个柔弱女子的声音，"我可以留在这里吗？"

"可以呀，眼看就到上客人的时间了，我也就腾不出空了，你能来照看荣哥可帮了大忙。"阿信说道，"不过，你店里那边没关系吧？"

"嗯，没关系的，我都安排妥当才过来的。"

是阿末吧，荣二心想。确实是阿末的声音，她到这种地方来干什么了？荣二这样想着，抬起上半身，端起放在枕边的水瓶，也没往茶碗里倒，直接对着瓶口喝起来。冷得像冰一样的水舒爽地滑过喉咙，似乎是刺激到了鼻子，荣二接连打了三四个喷嚏。

阿信拉开拉门探头进来，问荣二起来了吗。荣二起身坐好，哆嗦着身体把棉睡衣拉到肩膀上。

"感冒了吧，都打喷嚏了。"

"好像有什么人来了？"

"是的，"说着阿信回过头去，"说是本町店里的人。你到这边来吧。"

阿信往后退了退，阿末露出脸来，轻轻点头示意。她的脸像是陶瓷做的一般，苍白冰冷，毫无表情。阿信说去取油灯，先离开了。

"你回去吧，"荣二说道，"这里不是你该来的地方。"

阿末哭了起来。

四

阿末站在狭窄的走廊上，以袖掩面，压着声音低声哭泣。

"我已经是个废人了，"荣二用粗鲁的口气说道，"被阿末你看到我这副样子，我无地自容，拜托你就这么回去吧。"

"我回不去了，"阿末呜咽着说道，"我是辞掉本町店里的工作过来的。"

荣二一下没理解阿末说的话："辞掉工作？为什么？"

"荣哥你一个人，"阿末结结巴巴地说道，"我不能放着荣哥你一个人不管。"

"阿末，你不知道……"

"我知道。"

阿信拿着点好的油灯回来了。

"别站在这里了，快进去吧，我这就去把火种也取来。"阿信说着催促阿末，"快点，快进去吧，站在这里多冷啊。"

阿末一边窥视荣二的脸色，一边静静地进了房间，坐在角落里。阿信要去取火种的时候问荣二喝不喝酒，荣二默默摇头。

"阿末你说你知道，是指金襕的事情吗？"

阿末轻轻点头。

"我说的不是那件事，"荣二裹紧棉睡衣说道，"那块金襕装在我的工具袋里，一定是哪里出了差错。若不是因为出了差错，那就是有人不知出于什么目的，要嫁祸于我。无论是哪样，总有一天我要查个水落石出。"

阿末又点点头。

"我说我已经是个废人了，不是指这件事，不是这件事。"

阿末用擦过眼泪后依旧湿漉漉的眼睛静静地看了看荣二。阿信用火铲把火种拿来，放到火盆里，又添上炭。荣二则一直低着头沉默不语。从刚才起，店里已经开始来人了，在走廊进进出出的女店员们的声音和厨房里传出来的声响，使店里显得热闹嘈杂，散发着生气。

"有事的话就喊我，"阿信说道，"我尽量不把客人往这边领，你们别客气。"

荣二道过谢，阿信离开了。荣二又打了个喷嚏，一只手伸进怀里摸索。阿末立刻觉察到了，从袖子里掏出纸来递给荣二。他拿了几张对折好的纸，擦过眼睛后又擤了鼻涕。

"真可笑啊，"他自嘲似的说道，"都这种时候了还感冒。"

"你得再休息一下才行，到我家来吧。"阿末说道，"我家在下谷的金杉经营着一家笔店，房子虽小，但总能空出让荣哥睡觉的地方。"

"要是真能这样就好了，可我已经废了。"

阿末用坚定的口吻说道："怎么会废了呢？荣哥还是原来的荣哥，别人怎么想暂且不管，对我来说，你还是原来的荣哥。"

"事实并非如此。"

荣二突然背过脸去。原来的自己已经无法挽回了。以前自己的心灵和身体都纯洁无瑕，但是自从发生了金襕的事，自己变得无法坦诚地信任别人，而且跟素不相识的女人们睡过，身体也被玷污了。人真是脆弱啊，荣二心想，就因为那一块小小的布，心灵和身体竟然会发生如此大的变化。我已经不是以前的我了，荣二在心里说道。

"不论阿末你说什么话安慰我，一旦人废了，就再也无法还原了，"他依然背着脸说道，"你这样关心体贴我，我很开心，但是我的事你还是不要管了。"

"你这是在自己折磨自己，这种时候是最危险的，而你现在就正处于这种危险的境地。不，你听我说，"阿末的口气更坚定了，"这样做或许有些自以为是，我看到荣哥你躺在绵文的女佣房里的那一刻，心里立马就决定了，现在是对荣哥来说最危险的时刻，必须有人陪在你的身边，否则结果不敢想象。所以，我果断地辞掉了店里的工作。"

"不行，"荣二摇头，"我不值得你那么做，你还是赔个罪，再回绵文去为好。"

"我不会离开荣哥。"阿末跪着上前，"从女子的嘴里说出这些话，有些难为情，但是我从很久以前就下定决心了，受怎样的苦都没关系，我想让荣哥娶我。于是我就去问三郎哥，想知道你是怎么看待我的，得知荣哥你的心意后，我很开心。"

阿末再次以袖掩面，抽抽搭搭地哭起来。

"三郎那家伙，"荣二嘟囔着，"三郎那家伙……"

"听我的，"阿末用断断续续颤抖着的声音说道，"去我家吧。你已经是个技艺娴熟的工匠了，即便不打着芳古堂的名号，单凭自己的手艺照样能闯出一番事业。好不好？拜托你，就听我的话吧，我求你了。"

阿末对着荣二双手合十，荣二吓了一跳，急忙摆手让阿末不要这样。正在此时，走廊传来三郎的声音，先是小声咳嗽，接着说了句"抱歉"。阿末擦着眼睛端坐好身体，荣二双臂交叉抱在胸前。

"可以拉开门吗?"

"这还用问,"荣二回答,"快进来吧。"

三郎拉开门进来,眼睛不看他们两人。

"感觉怎么样了?"三郎边在火盆旁坐下边说道,"我本来想早来一些的,抱歉来晚了。"

荣二盯着三郎的脸:"你没必要来的,你不能来这里的吧。"

"没那回事,"三郎紧张地眨眨眼,结结巴巴地说道,"我想来喝酒了,不行吗?"

"喝酒前我先问问你,"荣二死死盯住三郎脸上流露出的表情,"来之前老板一定对你说了什么吧?"

"总之我想先喝一杯。"三郎说完,又赶忙补充道,"外面实在太冷了,我的身体都冻透了。"

"是不喝酒就说不出口的事情吗?"

"拜托啦,"三郎站起身,"我连饭都没吃呢。"

随后,他去到走廊,亲自点完菜以后又进来,心神不定地坐回刚才的位置。阿末看看荣二,问是否方便待在这里,没等荣二开口,三郎先说希望阿末留下。

"我也有事想跟阿末你商量,"三郎对阿末说,"事情果然变得麻烦起来了。"

荣二打了个喷嚏,然后又擤起鼻涕来。三郎用询问般的眼神快速看了一眼阿末,阿末轻轻点头,回应三郎的眼神。两人的一举一动荣二都看在眼里,但是他什么也没说,背过脸去。

两人为自己担心，似乎暗中商量着什么事情，想到这些，荣二垂头丧气、心情沉重，觉得自己更凄惨了。眼看又有喷嚏要打出来，他拿起纸捂住鼻子，用两根手指揉着鼻子。

偏偏挑这种时候，他在心里懊恼，关键时刻打喷嚏，真是出尽了洋相。

把盛好下酒菜的食案端过来的不是阿信，而是名叫阿初和阿竹的两名年轻女子。店里挤满了客人，他们有说有笑，还有的大概已经喝醉了，絮絮叨叨地说着酒话，人声和器具声掺杂在一起，喧闹嘈杂。

"我用大碗喝。"三郎说完，取下汤碗的碗盖，"阿荣你不喝一杯吗？"

荣二摇头。三郎有些担心地说"还是稍微喝点好"，阿末为他斟酒，他连着喝了三杯。

"别喝啦，你的酒量又不好，"荣二说，"这么个喝法，要烂醉如泥了。"

"再怎么烂醉如泥，酒终究会醒的，"三郎喝着第四杯酒说，"人的名声一旦被毁，就再也无法洗清污名了，不是吗，阿荣？"

直到三郎喝完第四杯，荣二才开口问道："你是在说我吗？"

"我觉得，"三郎用手背擦着嘴说道，"阿荣你已经是个技艺娴熟的工匠了，即使没有老板和店里的帮助，也能自食其力，堂堂正正地工作下去，根本没必要顾忌任何人。是不是，阿荣？"

"也就是说，"荣二盯着三郎的眼睛反问道，"我被店里解雇了？"

"我可没说那样的话，只是我觉得……"

荣二打断三郎的话："你什么也别觉得了，我记得自己都干了什么。我闯进上一辈开始就是芳古堂老主顾的店里大吵大闹，醉醺醺地闯进本町最大的老字号里大呼小叫。老板听到这个消息，难道会佯装不知吗？作为对绵文的赔罪，无论如何都会把我赶出去。三郎，你就直说吧，我被店里赶出来了是不是？"

五

三郎拼命想办法掩饰，但是修饰语言、含蓄表达这类事情，对于他来说根本不可能做到。原来，老板芳兵卫事后立刻就去绵文赔罪了，答应要把荣二从店里驱逐出去。之后把浅草的和助叫来，命令他也不许把荣二留在东仲町的店里。

"应该是这样，我已经做好了心理准备，知道事情会变成这样。"

"浅草的和助师兄想尽各种办法调解了，"好像是自己的失策一样，三郎支支吾吾地说道，"和助师兄说现在惩罚到这个份上有些残酷了，也必须稍微替当事人考虑一下。"

"别说了，"荣二摇摇头，取下自己食案上汤碗的盖子，"既然已经明确决定了，也没必要再多说什么。我也喝酒吧。"

"阿荣。"三郎喊了一声。阿末等待已久似的，给荣二斟上酒。

"老板是个正直的人，"荣二凝视着倒进杯中的酒，"他自己不会做出被人背后说闲话的事情，而且他也决不允许自己从小培养起来的人走歪路，正因如此，芳古堂的根基才不可动摇。这很出色，作风正派。"

说到这，荣二一口气把酒喝干。

"尽管我这样说，你们也不要以为我是在自暴自弃。"他继续道，"既然已经与芳古堂断绝关系，那么不论我做什么，都不会再让老板为难。而且，不管是老板还是店里的任何人，也都没有权力再对我说三道四，是这样吧，三郎？"

"话虽如此，可是……"三郎不安地看着荣二的脸，"此时此地先不用把话说得那么死，还可以拜托店里的师兄们从中斡旋。"

"不用啦，"荣二斩钉截铁地说道，"我不知道芳古堂是家多么正派、多么看重名声的店，但是看到他们这次的做法，我已经厌恶那里了。即使对方来拜托我回去，我也不想再踏进那家店的门槛，绝对不想。"

阿末面色苍白、表情僵硬，默默给荣二斟酒，顺手给三郎也斟上。荣二一口气把第二杯也喝干了，又让阿末斟上第三杯。三郎却没有喝酒，他提心吊胆地关注着荣二的一举一动。

"三郎，我有事要拜托你。"

"没问题，有什么事都尽管说。"

"你去东仲町把我的行李拿来，"荣二说道，"我寄存在小舟町的钱大概也送到那里了，如果还没送到的话，你就去小舟町把钱领了，也拿到这里来。"

"这点小事倒是好办……"说完，三郎看了阿末一眼，"与其把行李和钱拿到这里来，不如先找好落脚的地方。"

"来我家好了，"阿末赶忙说道，"从现在起，荣哥得节约点用钱了。住在我家的话不仅不会浪费钱，还可以成为开始新工作的出发点。"

荣二断然摇头："那个等我的身体干净了以后再说。"

阿末刚要开口，荣二抬手制止了她。

"首先要洗清小偷的污名，再来就是身体的污垢。"他说道，"三郎也知道，我直到二十三岁为止，从没放荡过。虽然喝酒，但要说花街柳巷，从没有靠近过——那都是因为你。阿末，因为早晚有一天我要娶你为妻，所以在那一天到来之前想保持纯洁的身体。"

阿末深深垂下头，左手拿着温好的酒壶，右手手指按住两眼眼角。

"我并非忘记了这一点，"荣二继续道，"只是我被安上了自己毫不知情的罪名，还被从工作了十年的店里赶出来，对方却连我的一句解释都不肯听，所以我火冒三丈，生平头一次开始变得不相信社会也不相信他人，心想管他的呢，便自暴自弃地到处喝酒，结果稀里糊涂地跟别的女人睡过了。"

荣二大概在某个地方跟几个女人睡过，对方的长相他不记得了。跟一点也没印象的人睡过，这让他愈发感觉自己肮脏。在这种心情消失之前，他不想接近阿末。

"要是你真的从绵文辞职了，那就回金杉的老家吧。"荣二对阿末说道，"等我做好了心理准备，感觉自己总算能跟你在一起的时候，会登门提亲。不过事先声明，我也不知道要让你等到什么时候，也可能半年，也可能两年，现在的我无法预测。所以，我不能要求你一定等我，阿末。"

阿末睁大眼睛，凝视着荣二点点头。

"那就这么说定了，"荣二猛喝一口酒，"没问题的话，三郎现在去浅草拿东西，阿末就回金杉吧。原谅我自说自话，现在就让我一个人待着吧。"

三郎喝光手中汤碗盖子里已经凉掉的酒，阿末把温热的酒壶放下，告诉荣二她家是金杉三丁目后面叫作"弥六"的店，父亲名叫平藏。

"我再说一遍，你不等我也没关系，阿末，"荣二扭着头说道，"因为人生在世，无法预料何时会发生何事。"

第　五　章

｜ 一 ｜

石板路一直延伸到玄关前，路面上结了一层冰，一个时辰之前外面下起了小雨，但是路面上的冰丝毫没有融化的迹象。荣二将伞面合拢好，把伞竖着靠在格子门的一侧。拉开格子门进去，他发现入口处六帖大小的和室里，那个小伙计还在往板子上摔打麻袋。小伙计的手因为冻伤而肿胀发紫，手指各处都已经渗出了血。

荣二拜托小伙计帮忙传话后，小伙计起身往里面去了。不一会儿，名叫庄吉的二掌柜出来了。

"前几日惊扰各位了，实在抱歉。"荣二寒暄过后说道，"今日我绝不会再鲁莽行事，只想见老爷一面，烦请问问老爷能不能抽出一点时间。"

荣二做好了下跪也愿意的心理准备。二掌柜往里面去了，小伙计又摔打起了麻袋。荣二心想，为了从市面流通的金币上磕打下来一丁点金屑，就这样死命使唤一个小伙计，甚至都不给他房间里点火取暖，绵文这种规模的大店，不会觉得羞愧吗？

虽说为了学做生意，多么艰苦的工作都能忍受，但这难道不是犯法的勾当吗？生意人可真是贪婪啊。

他在心里吐了口口水。二掌柜回来了，让荣二进来，把他带到隔壁八帖大小的房间里。随后，代替二掌柜出现的是大掌柜仪兵卫，他没有坐下，只问荣二有什么事。荣二回答说想见老爷。

"我是这家店的大掌柜，"仪兵卫用牙签剔着牙说道，"店里的大小事务由我全权负责，你有事的话就跟我说吧。"

这时，荣二跪坐着双手撑地，说："是关于金襕的事情，无论如何我都想面见老爷，亲自询问。"

"那件事不是已经结束了吗？"

"对我来说还没有结束。"

"那件事已经结束了。"仪兵卫说完，高声地吸着牙齿，"念你在店里出入已久，况且未来的路还长，所以老爷没有把这件事情声张出去。你身为裱糊匠，大概也能估算到，那可是价值上百两的名贵锦缎啊，要是老爷没有私下了结，你知道后果会怎样吗？"

"连大掌柜你也认为是我偷的吗？"

"东西确实放在你的工具袋里，又是老爷找到的，不然还能怎么解释呢？"

"所以我才想见老爷，"荣二耐着性子说道，"那块锦缎为何会放在我的工具袋里，我毫无头绪。连小孩子都能想明白，如果真是我偷的，我肯定不会悠然自得地把锦缎放进自己的工具袋里，而是应该藏在更加不显眼的地方啊，难道不是这样吗？"

"我们是生意人，不是审问官。偷了东西以后藏在哪里，每个人的做法都不一样，不是吗？不管怎么说，那块锦缎放在你的工具袋里，这一点是无可争议的。"

"不论发生了什么，我对天发誓，锦缎绝不是我偷的，这其中必有隐情。无论如何我都必须当面向老爷问清楚，如果就这样被人说成是小偷，从今往后我一生都无颜再面对世人。"

"是吗？"仪兵卫仍然站立着俯视荣二，把右手里的牙签一折两半，"本以为我可以跟你谈妥的，但是既然你如此固执己见，那也没办法了，你在这儿稍等一下吧。"

说完大掌柜出去了。

有传言说荣二跟绵文的两位女儿走得太近了，要娶其中一位为妻。这确实是三郎从师兄多市那里听来的。虽然不知传言从何处而起，但是绵文家的人想必也听到过吧。因此为了让他远离绵文，有人想出了这种手段。是老板德兵卫，还是老板娘，抑或是店里的其他人？——荣二是这样推测的，直到此时他也相信事实确实如此。他小时候曾经犯过让自己深感羞耻的错误，芳古堂的老板娘发现并且原谅了他。他本以为只有老板娘一个人知道，实际上师兄和助和老板也都知情。那个时候明明知道他犯错还原谅了他的人们，这次却都不肯理解他，甚至因此坚信这次也是他偷的。

"不能就这样了结，"荣二嘟囔道，"必须想办法把事情搞清楚。"

不久，脚步声由远及近传来，接着拉门被拉开，三名男子出现在荣二面前。来人既不是大掌柜，也不是店里的其他人。他们身上都穿着印有"一组"的短和服外衣，系着围裙，粗短的腿上穿着藏蓝色窄腿裤。两人二十五六岁，另一人四十岁上下，短和服外衣的领口处阴文印染着汉字"头"。他应该是城镇的消防员①头目吧，荣二心想。

"就是你啊，"消防员头目说道，"到这家店里来找碴的家伙。"

"少开玩笑了，什么找碴，"荣二吓了一跳，结巴起来，"我只是请求面见老爷而已。"

"站起来，年轻人！"消防员头目抬抬下巴，"没必要在这争辩，有话到外面再说。"

是大掌柜把这几个男子叫来的。虽说有可能是奉老板的命令，但是一想到他竟然做出如此卑鄙之事，荣二气得身体哆嗦起来。

"不，"荣二强忍着愤怒说道，"直到见到老爷为止，我不会离开这里半步，这是关乎一个人一生的大事，你们可能不知道……"

"让他站起来！"消防员头目对两个年轻男子说道，"骚扰到店里了，把他拖出去！"

---

① 消防员：明治时期，消防员也负责维护治安。

荣二盘起腿来坐着不动，双臂抱在胸前。虽然他铁了心死活不起来，但是两名年轻男子平静地来到他的左右两边，一边劝他乖乖听话，一边合力抓住荣二的胳膊，把他拽走了。荣二努力想要挣脱，却敌不过两人的力气，就这样被一路拖到了玄关。正在摔打麻袋的小伙计吓了一跳，赶忙躲开。荣二勃然大怒，面色通红。

"在这个家就是这样对待别人的吗？"荣二喊道，"不单给清白的人安上小偷的罪名，还把别人当作敲诈勒索犯对待吗？"

"这个混蛋，"其中一名年轻男子冲着荣二的侧脸打了一拳，"闭不闭嘴！"

另一个人也打了荣二。他们把荣二拖过玄关后，挥腿把他放倒在地。两人赤着脚，就像拖米袋子似的拽着荣二，从格子门到石板路，一直拖出门外。小雨不知何时已经变成了雪，冰冻湿滑的路面上白茫茫一片。两个年轻人把荣二扔到路上以后，轮流骑在他身上，冲着他的头和脸狠狠一顿乱揍。耳朵最先挨了打，之后右耳听不到声音了，鲜血从裂开的嘴唇里流出来，跟鼻血混在一起，把他满脸的泥土染成了红色。

"畜生！畜生！"荣二扯开喉咙喊着，"我要杀了你们！"

他心想死了算了，但豁出性命也要杀掉对方一个人，所以使出全力拳打脚踢。两个年轻的消防员驾轻就熟，巧妙地对付着荣二，把他翻过来脸朝下使劲按住，让他的脸在路面上摩擦。

"把他带到岗亭去，"消防员头目说道，"被人围观不像样。"

"小子，别挣扎了，"其中一名年轻男子说，他铆足劲一拳打在荣二的侧腹上，"不乖乖听话就把你变成残废。"

荣二侧腹挨了一拳，一下子喘不上气，只好蜷缩着身体，任凭他们摆布。

岗亭位于外护城河对面的本町一角。三人把荣二带进去的时候，一名衙门白役①和他的手下正好也在。消防员头目显然跟他们认识，他快速交代了事情经过，把荣二交给他们，就带着另外两个年轻人回去了。后来荣二才知道，那名白役是日本桥弓町的太田屋助二郎，他的手下名叫岛造。

荣二摔倒在地板上，因为全身的疼痛，尤其是侧腹的疼痛而呻吟着。不用说也能想到，比起肉体上的痛苦，最无法忍受的是心灵的创伤。他咒骂绵文的人，咒骂消防员头目那三人，脑袋里除了愤怒以外什么也无法思考，愤懑不甘的心情让他好几次差点吐出来。

"喂，年轻人，"值班老人摇摇荣二的肩膀，"起来吧，最好起来擦擦脸，来。"

老人把浸过热水拧干后的手巾塞到荣二手里。

"你的头发和衣服都湿了，满是泥土，要是能起来的话，就坐到那边的火旁边吧，烤烤火衣服很快就干了。"

"我要去放火，"荣二使劲攥着递到他手里的手巾，丝毫没有起身的意思，小声嘟囔着，"我要把绵文的房子烧成灰烬，要把那三个消防员打死。"

"草率的话可不要乱说。"白役从烤火的土间站起身，走到

———————————

① 白役：编外的差役。

荣二身边，"喂！毛头小子，再胡说八道，可饶不了你。"

"饶不了我？你能把我怎样？"荣二抬起上半身，"要不要尝尝这个？"

他冲对方的脸上吐了口水。

| 二 |

荣二双手被绑在身后，倒在岗亭泥地的角落。他不知道对方是什么人，被他吐了口水的白役怒不可遏，用捕棍狠狠打了他一顿之后，让手下把他绑起来，又是脚踢，又是用水桶泼水，最后把他撞倒在那里。

荣二已经丧失了大半的知觉，与其说是肉体上的痛苦造成的，不如说是因为精神极度激愤。脸上一半的血和泥已经开始干了，像石膏一样毫无血色的脸看上去恐怖得令人毛骨悚然。半睁着眼睛，目光空洞呆滞，什么也没看。他呼吸急促，几根因头绳断了而散乱的头发随着他的呼吸以固定节奏微微晃动。

"是弓町的助二郎吧，"荣二恍惚中听到一名男子的声音，"你总是把事情做得有些过火。这是什么情况？"

荣二模模糊糊地想，他大概是武士吧。这是武士的口吻，这个人应该是捕头或者捕快。被问到是什么情况，助二郎啰啰唆唆地向对方解释。他声音沙哑低沉，语速又快，荣二没太听清，或者说没心情听。——破罐子破摔了，随他们处置吧，他在模糊的意识中一直反复嘟囔着这些。

"总之先解开绳索，让他烤烤火。"武士的声音说道，"这样放任不管，他会冻死的。"

荣二被抱起来，松了绑，两个人把他移到火边。过了很长时间，他才开始感知到火的温暖。后来荣二才知道，训斥白役的是城镇巡逻人员捕头青木功之进、捕快安井友石卫门和部下冈村次兵卫三人，他们是在巡逻过程中顺路来到这里的。

部下冈村次兵卫用热水把手巾浸湿，帮荣二擦拭脸和手脚，还给他裂开的嘴唇和身上的伤口涂了膏药。荣二只有被碰触到伤口时才会疼得皱起脸，其余时间都像痴呆了一样面无表情，谁的脸都不看，问什么也都不回答。白役从本町的消防员头目那里听来了怎样的事情经过，又如何向青木功之进报告的，荣二全然不知。不过依据青木讯问他的口气推断，事情似乎被解释为荣二对自己的住所、姓名和职业一概不说，而他之前去了本町的绵文店里敲诈勒索。

"我觉得你看上去不像是那种人。"青木说道，"我是巡逻城镇的捕头青木功之进，我认为这件事似乎另有隐情，你有什么话想说吗？"

荣二没有作答。青木等他开口。

"我要放火烧了那家店，"荣二用喉咙深处的声音自言自语道，"杀了那三名消防员，还有后来那两名白役。"

肿胀的双唇间冒出来的嘟囔声，虽然不太清晰，仍然传进了青木的耳朵里，他眯起眼睛看着荣二。青木功之进年约二十七八岁，身材瘦削高挑，瓜子脸，肤色稍黑，五官清晰突出，完全一副自制力超凡、意志力强大的容貌。

"只要有住址，有担保人，直接就可以回去了。"青木耐心地说道，"你住在哪里？"

荣二不回答。

"你不开口，什么也搞不清楚，怎么都不肯交代的话，就只能把你押去奉行①衙门了。"

荣二依旧不回答。

"白役对你动粗了，你在为此事生气吗？"青木心平气和地劝说荣二，"你听好，为了调查可疑人物，完成职责，他肯定不能像招待客人那般对待你，即使稍微不同，但总归不得不使出粗暴的手段。你越是强硬不肯开口，越会被怀疑是否还犯有其他罪行，到最后不得不受到严刑拷打。你好好考虑一下这些，一五一十地把事情交代清楚可好？"

荣二的衣服上开始冒出了热气，身体一感觉到温暖，全身的肌肉和各个关节就犹如发烫般疼痛起来。绵文的那帮混蛋、那几名消防员，还有混账白役，我要把他们全杀光，就算要花上三十年、五十年，我也一定要把他们全杀光。荣二像是以全身的伤痛发誓一般，在心里这样想着。

"既然你不说，那也没办法了。"最后青木长叹一口气说道，"带去奉行衙门调查情况吧。"

---

① 奉行：日本武士执政时代的官名，奉命处理事务。镰仓幕府以后，用作衙门长官的官名。

随后，他命令值班老人去叫轿子来。

荣二被放进轿子里抬去了北町奉行衙门，关进了临时牢房。要把犯人关进大牢，必须取得城镇奉行的许可，青木跟衙门里名叫又左卫门的捕头商量后，把荣二关进了空闲的临时牢房。又左卫门也姓青木，与功之进是同族，年纪四十五岁，是北町奉行衙门的首席捕头之一。荣二对这些事情毫不关心，他不仅对牢房一无所知，甚至都不知道那就是北町奉行衙门。他把自己紧紧地封闭起来，不允许外界的一切事物进入他的内心。世人皆为仇敌，绝不能忘记这一点。大财主可以借用金钱的力量，官员可以利用手中的权力，他们把无辜的人变成罪犯。像自己这样既没钱又没权的人，根本无法与之抗衡。事实如此，他心想，于是再度怒火中烧。

荣二环视四周，三面是木板墙，朝向走廊的一面是牢房格栅。涌上心头的怒火让他有些晕眩，那些牢固的牢房格栅在他眼里忽远忽近。

"混蛋！"荣二的喊声震耳欲聋，他一下子站起来，"把我放出去！"

他用身体猛烈地撞击牢房格栅。虽然身上的骨肉剧痛无比，他还是像发了疯一样，两次、三次，把身体摔上去，两手拼尽全力摇晃格栅。

"放我出去！"他一直大喊，"我要把你们杀得一个不留！"

三

荣二在临时牢房里待了七天以后，被送去了石川岛的劳工收容所。那七天，又左卫门曾亲自来审讯，对他各种关照。"我跟巡逻的捕头青木功之进是同族""功之进跟捕快安井友石卫门、部下冈村次兵卫三人都同情你，所以我跟他一起去了本町的岗亭"……又左卫门若无其事地闲聊些诸如此类的事情，心平气和地一再追问荣二究竟为何去绵文争吵。荣二面对又左卫门也一直保持沉默。他在临时牢房里横冲直撞的时候，把右脚拇指的指甲掀翻了，伤口已经被处理好，用漂白布包扎着。受伤的脚指甲依然会疼，肩膀、腰骨等其他各处也都隐隐作痛，所以身体一动弹，荣二就疼得表情扭曲。但是除此之外，他就像块石头似的，随意盯住眼前的一点不动，表情僵硬，始终沉默不语。

在这几日里，功之进似乎去绵文调查过情况。绵文方面只说荣二来大喊大闹，把店里弄得一片狼藉，对他的来历和出身并未提及。这一点，在又左卫门审讯的细节上表露无遗。荣二心里冷笑，脸上丝毫没有表露出来。

某个姓石川的审讯捕头，代替又左卫门来审讯了三天。这个人审问起来相当严厉，毫不留情，但也并没有动粗或者大声申斥。到了第七日，又换回又左卫门。

"我认为其中定有隐情，"又左卫门公事公办地说道，"奈何朝廷事务繁多，不能只顾及这一件事。从目前为止的调查结果来看，你并无其他罪行，按理说应该就此释放的。但是你拒不交代住所和保证人，也不说有无职业，那就免不了被当作流浪人员处置了。你会被送到石川岛的劳工收容所，希望你能理解。"

即便如此，荣二依旧没有开口。

被送去石川岛的，包括荣二在内共有五人，所有人都身着便服、脚蹬草鞋。荣二和另一名年轻人腰上系着绳子，被拴在一起，看样子只有他们两个有可能胡闹。奉行衙门派出捕头、捕快两人以及三名下级捕快随行护送。和荣二拴在一起的年轻人一直神经质地发出鼻音，一会儿又左右扭动脖子。

"我叫金太，"一行人刚一出城，那个年轻人立刻对荣二悄悄说道，"就因为一场小小的赌博被强制送到岛上去，连我自己都觉得丢人。"

"闭嘴！"一名下级捕快严厉训斥道，"不许说话！"

年轻人扭着脖子吐舌头，那舌头特别长且苍白。荣二没有理会他。荣二不记得另外四名男子的情况，也不记得从城里一路走出来的路线。看到押解罪犯，路过的人群中有些人停下脚步，用带着厌恶和好奇的眼神看着，但是大多数人都未曾注意到他们或是注意到以后匆忙把眼神移开。

哼，那些家伙一定害怕腰上拴着绳子的我吧，荣二心想。我看上去大概像是个穷凶极恶的强盗或者杀人犯吧。好啊，等着瞧，我这就变成你们猜测的样子给你们看看！

他憎恨映入眼帘的一切事物，想要向它们挑衅。看到鳞次栉比的房屋，他就憎恶那些看起来享受着和平安稳生活的人家；看到往来行人中幸福满足的男男女女，他就在心里狠狠地嘲笑、诅咒他们。不过，当走到越前堀的时候，唯这一次，荣二的心被强烈地吸引了——面对护城河的一户商家的土墙仓房边，两个七八岁的女孩儿，把席子铺在向阳处的地面上，坐在上面玩着沙包。"放在手上，放在手上，"只听其中一个女孩儿唱道，"放在手上，放下来，再——来一次。"

荣二停下脚步向那边望去。两个女孩儿差不多年纪，头发分成左右两部分，在头顶合起来扎在一起，身着色彩艳丽的和服，前面系着围裙。

"一个，一个，再一个，"一个女孩儿娴熟地摆弄着沙包，"放下一个，再——来一次。"

跟那个时候一模一样，受绵文的女儿阿君和阿园的邀请，自己也曾经那样陪她们玩沙包。想到这里，荣二的心中无缘由地涌上来犹如热水般滚烫的情感，泪水湿润了他的眼睛。

"发什么呆呢，"下级捕快推了荣二一下，"还不快走！"

荣二迈开了步子。

"大衣袖，大衣袖，"女孩儿的声音从身后传来，"放下大衣袖，再来一次。"

荣二缓缓地左右摇头。

四

"劳工收容所并非大牢，"收容所的捕快说道，"刚才的通报我再重复一遍，无赖和流浪人员本来理应被送往佐渡岛，但是朝廷特别开恩，命令你们做临时劳工。"

这座收容所不同于牢狱，不会视被收容者为罪犯。依照规定，需穿柿子色阴染圆点图案的服装，发型保持原样即可，已婚妇女也可以把牙齿染成黑色。有一技之长的人可以继续从事本职工作，没有一技之长的人也可以学习感兴趣的手艺。从事各种工作都能领到月钱，这些钱作为回归社会时从事正当职业的本钱——收容所捕快说的这些话，荣二一点儿也没听。在越前堀玩沙包的两个女孩儿的身影一直浮现在他眼前不曾离去，她们的声音也始终在荣二的耳朵深处打转，"左——边，左——边，左——边，左——边达摩的眼"。荣二咬紧嘴唇，闭上眼睛，仿佛能看到自己还是小学徒时，在绵文的内宅陪阿君、阿园，以及她们的一群小女孩儿朋友玩耍的身影。

"喂，"坐在荣二身旁名叫金太的年轻人，用胳膊肘碰碰他，"要站起来啦。"

捕快发言结束，坐在粗席子上的五个人站起身，穿上草鞋。

站在他们左右两边的四名下级捕快，招呼这五个人跟过来，带到宽敞的中庭，向他们介绍等在那里的其他下级捕快，他们分别主管手工艺、焚烧牡蛎壳、种田、榨油、捣米和值班放哨。

此外，似乎还有收容所的分派主管、医生、教师等人员，这些之后再一一介绍。介绍完毕，一名年约五十的男子走上前来。他的体型好似公牛，肩膀的肌肉像肉瘤一样隆起，红黑色的脸应该是天生的，而非海风日晒造成，眼睛和嘴巴大得出奇，说话声音如同拉锯一般刺耳。

"我是收容所分派主管松田权藏，"男子叫喊似的说道，"这里的劳工们暗中称呼我为赤鬼，我才不在乎这种破事，你们要是也想叫就尽管叫好了，我不会为这点事生气。但是你们给我记好，刚才在那边跟你们说话的，是在官府任职的总管捕头冈安喜兵卫大人，你们要是把他说的那番话当真，以为这里是极乐世界，那可就大错特错了。佐渡岛的金矿工人称那里为人间地狱，这里是石川岛，只有名字不一样，根据你们的表现，这里也有可能变成恐怖程度不亚于佐渡岛的地狱。这点你们可别忘了。"

随后，他对着五个人怒目而视，"呸"地往地上吐了一口口水，大步走开了。第二个站出来的是一名四十四五岁的男子，他有种与年龄不相称的柔弱感，和服的衣领系紧到勒着脖子的程度，说起话来故作亲密，像试图讨好什么人。

"我是劳工监视员小岛良二郎，"男子说完，微笑起来，"所谓监视员，就相当于你们的负责人。正如方才冈安大人所说，此处收容所并不是用来折磨你们的地方，我们鼓励有一技之长的人继续从事本职工作，没有一技之长的人……"

"这不是絮叨同样的话嘛，"金太对荣二悄悄说，"这家伙是个两面派，他可比赤鬼坏。"

"如上所述，有一技之长的人会分配他做本职工作，"小岛
还在继续，"没有一技之长的人要是有什么想学习的手艺，可以
申请相应的工作。其余的人会根据时机不同被分配去疏通河道、
耕田挖土、搬运米粮等。都听明白了吧？那么有一技之长的人，
或者有期望从事的工作的人，现在可以发言了。"

五人之中，三名中年人分别为木匠、泥瓦匠、制袜工。金
太既没一技之长，也没说有什么想干的工作。荣二什么也没回
答，那个名叫小岛的劳工监视员就像嘴里积存着口水似的，用
迟缓的语速喋喋不休地劝了他半天，但是自始至终，荣二一个
字都没说。

"似乎你连自己的名字都不肯说啊，"小岛看着手里的本子
皱眉，"既然来了这里，不老实点可是要吃苦头的。"

他说金太和荣二都被分配到网篮房。那里聚集的是只会疏
通河道和挖土方的劳工们。荣二心里在想：怎么样都行，随便
你们安排，对我来说你们全是敌人。

五

网篮房里原本有劳工二十三人，加上金太和荣二后达到二
十五人，名叫传七、仓太、才次的三人是这里的小头目。传七
五十五六岁，仓太四十七八岁，才次二十八九岁，三人原本都

是挖土工人，也都在传马町的大牢里待过。他们对这些经历引以为傲。

小头目们称呼荣二为"武州"，应该是来自武州的意思吧。按理说如果城镇奉行经手处理荣二，是不可能允许他不上报姓名的，恐怕是姓青木的两名捕头出于某些考量给了荣二特别的关照。这件事大概也通知了收容所的官员，甚至连网篮房里的小头目们似乎也有耳闻，所以荣二有时出言不逊，对别人冷嘲热讽，也没有人对他动粗，或者把工作强加于他。即使荣二跟小头目们顽固作对，对方也不跟他一般见识。

最初的五十多天，荣二被派去参加收容所南面的护堤工程。石川岛大致呈三角形，东面是石川大隅太守的宅地，西面是佃岛，分别通过护城河单独隔开。北面是大河入海口，南面临海。入海口的这一端，舟松町、十轩町、明石町等城镇的民房在宽广的大河对岸星罗棋布。石川岛与民房相对的北部区域，建有泊船处和大门，大门内侧左右两边是供被收容者们使用的长屋①。东侧也有长屋，那里还设有温泉旅馆。一走进大门，正对面是官厅以及官员们居住的地方，中庭大致呈三角形，另一头孤零零地矗立在北部区域中心的监视岗楼，是监视劳工一举一动的最佳位置。

实施护堤工程的南端，是岛上最狭窄的部分，从一边到另一边，距离大概仅有五十间稍多一点。这里的海滩又平又浅，平日退潮时会多露出两三町的沙滩，要是到了月初和满月前后，

---

① 长屋：狭长形房屋。

海水甚至能退去十四五町。岛的另外三面都建了石墙，但是南端由于直接被海水冲刷，大约每三年出现一次暴风雨冲垮海岸的情况。为了防止类似的事情再发生，计划在海水与陆地相接处挖掘十尺以上的深坑，将杉树圆木柱子深深砸进去，这些工程从夯实地基起就稳步推进。

被分配到网篮房四五天之后，其中一名劳工引起了荣二的注意。那是个二十八九岁的男子，下巴瘦削，颧骨突出，对任何人都谄媚地笑脸相迎，说些阿谀奉承的话。明明一直神色慌张地左顾右盼，凹陷的眼睛却从不正视别人的脸。

那张脸在哪儿见过，荣二心里嘀咕，我确实对那张脸有印象。

不久，荣二便得知男子名叫次郎吉，但是仍旧想不起来在哪里见过他。又过了不久，荣二跟一名叫与平的男子熟络起来，便把次郎吉的事情抛在脑后了。

"我叫与平，"那名男子主动来跟荣二搭话，"你来这里都已经半个多月了，还是不肯跟任何人说话呢。虽说这其中一定有什么原因，但是沉默太久了可是会伤害身体的。"

那是他们在工地休息的时候。荣二把身体靠在一堆石材上，眺望着早春时节风平浪静的大海。与平过来跟他搭话，但是他既不回话，也不转头看与平。

"这是我第一次跟别人说起这事，我杀害自己的妻子未遂。"与平自言自语似的说道，"那已经是八年前的事了。我曾经在芝①的金杉一带经营着一家小型和服面料店，店铺虽小，生意却

① 芝：地名。

很兴隆。我从学徒晋升为店员，然后做了这家店的上门女婿。"

荣二默默听着，杀妻未遂这句话无意间吸引了他的注意。招婿入门的强势妻子和学徒出身的胆小赘婿在一起，这也不是什么稀罕事。十余年间与平拼命工作，尽管两人已经生了三个孩子，他却从未被当作丈夫对待过。妻子从早到晚不分青红皂白地斥责他，使唤他干这干那，连孩子们都称呼他为"迟钝父亲"。吃饭也跟学徒时一样，单独在铺木地板的厨房里吃。

"错的不只是我妻子，归根结底是两个不能成为夫妻的人阴差阳错地走到了一起，所以现在回想起来，我觉得她那时一定也很为难吧。唉……"与平长叹一口气说道，"可惜那时的我并没有考虑这些，因为不管哪个人，考虑事情的时候总是以自我为中心。俗话常说，他人的痛苦可以忍耐三年，自己的痛苦一刻也无法忍受。终于有一天，我也放弃了忍受。"

就在这时，休息时间结束，与平的话被打断了。

第二天因为下雨工程暂停，网篮房的半数劳工都被转派去修理栅栏。这座岛沿岸围着一圈高九尺的栅栏，劳工们要去更换其中破旧老化的部分。发号施令的是分派主管松田权藏，他怒气冲冲地瞪着劳工们，用嘶哑的声音大喊大叫，确实很符合"赤鬼"这个外号。荣二心里想着，这家伙竟然是个老实人。在他眼前仰天躺下，双手枕在脑后，明目张胆地打了个大哈欠。

"喂，那个毛头小子。"松田抬起又短又粗的手指，仿佛要刺穿对手般指着荣二。他气得涨红了脸，眼睛也快要瞪出来了，但谁知他一认出是荣二，突然把手指转向了别的劳工们，更大声地叫唤起来："喂，你们这群野狗！还不赶快站起来吗？再这么磨磨叽叽的看我不狠狠教训你们！"

荣二轻蔑地笑了笑。

被叫去的劳工共计十三人，年轻的才次是小头目，与平也在其中。雨下了三天，修理栅栏的工作也进行了三天。第二天荣二也被派出去了，与平却没有去，第三天虽然两人一起出去，却没有空闲时间说话。荣二留心观察了一下，发现与平身形瘦小，年纪四十岁左右，可是脸和手脚干巴巴的布满皱纹，如同快六十岁的老人。他的声音低沉又柔和，说起话来不紧不慢、小心谨慎，笑的时候也比别人慢一拍，行动起来总是尽量不引起别人注意。

雨停之后，两人同去参加护堤工程，下午休息时，与平又讲述起他的经历。与平问荣二，他这样跟年轻人讲些无聊的事情会不会令人厌烦，荣二微微摇头。大概是因为刚下过雨，海水有些浑浊，波浪起伏，荣二向海面远远望去，依旧没有转头看与平。

"那是八年前，庚辰年九月三日。"与平讲道，"那年六月，货币改铸①刚开始，钱币价格波动剧烈，我的店也遭受了巨大损失。雪上加霜的是，我采购的一批绸布中竟然有三反②是残次品。那批货是伊势崎的廉价条纹茧绸，其中一反错弄成了女式

---

① 货币改铸：把市场中流通的货币回收上来，回炉熔掉，铸成改变了金银含有量以及外观的新货币，重新再投入市场流通。

② 反：在日本也用作布匹长度单位。

布料，一反染色不匀，还有一反尺寸不够。"

与平的妻子照旧开始恶语相向，骂他是瘟神，说他打算把这家店搞垮，还当着孩子的面狠狠地把他推倒在地。当时与平站在从玄关迈进屋的位置，被妻子推搡跌落到地上的瞬间，他的头撞在了门槛上，鬓角处划了一道一寸左右的口子。

"看到手上沾了血，我懊恼得失去了理智，本想扑上去把妻子暴打一顿，奈何我天生胆小，无药可救，只是掸掉和服上的灰尘，自己去包扎伤口了。"

与平懊恼地全身发抖，泪流不止。那天半夜，他回想起从来到店里当学徒到入赘这十年里发生的种种事情，觉得这样活下去没什么意义，决心干脆杀了妻子，自己也一起死了算了。于是他悄悄爬起来，从储藏室里取出护身短刀。这是已经去世的岳父的遗物，很久没拿出来过，刀刃都生锈了。他拔掉刀鞘，手持白刃回到卧室，把妻子摇醒。妻子睁开眼，一看到他手持短刀，惊叫着一跃而起，一路撞倒隔扇和拉门，从厨房门逃到屋后去了。

"当时她的动作之迅速，"与平说完，喉咙里发出轻笑声，"简直就像是尾巴着了火的疯猫。我也跟着追了出去，但是我妻子那家伙大喊着'杀人啦！杀人啦！'，推坏屋后小路上的栅栏门，跑到街上去了。她在那不停地大喊'来人啊！杀人啦！'，喉咙都快喊破了。"

邻居们纷纷跑出来查看究竟，看到与平手持白刃，引起了不小的骚乱。有人拿出六尺硬棒和晾衣竿来，还有人跑去岗亭报告，而妻子在这些人的保护下，喊得愈发起劲了。

"因为我当时拿着刀，所以直接被押到岗亭去了。"与平继续道，"妻子捏造了一连串的事实，说如果官府放任不管，她和孩子都会被我杀掉，所以坚持要跟我离婚。我那时还在气头上，反驳妻子说不管离婚或是怎样，我都一定要杀了你。结果就这样，我被送来了这个收容所。"

还有这么无情的女人啊，荣二在心里嘟囔着，他回想起了自己被押去岗亭时的情景，不禁怒火中烧，表情扭曲。

"来到这里之后，我明白了很多事情。"与平叹口气说道，"她应该是真心把我当作瘟神，在孩子们眼里我也确实是个迟钝父亲吧。人的天性不同，所以对事物的看法和想法也各不相同。那时我只觉得自己可怜，却没有考虑过妻子和孩子的心情。现在想想，我觉得当初是自己做得不对。"

荣二下急了，想大声斥责与平，告诉他就是因为这样才会连妻子都瞧不起他。就在此时，小头目发话了："开始干活！"与心里想的正相反，荣二转过头去对与平低声说道："我的名字叫荣二。"

"请多关照。"与平说道，"拜托啦。"

第　六　章

| 一 |

二月下旬的某天晚上，次郎吉在网篮房中大声嚷嚷起来，他声称自己放在包袱里的钱不见了。网篮房里有独立隔断的柜子，每个人都可以保管自己的物品。劳工们来到岛上以后赚到的月钱，由官厅代为保管，每个月官厅向他们发放账本，用来合计金额。而最初从别处带上岛的钱，以及亲友们送来的财物，都可以放在自己手里保管。这是收容所与监狱的不同点之一，只要被认定为表现良好，劳工们既可以穿着便服外出，也可以会见前来探望的人。因此，大部分人手头多少会有点钱。

"仔细找找看，"一名劳工说道，"到目前为止，还没听说过这个岛上有谁被偷过钱。"

"但就是没有了啊，没办法了。"次郎吉乱翻着包袱说道，"我确确实实把钱装进钱包，然后夹在这件和服里了。"

听到他的回答，荣二心里起疑。以前就觉得曾经见过次郎吉的脸，这下他发现对次郎吉的声音也有印象。奇怪的讨好别人似的狡猾口吻，确实在哪里听到过，荣二琢磨着，在脑子里回想。

"喂喂，你的柜子就挨着我的柜子，"刚才那个劳工说道，"你该不会是想找我的碴吧。"

"怎么会呢。"次郎吉一副出乎意料的表情，摇着头道，"我丝毫没有怀疑哥哥你的意思，我只是说放在这里的钱连同钱包一起……"

"喂，次郎吉，"另外一个正躺着的劳工说道，"你怀里揣着的那个快要掉下来的东西是什么啊？"

次郎吉"欸"了一声，低头看自己的胸口，发现了眼看就要掉下去的钱包，吃惊地张大了嘴。

"真是抱歉，"他挠挠头，"瞧我犯了个大错。这么说来，我刚才打开包袱的时候把钱包揣进怀里了，结果一时忘记了。真是丢人，刚刚让大家见笑了。"

"什么让大家见笑啊，少开玩笑啦！"最初那名劳工尖利地叫道，"先是瞎扯些怀疑别人的事情，又说什么见笑了，我可不允许你小子在这胡说八道！"

"等一下，"次郎吉向前伸出一只手，身体往后倒退着，向对方说着好话，"我一点都没有怀疑哥哥你，怎么可能呢？我只是说自己这么糊涂，让大家见笑了。"

听到这里，荣二站起身来，朝次郎吉的方向走去，喊了他一声"胜哥"。次郎吉转过头看荣二，周围的劳工们也都向他们两人投来疑惑的目光。

"我记得你的同伙是称呼你为胜哥吧，"荣二说道，"我有话想跟你说，你出来一下。"

"你说什么？为什么？"次郎吉转过脸去，结巴得很厉害，"我的名字叫次郎吉，我不认识叫胜哥的人。"

"你出来就知道了。"

"你认错人了。"

"我让你出来！"荣二挥拳打在次郎吉脸上，"可能你已经忘了，我可记着呢，人贩子阿六，你要是不想出来，那我就在这里把你干过的好事都抖出来！"

"我，我……"次郎吉一下说不出话来，大概是舌头僵硬了，他求救似的环视周围的劳工，"拜托了，哥哥们，这个人……"

话说到一半，他发现每个人脸上都露出轻蔑与憎恶的表情。于是他突然跳到门口，推开拉门跑到外面去了。荣二立刻追上去，屋里的劳工们也大多跟着跑出来了。

尾巴着火的疯猫。

追赶次郎吉的时候，荣二想起了与平说过的话。他倒不觉得好笑，而是单纯对对方的卑鄙和懦弱感到愤怒。中庭漆黑一片，对面监视岗楼里的灯火映照在纸窗户上，光线模糊微弱。次郎吉本打算跑进监视岗楼里去，结果中途被松田权藏给抓住了。

"请帮帮我，"只听次郎吉哭诉道，"我要被大家揍了，请务必帮我躲起来。"

这时荣二也跑过来了，他跑近以后才发现赤鬼正抓着次郎吉，于是双手握拳停下脚步。

"听说你们要揍他，"松田用嘶哑的声音说道，"看样子你们来了不少人，需要这么多人才能收拾他吗？"

"请把他交给我，"荣二说道，"他的对手只有我一个，其他人只是来看热闹的。"

"你小子是武州吧，"松田说道，"你跟这家伙有什么仇？"

"不用你管，"荣二声音低沉，果断地说道，"请把这个家伙交给我。"

说完荣二向次郎吉猛扑过去。

一二一

次郎吉本想绕到松田权藏的身后去，谁知松田竟然抓着次郎吉的手，一把将他推向荣二。

"不准胡来，"松田用嘶哑的声音大喊道，"不准动粗，禁止一切斗殴和暴力行为。一个人的忍耐力非常重要，没有耐性人可是会吃亏的。这就对了，武州，要多多忍耐。"

荣二两手握拳使尽全力，左右开弓，暴打次郎吉的头。次郎吉的身体随着荣二挥拳而左摇右晃，突然他发出可怕的惨叫声，扑上去死死抱住荣二。荣二抬腿绊住次郎吉的腿，一下把他狠狠摔到地上，接着骑到他身上去压住他，对着他的脸左右挥拳。

"救命啊!"次郎吉哭喊着,"我要被打死啦!"

松田走到荣二旁边,拍拍他的肩膀:"已经差不多了,可不能让官厅知道,放了他吧。"

荣二停下拳头,压在次郎吉身上,大口喘着粗气。没过多久,他站起身,似乎是想要逃避在场的人群,往漆黑一片的中庭的对面走去了。他沿着长屋一直往南走,走过病患安置处和女劳工安置处,一直来到正在实施护堤工程的海陆相接处,在枯草上坐了下来。直到呼吸平静下来之前,他都闭着眼一动不动。前方五六尺的地方传来波涛拍岸的柔声细语,似有似无的微风散发着潮水的气味。

"不该出手的。"他睁开眼睛小声自语,长叹一口气,"打他又有什么用呢?那种没骨气的蝼蚁小辈,冲他吐吐口水不就完了吗?"

黑暗的大海中,能看到夜钓船上的灯火映照在水面上。乍一看以为只有三四处,定睛一看,近处的、远处的、停止的、划动的,加起来还真不少。

"阿信,我可替你教训阿六那家伙了。"荣二盯着船上的灯火嘟囔道,"竟然因为那种又胆小又没骨气的家伙寻死,你姐姐也够没出息的。"

阿信没有输给他。阿信非但没有输给阿六这种人,甚至还威慑住了自己的父母。阿信说过,若是像她们一样穷,有时候父母比外人还可怕。事实大概真的如此,荣二虽不知道父母如何，但是他尊敬、信任了十年的老板芳兵卫，店里大小人物都熟识的绵文，他们实际上是怎么对待自己的呢？逼得阿信的姐姐殉情的是她的父母和游手好闲的哥哥们。三郎虽然在葛西有个老家，家中有祖父、父母和兄弟姐妹，但是那里却容不下他。怎么回事呢？这意味着什么呢？荣二在心里问道。

"怎么啦？"说话声响起，有人从荣二身后走来，"后悔了吗？"

是赤鬼吧，荣二心想，但是没回话。

"你为什么要揍那个混蛋？"松田站在荣二的右边问道，"你们在外面结过什么仇吗？"

"跟你没关系。"

"这话你已经说过了。"松田冲荣二嚷道，接着他深呼一口气，稍微平静一点地说道，"我听屋里的人说，你管那个混蛋叫人贩子阿六还是什么的，这到底是为什么呢？"

荣二默不作声。松田狠狠一跺脚，用荣二听不太懂的话骂骂咧咧。"我让你揍了那个混蛋，那个整天拍马屁的混蛋是个肮脏的畜生，光看见他的脸我就想吐，所以我才让你把他给揍了。"松田说道，"此外，我很欣赏你。虽说你背后似乎有后台，但我并不会因此战战兢兢，我是自己欣赏你才放任你为所欲为的。今晚的事也是如此。只要我想，完全可以处分你。是不是，武州？"松田说着蹲了下来。

"跟我讲讲那个混蛋的事，他似乎在外面还犯过别的罪。"松田说道，"只要你把你知道的事情告诉我，我就想办法揭穿他的真面目，怎么样？武州，能不能告诉我？"

荣二依旧默不作声，他站起身向长屋的方向走去。松田也立刻站起来，追上荣二，从背后一把抓住荣二的肩膀。

| 三 |

"等等，你这小子。"松田大吼一声，用手抓着荣二肩膀，把他转向自己，抬手打了他一耳光，"你小子可别小瞧我。"

荣二放松身体，垂着双手，注视着松田的脸。松田扬起手想再给荣二一巴掌，可是看到荣二这副样子，不知心里想到了什么，又把手缓缓放下了，推开荣二的肩膀。

"你这小子真让人生气，"松田咬牙切齿地说道，"枉费我……"他跺着脚叫唤道："算啦，不跟你废话了，行啦，你走开吧！"

荣二走回了长屋。

网篮房里的劳工们都佩服起荣二来。次郎吉阿六害怕引起荣二的注意，在房里自不必说，就连跟荣二一起在工地干活的时候都尽量离他远远的，整天一副弓腰驼背的样子。劳工们之中只有年轻的小头目才次并非如此。他很明显地向荣二表现自己的反感，不管是分配工作还是干活，都只对荣二特别严厉，他那眼神和态度赤裸裸地表露出"怎么样，即使这样也不肯示弱吗？"的意思。

面对周围的这些变化，荣二没有做出任何反应。他把自己牢牢封闭起来，既没有再看过人贩子阿六一眼，也不跟任何人说话。即使被才次百般刁难也绝不反抗，但是谁都明白，荣二并不是屈服于才次，而是在无视他。大概正因如此，才惹得才次愈发急躁、怒不可遏。在护堤工程接近尾声的某一天，才次终于忍无可忍，向荣二发起挑衅。事情发生时，荣二正搬运砌石墙的石块。那是一块缺角的重约五贯①的花岗岩，荣二把石头扛在垫着厚布的肩膀上，双手按住石头往前走着。才次从后面过来，双手猛推了荣二的后背一把。荣二随即向前倾倒，抱着从肩上滚落的石头跌倒在地。

"你小子怎么啦？"才次大声斥责道，"这么点小石头都扛不稳吗？敢偷懒我可饶不了你！"

荣二转过来，抬头看着才次，慢慢站起身。他就像半梦半醒中准备起床的人那样，行动极其缓慢，但是等他站起来，正要拍打沾在手上的泥土的一瞬间，突然右手握拳、胳膊肘后撤，使出全力打在了才次的脸上。这一拳速度极快，命中才次的鼻梁，趁着才次一个趔趄，荣二弯下腰，用头朝他的胸口猛地撞击。才次仰面摔倒在地，一只手捂着鼻子叫唤着什么，身体弯成"弓"字形，努力想爬起来。荣二踩住他的头，他正想躲开，荣二又抬脚踢他的头，一连串动作毫不迟疑。荣二穿着草鞋的脚在对方的脸上和胸口一阵踩踏，随后乱踢一通，又继续踩踏。

"已经可以啦，大哥。"金太从背后抱住荣二，把他拖开，"拜托啦，停手吧。你会把小头目给打死的。"

才次把沾满鲜血和泥土的脸转过来，仰面朝天地躺在地上，

---

① 贯：日本旧度量衡的重量单位。

动弹不得，张着嘴喘着粗气，似乎已经神志不清。

"放开我，"荣二对金太说道，"这多不像样，快放开我。"

监视员小岛良二郎手持六尺硬棒从对面跑过来。一看到他过来，围观这场骚动的劳工们一哄而散。荣二捡起掉在地上的厚布搭在肩上，把滚落在地的石头扛起来了。

"这是怎么回事？"小岛用柔弱的声音说道，"是谁？做出如此粗暴之事，这是谁干的？是谁？"

劳工们各自忙各自的，没人回小岛的话。看到另外两名小头目传七和仓太在工地边上，小岛便走过去盘问事情的究竟。两人看样子毫不知情，跟着小岛走了过来，三人合力把才次抬走了。"你真厉害啊，大哥，"一名四十岁上下的劳工对荣二说道，"要出手，就应该像大哥这样干场痛快的，心情好久都没这么舒畅了。"

荣二也不看他，就像什么也没听见一样默默地搬石头。劳工们都偷偷地瞥着荣二，眼神中混杂着赞叹与敬畏。只有一个人，只有名叫与平的男子表情悲伤，不时地看着荣二摇头，感觉像是在说"真可怜啊，不应该出手的"。

四

才次在病患安置处待了十多天。时间进入三月，一名叫久七的中年人代替才次当了小头目。

荣二没有受到任何处罚。不仅是劳工们，才次似乎也隐瞒了事情真相。他大概是考虑到事发时附近有一些劳工，搞不好有人看到是他先动手的，这样一来反而对自己不利，因此选择了保持沉默。官员们实际上已经知道了事情真相，心学教师立松伯翁演讲时就提到了这件事。

在这个收容所，每隔十天就有一次心学演讲，场所定在官厅的广场，被收容的女性也会出席。演讲并不高深，基本上是引用故事和逸闻来讲解如何处世，劳工们都不愿听，每次轮到谁，必须要督促着才肯参加。来听课的女性被收容者中，如果有姿色稍微出众的，就有人愿意主动去听演讲，但是这种时候他们通常对演讲充耳不闻，一心看女人，因此教师拒绝让这样的女性出席。

三月五日晚上的那场演讲，在官府任职的总管捕头冈安喜兵卫特别点名要求荣二参加。那天正赶上隔天一次的洗澡日，刚洗完澡的荣二浑身软弱无力，懒得动弹，可是既然被特别点名了，而且迄今为止一次都没参加过，他不得已只好去听演讲。广场面积大约三十帖，位于官厅南侧，从面对中庭一侧的外廊起，向外延伸开来。除了荣二以外，还有十四五名男性，女性也是差不多的人数。男女分开坐在广场左右两边，中央是教师的席位。

立松伯翁是个肥胖的老人，年纪大约六十。秃顶的大头和快要胀破的圆脸都呈茶色，闪着油光，又厚又大的嘴唇红得令人作呕。荣二原本想象心学教师是一副消瘦朴素的容貌，结果他的猜想完全落空，他感到滑稽可笑，心想这家伙就是个典型的大胖秃驴。监视员小岛良二郎和两名在官府任职的捕快，还有冈安喜兵卫，也出现在广场的一角。

立松教师的讲话无聊透顶，只有他一个人慷慨激昂，被自己的演讲感染。"嗯，就是这个，这是一个人的为人之道。嗯……"他一会儿兴致勃勃地点头称赞，一会儿铆足劲儿用扇子拍打自己的膝盖。《孝经》里是怎么写的，"心学"里是这么提倡的，唐朝的某个人是怎么做的，等等。他胡乱絮叨着不知从哪读来还是听来的道理和奇怪的诗句，反复说这是真正的人生之道。荣二苦苦忍着不打哈欠，没过多久伯翁突然抬高声音大嚷道，丰臣家名叫木村某某的武将，即使被茶童敲了脑袋都未曾还击。这一嚷把荣二吓了一跳。

"一名出类拔萃的武将，竟然被区区茶童敲了脑袋，"伯翁像要威胁别人似的瞪大眼睛环视左右，"但是木村重成没有说话，也没有采取任何行动，甚至脸上都没有露出疼的表情，这就是人跟人的差别。茶童有没有再得到过晋升，我们暂且不管，重成后来却被封为侍大将、军队指挥官，在大阪之役中英勇奋战。虽然因为对手是德川军而不幸战死沙场，但却成为一位名垂千古的大人物。"

"我并不是说要让在座的各位成为重成一般的人物，"伯翁继续道，"但是你们之中，似乎有人不过稍稍被作弄了一下，结果就把对方打了个半死。"

荣二迅速朝捕快们的席位望了一眼，但是他们谁都没往这边看，冈安喜兵卫仰面朝天，闭着眼睛。

"我想问问那个人，"伯翁怒视着左右继续说道，"如果别人来作弄你的时候你只是一笑置之，那事情的结果会如何呢？对方作弄你两次、三次，你若都只是笑着不予理睬，那对方一定也会觉得自讨没趣，最终来向你道歉。可是那个人却将对方打得半死，或许他也是迫不得已，那么，这样做之后事情又会如何发展呢？仇杀之所以被全天下禁止，是因为如果一个孩子的父母被杀，即使是仇杀，那这个孩子也会憎恨凶手；假设这个孩子把凶手杀了，凶手的孩子又会反过来将对手视作仇敌。如此冤冤相报，社会便维持不下去了。"

"仇恨的心情不是单靠法律就能抑制住的。"伯翁专心地用右手摸着前额继续道，"那个被打得半死的人，对自己作弄别人的行径不知悔改，反而怨恨对方，打算伺机报复也说不定。"

说到这，教师为了倾注真情实感，把声调降低："如果发生火灾，会把着火点的房屋拆掉以防止火势蔓延，换句话说，牺牲一栋房子，防止大火发生。"

听到这里，荣二站起身来。

他感受到背后大家投来的目光。荣二默默走出广场，回到了网篮房。毫无疑问，教师的演讲是针对自己，冈安喜兵卫指名让他去也是为了这个吧。荣二心想，拐弯抹角的，无聊透了。要是我做错了，只管痛痛快快地定罪然后处罚我就是了，何必大谈特谈忍耐啊，忍受啊，茶童和侍大将之类的。我既不是唐朝的什么学者，也不是茶童和侍大将，我谁也不是，我就是裱褙工匠荣二——一个被扣上小偷的污名，在路上受到毒打，然后被送来岛上的收容所，这一生都被毁掉了的人。

"你亲身经历过这样的事情吗？我该这么问问他的。"荣二躺在床上枕着胳膊，嘴里轻轻嘀咕着，"我刚才站起来的时候，真想朝那大胖秃驴的秃头上狠狠来一拳，他要是生气了，我就跟他说要忍耐再忍耐。哼，借用与平的话，他人的痛苦即使三年都可以忍耐。对于你不了解的痛苦，就别不懂装懂胡乱解释。"

一边嘀咕着，荣二感觉到自己眼底发热，泪水溢出了眼眶。下决心不跟任何人亲近，把社会和所有人都视为仇敌，一直封闭在坚硬的外壳里，突然间，他心疼起这样的自己来。别的劳工已经进被窝了，还有的打起了呼噜。伴着那呼噜声，一种令人窒息的孤独感向荣二袭来，仿佛广阔的世间只剩自己孤身一人。荣二拼命忍住抽泣，穿着衣服就钻进了被窝。

从病患安置处出来的才次，嘴巴以上都用漂白布包扎着，只有眼睛周围开了洞。他透过那仅有的洞，一直瞪着荣二，眼神透露出全身紧绷随时待命的架势，稍有空隙就要扑到荣二身上去。

"只用一根针就能杀死人，"才次对一个劳工说，"颈窝稍微往上一点有个穴位，把针插进那里就行了，只需一下就能让对手扑通倒地，因为不留伤口所以没人会发觉。"

他称自己在外面曾经把五个人弄成残废，要是认真打起架来，可以以一敌三，还故意说些吓唬人的话。但是荣二看都不看他，一副听不见的样子。

"你可一定要当心，"有一次与平悄悄警告荣二，"那个才次连小头目也做不成了，所以对你的仇恨可不是一星半点儿，你最好离他远点啊，荣弟。"

一时说走了嘴，与平赶忙辩解说，自己绝不会把荣二的名字泄露出去。

护堤工程完工后，后续整理工作大约持续了七天。十五日的黄昏，荣二回到房间清洗手脚时，小岛良二郎来了，叫荣二跟他去一下。荣二擦着手，跟在小岛后面走了。绕过官厅，面对大河入海口的大门旁有值班室。走到那前面小岛停住了，冲着值班室的方向挥挥手。

"有个人来了，说要见你。"小岛说道，"虽然已经过了会客时间，但是上面特别批准了，你去见见吧。"

小岛说话的口吻含含糊糊的。荣二拿着布手巾就进了值班室。刚进门的一块空地呈曲尺形，没有铺地板，往里走是一个约六帖大小、铺了木地板的空房间，墙上有拉门，拉门后面似乎还有一个房间。铺了木地板的空房间里油灯已经点亮，值班老人待在房间的角落，三郎坐在一旁，身边放着个包袱。屋子里光线昏暗，再加上事出意外，所以荣二一下没认出来那是谁。

"阿荣，"三郎用低沉又颤抖的声音叫道，"太好了，我找你找了好久啊。"

荣二吓得一哆嗦，瞪大了眼。三郎凝视着荣二，像是有一肚子话要向他倾诉，却一时语塞，于是赶紧使劲擦拭他那圆乎乎胖墩墩的面颊。他吞了口口水，正打算再一次呼唤荣二的时候，荣二唰一下转过身，大步流星地走出去了。

"阿荣，怎么了？"三郎哭着追出来，"是我啊，是三郎啊，阿荣！"

"我不认识叫三郎的人，"荣二一边大步流星地走着，一边冲三郎大喊道，"在这个世上，我谁也不认识，我的名字也不叫阿荣，你回去吧。"

"阿荣……"身后传来三郎悲痛的声音。荣二嘴唇紧闭，眼睛直视前方，带着僵硬的表情往长屋走去。

五

荣二刚回到网篮房，小岛良二郎马上追来了。小岛拿来一个包袱，告诉荣二是刚才那个人带给他的。荣二冷冰冰地看看包袱，说自己不认识那个人，没道理收他送的东西，坚定地拒绝了。

"是这样啊。"小岛点点头，用试探的眼神盯着荣二说道，"不过为了慎重起见，我得告诉你，那个叫三郎的人可是一直担心你的感冒好了没有。"

荣二的表情僵住了，不管是眉毛、眼睛，还是嘴巴，都像面具一样僵住了，接着他又突然皱起了脸。

"尽管如此，你还是不认识他吗？"

"不认识，"荣二嘶哑着声音回答，"见都没见过。"

"既然如此，那他送来的东西可以由官厅代为处置吗？"

"请随意处置。"荣二答道。

"真是个傻瓜。"那天晚上躺下之后，荣二嘟囔了好几遍。按照规定，就寝时应该盖五幅被①，三个人睡在一起。因为被子有多余，所以三个小头目和荣二以及包括人贩子阿六在内的另外两人各自单独睡。

"竟然问什么感冒好没好，"荣二用被子蒙着头悄悄嘟囔着，"那家伙还是老样子，虽说那时我感冒了，但是都已经过了快一百天了，竟然还问我好没好。"

"那家伙说什么傻话。"荣二一边嘟囔着，一边攥住盖在身上的被子，竭力压制着涌上喉咙的阵阵呜咽。偏偏在那个时候感冒，喷嚏和鼻涕不断。在生平第一次遭受了非人道的对待，感到悲伤愤怒又无地自容的时候又打喷嚏又流鼻涕，就像歌舞伎里的仁木弹正②一样，在砍人的场景里还打喷嚏。荣二想着，正要笑出来，绵文的那个房间浮现在他眼前。在没有点火取暖的房间里打喷嚏的自己、闯进来的消防员头目和两个年轻手下，随后自己被拖到积雪的道路上，被他们殴打、踩踏、踢来踢去，接下来是在岗亭里……这些回忆生动地在他的脑海里重演，他感到全身因愤怒而血脉偾张。

---

① 五幅被：表里均用五幅布做成的盖被，寒冷地区用。

② 仁木弹正：《伽罗先代萩》中的人物，以原田甲斐为原型，在剧中是一个会使用忍术的大恶人。

"混蛋，"荣二双手紧紧攥住盖在身上的被子，咬牙切齿地说道，"看我怎么收拾你们！早晚有一天我要收拾你们！"

过了几日，网篮房的劳工中有十七名被派到岛外去干活。派出去的只限于被认定为平日表现良好、没有逃跑嫌疑的劳工。荣二没有入选，留在岛上干其他的工作，因此他得以观察、体验了收容所里各种各样的手工艺和生产作业。焚烧牡蛎壳可不轻松，但是最辛苦的还要数榨油，据说这项工作即使是体力超常的人也无法长期从事。另外还有雕刻、编竹斗笠、做轿子、抄纸浆、做头绳、做草鞋、用绳索编织工艺品、捣米、木工、泥瓦匠、种田、做煤球等工作。网篮房里剩余劳工们的任务是辅助上述工作，他们负责从船上卸下材料、往船上装载成品，有时还要去人手不足的地方帮忙。被安排的工作荣二都会去做，但是他从不主动干活。制作廉价唐纸①的房间里有五个人，这里一天到晚都处于赶订单的状态，唯独这项工作荣二不肯帮忙。不管是小头目命令他，还是监视员命令他，他都只是摇头，绝不肯靠近半步，因为那份工作会让他感到绝望的愤怒。

"大哥你知道吗？"有一次金太说道，"才次那个家伙被转移到传马町去了。"

那是把填满牡蛎灰的草包从焚烧场装载到船上的时候，两个人都灰头土脸的。

"什么时候的事？"

"三天前，"金太说道，"看来大哥你不知道啊。"

---

① 唐纸：一种中国传入日本的纸，印有漂亮的彩色花样。

"为什么被转移了？"

"好像是以前在外面干过坏事，一直隐瞒不报，结果事情败露了。"金太自作聪明地说道，"具体情况我也不太清楚，听说是他犯了什么重罪，为了掩盖罪行所以故意犯点小错混进收容所里藏身。"

"不要乱说没有根据的话。"荣二说道。

"可是才次那浑小子不是对大哥你怀恨在心嘛，"金太说道，"随时都是一副一有可乘之机就要咬住你喉咙的表情。"

"那又如何？"荣二扛起草包说道，"我还等着他来咬我呢。"

金太有气无力地张开了嘴。

第 七 章

| 一 |

真可怜，荣二心想，我本来还打算再跟才次较量一番的。上次是自己先出手，但是这次才次应该会提高警惕了吧，这样就可以公平地一较高下了。庇护和关心、安慰和鼓励背后隐藏着欺骗，一旦自己身上发生事端，那些虚情假意就会像烟雾一样散去，昨天还堆满笑容的脸会突然变得面目狞狞。单单因为工具袋里装了一块金襕，维系十余载的心与心的纽带就像风筝线一样啪的一声断开了。相比之下，才次把我视为眼中钉的心情之中既没有虚假，也没有谎言，想瞅准时机干掉我的打算也是认真的。一个人认真地满脑子只想一件事，不管怎样，那总算是真实的、好样的。这次总算可以公平地、认真地跟那个家伙较量了。

可惜事到如今，才次隐藏的其他罪行却败露了。

荣二心想，才次真的犯了那样的罪行吗？他会不会也跟我一样，是掉进社会上那些家伙设计好的圈套里去了呢？如果真是那样，我不该对他做出那么残酷的事情来的。

从那之后，荣二开始留意观察起周围的人和事来。才次的事成了一个契机，让他注意到收容所里的所有人都是被社会排挤出来的这一事实。在这里的人是同伴，社会上的那些家伙是敌人，收容所里的人就跟自己一样，在社会上吃尽了苦头，被社会欺骗、陷害。名叫与平的劳工因为自己的妻子和孩子们而被赶进了劳工收容所，其余的每一个人大概也都有各自黑暗不堪的经历。

"人贩子阿六那家伙另当别论。"他小声嘟囔道，"那家伙就是个人渣，阿信曾经说他对同伙做了不讲道义的事情，从江户逃走了，实际上他是改了个名字偷偷在这里藏着，这种事情只有人渣才干得出来。"

次郎吉阿六自那以后一直不敢大声说话。他同样没有被派到岛外去工作，但是不论何时他都不敢靠近荣二，就好比同一根棍棒的两端永远不会相见一样，始终离荣二远远的。荣二暴打才次的时候，曾经有个劳工大喊心情舒畅，后来那劳工一有机会就接近荣二，荣二一直不理他，他也毫不介意，还是经常来搭话。他的名字叫作万吉，二十七岁，曾经是二组的消防员，喜欢打架，没事的时候就以两国广小路一带为中心到处转悠着找架打。为此，头目曾经严禁他打架，但是两年前的九月，他终于还是忍不住了，与人大打出手，打伤了对方三人。于是头目大怒，将他驱逐出组，送到了这个收容所。万吉有个癖好，习惯用金钱来评价一切事物。

"教训才次的时候，"万吉说，"大哥出拳速度之快，大概值一两金币。"

今天的天气值十三文，次郎吉那混蛋一文不值，那件事我出一文钱吧，万吉净说些诸如此类的话，连荣二有时也会不知不觉地被他逗笑。

"不要叫我大哥了，"有一次荣二说道，"你的年纪比我还大吧。"

"大哥和小弟的身份不是由年龄决定的。"万吉回答说，"二组的消防旗手是一名叫阿大的大哥，年纪比我还小三岁。他可是个相当了不起的人物，发生火灾时高举旗帜站在开始灭火的地方，那副姿态千真万确价值黄金千两。"

随后万吉反应过来："这是你第一次跟我说话啊，大哥。"确实，从那以后，荣二逐渐跟人说话了。虽然他是个话少的人，对不喜欢的人照旧一言不发，但是一个接一个，互相问候的人多了起来。对此与平比谁都开心。他被选入外出工作小组，每天去岛外工作，有时会买些点心回来，跟两三个意气相投的人一起喝茶聊天。

二

一天晚上，与平沏好茶，解开粗点心的袋子，叫来荣二和另外两个人，开始闲聊起来——收容所的劳工们每个月能领到四百文到一千文的月钱，如果确有必要，可以自由支取其中的一半，剩下的一半由官厅代为保管，在劳工们离岛的时候发给他们。这些在前文已有过表述。因此在此处，像与平这般享用茶点的消遣还是可以做到的。

加入茶话会的是名叫吾一和伊助的两名中年人，年纪大概都是三十四五岁，吾一隶属于农民房，伊助则是雕刻房的一员。

"我来这个收容所已经五年多了，"吾一说道，"我不想再回到外面的世界了，我打算在这里过一辈子，在这里化为白骨。"

"别把话说得那么死啊，"与平引出话题，"即使因为被火烧伤而惧怕起火来，但要想生存下去，到底还是离不开火啊。"

"是啊，拿火来比喻倒是如此。"吾一缓缓点头，"不管是多笨的人，早晚都能掌握火的用法，但是敌不过社会上处心积虑、诡计多端的人。给别人当牛做马、随意使唤，累得腰都快断了，结果到头来，房子和田地都被人抢走了。"

"这种事可不少见，"伊助自言自语似的小声嘀咕，"要是每个人都讲讲自己的经历，那可就没个头了，所谓的社会就是这种构造，没什么稀罕的。"

"对当事人来说，可并非如此。"与平说道，"没有被火烧伤过的人无法体会那种痛苦，而且每个人对痛苦的感知程度似乎也不同，甚至有人看到太阳升起就吓破了胆。"

荣二觉得自己的心都枯萎了。吾一和伊助遭遇了怎样的苦难可想而知，正值壮年的他们却已经对社会、对自己的未来失去了信心。将他们击垮到如此地步的阴谋诡计正在动摇着"世间"吗？有个知名的奉行好像曾说过"恨罪不恨人"，但是与平想要杀害妻子的时候，有罪的是哪一方呢？是想要杀妻的与平，还是把与平逼到这个份上的他的妻子？虽说这个收容所不是牢狱，对待劳工们的方式也的确与牢里对待犯人不同，但不管哪个，目的都是将身在其中的人与社会隔离。自己因为一块金襕被冤枉有罪，想要弄明白是谁干的反被施暴，最终被送进了这种地方。这种情形下究竟是哪一方有罪呢？小店里的首饰工匠有时迫不得已会将小金币回炉熔掉用作原材料，一旦被发现，会按熔造流通金币罪论处。绵文几乎公开地使唤小伙计削薄金币，各处钱庄也都如此，为什么他们的做法就不构成犯罪呢？——首饰工匠熔掉小金币是实在穷得买不起原材料，但绵文削薄金币并非迫不得已，而是利欲熏心所致。如果真要被问罪的话，这又是哪一方有罪呢？荣二在心里反问道。

"因为父亲死得早，所以我十一岁那年就已经开始干农活了。"吾一讲述道，"家里除了母亲，还有两个双胞胎弟弟和一个没断奶的妹妹，我为了多赚钱，开垦了七反步①矮竹丛生的荒地，引水灌溉，把那里改造成了农田。地主曾和我约定，只要我把这部分荒地改造成农田，他就会免除我十年的地租。"

没想到，七年前地主却上门来催债了。除了这七反步新农田的地租，还有一张据说是吾一的父亲打的借条。七反步农田的地租从土地开垦出来的那一年起逐年累加，而那张金额二十

---

① 反步：表示土地面积的计量单位。

五两的借条已经是十七年前的东西了。

"我死去的父亲是文盲，那所谓的借条上只是按了手印，手印究竟是不是我父亲按上去的，都无从查证。"吾一小声嘟囔着，"另外，新农田十年免地租的约定只是口头上的，并无证据，我找了很多人商量，最后甚至花钱咨询了讼师，终于明白了我再怎么做也无济于事。"

原本属于吾一一家的五反步农田和后来开垦的七反步农田能种出那一带最优质的大米，这离不开亡父的精心培育和吾一的努力，但是地主却打起了他们家田地的主意。

"父亲生前从来没提过，所以我不清楚那二十五两的借款是真是假。不过农田的事情，我确实是知道的。"吾一用冷漠的口吻继续道，"从我十一岁那年开始，整整十八年，从新田开垦好算起也有十二年，我和母亲还有两个弟弟一直辛勤劳作，累得腰都快断了，我甚至没有娶妻成家。结果有一天，地主的代理人带着村官一起来了，说要把农田和房子收走，作为借款的抵押，让我们一家人立刻搬出去。我们就这样被强行赶走了，当时我的心情，不知大家能否体会。"

荣二深深垂下头，尽量不让另外三人觉察到自己的情绪。他咬着牙，双手握拳使劲抵在膝盖上，简直像要把拳头拧进膝盖里去一样。从那之后，吾一变得自暴自弃，他跑到地主家去放火的时候被抓住了。听到这里，荣二默默站起身，到外面去了。

"整整十八年，"他一边往南走着一边嘟囔道，"整整十八年啊，太荒唐了。"

开垦矮竹丛生的荒地是件多么艰苦的工作，这个荣二不晓得。吾一开垦荒地后引水灌溉，把那里培育成了最优质的大米产出地。他没有娶妻，十八年一直辛勤劳作，到头来旧田连同新田，甚至连房子都被夺走了。这一切都因为一张不明真伪的旧借条，以及当初没有立下免除十年地租的字据。真有这种事情吗？周围的人会眼看着这种惨无人道的事情发生而默不作声吗？那个村子里应该还有别人，他们应该也知道吾一十八年来付出的辛劳吧，即便这样也没有人肯帮他吗？荣二发出一声叹息。

天空中繁星闪烁，周围漆黑一片，只有监视岗楼的纸窗户被灯火染亮。穿过长屋，就来到了女劳工安置处，这里的建筑物被竹栅栏围着，禁止男性出入。荣二一走到那里，就看见一个黑色人影从竹栅栏的栅栏门里溜出来，一路小跑往南边的海边去了。

"啊，那是，"荣二嘟囔着停住了脚步，"那人是叫阿丰吧？"

| 三 |

三郎每隔五天按时来探望一次。他显然是收工后过来的。虽然岛上严格规定了门禁时间，但却允许三郎来访。赤鬼曾对荣二说"你小子背后有靠山"，在其他一些事情上荣二也能感觉

到自己似乎受到特别关照，但是他没有会见三郎。劳工监视员小岛也不强求，他每次把送来的包袱拿来，默默放在那里。包袱里有点心，盛放在木盒里的烤鱼串和寿司，内衣和内衣束带等，荣二毫不惋惜地把这些分给身边的人。

第一次看到盛着烤鱼串的木盒时，荣二皱着脸嘀咕："这家伙真是个蠢蛋。"三郎肯定是记得以前荣二经常站在和国桥桥畔烤鱼串的小摊边吃东西的事情，但是没意识到这也会让他想起账房的钱箱。不用说，荣二碰也没碰那烤鱼串。

到了四月下旬的某天夜里，荣二刚要准备睡觉，万吉过来了，悄悄地叫荣二出来一下。荣二点点头站起身，跟万吉一起出去以后问道："有什么事？"

"你知道有关松造和阿丰的传言吗？"

"详细情况虽不太清楚，但倒是听说过。"荣二回答，"他们两个出什么事了吗？"

"有人偷窥他们，"万吉说道，"就连说说都觉得龌龊。"

女劳工安置处的阿丰和做头绳的松造不知什么时候好上了，阿丰开始照顾起松造来。松造表现良好，可以借外出办事的名义自由出入市区；若有担保人，随时都可以从岛上释放。虽然收容所内特别严禁男女接触，但是不论怎样严格地禁止，肯定还是会有人暗中偷偷相爱。一旦有这种人出现，周围的人也习惯装作毫不知情，掩护他们避开官员们的监督。松造和阿丰的事情，荣二略有耳闻，某天夜里他还看到过阿丰从女劳工安置处里溜出来。

"从天气回暖后开始，那两个人晚上有时在南边的海边幽会。"万吉说道，"这是阿松告诉我的。如果只是嫉妒他们的关系那倒也没什么，可是竟然有个混蛋去偷窥他们。"

"偷窥什么啊？"

"偷窥他们幽会啊。"万吉吐了口口水说道，"大哥你知道榨油的肉瘤吗？"

荣二不知道。

"榨油的那帮人身材如同相扑选手，一个个力气大得惊人。"万吉继续道，"其中有个外号叫作肉瘤的混蛋，他的脖子这里长了一个肉瘤。那家伙力大无比、脾气凶暴，一个人跟四五个同伙打架都没输过。"

松造年龄三十一岁，阿丰三十岁。自从他们背着别人在晚上幽会以来，最多三天不见就受不了。如果可以的话，巴不得每天见面。但是前几天两人发现，肉瘤总是去偷看他们幽会，松造向万吉诉苦，说他正为此事苦恼。

"偷窥别人卿卿我我，这种事光是说出来都觉得龌龊，不是吗，大哥？"万吉喘着粗气，气势汹汹地说，"我想去狠狠教训那个混蛋，可惜仅凭我一人之力无论如何也敌不过他，反而会被他打倒在地。"

"今晚他也会去吗？"荣二问道。

"我不知道，虽然不知道，但是我想去看看。"

荣二没说话，开始朝海边走去。万吉跟荣二并肩走着，小声问要不要找根棍子之类的带去。荣二摇头说不用，自己一个人去就行了，让万吉等着。万吉当然不同意，他用力晃着肩膀，说毕竟这件事是自己提出来的。

地点位于他们实施护堤工程的海边，那里除了大约十块旱田外，还有杂草丛生的空地。荣二晚上来这看过一次海，那时工程正在进行中，所以没有竹栅栏，现在沿着海边围起了高九尺的竹栅栏。两人从旱田间穿过，刚一进入空地，万吉就拽拽荣二的袖子，说了声："嘘!"

四

荣二停住脚步，万吉猫着腰窥探对面的情况。天空快要下雨的模样，黑夜中一颗星星都看不见，远处的海面上闪烁着淡橙色的灯光，似乎是渔船发出来的。

"怎么了?"荣二悄悄问道，"在吗?"

万吉又"嘘"了一声，随后蹑手蹑脚地往前走去，走了五六步便停下来，悄悄指了指前方。刚刚长出杂草的空地上，能看到一个坐着的人影，如同黑夜中的一块黑斑。

"是那个混蛋，"万吉把嘴凑近荣二耳边低声说道，"是肉瘤。"

这时，可能因为发觉这边有动静，黑色人影动了，朝这边喊了一声，问是不是阿丰。荣二默不作声地朝黑影走去，万吉本想阻止却已经来不及了，只好按兵不动，静观其变。

"是阿丰吗?"对面的男子又问了一遍。

"不是，"荣二回答，"我是网篮房的人。"

对方坐着没动，只是转过头来看了荣二一眼。荣二双手抱在胸前，站在对方右侧眺望大海。

"涨潮了。"荣二嘟囔道。

"网篮房的人，"男子问道，"你叫什么名字？"

"不用在意。"

"我问你叫什么？"

"你不用在意，"荣二说道，"我只是来看海而已。"

男子不再问了，默默抬头看着荣二。海浪断断续续地拍打着石墙，那声音让人感受到海水涨潮时丰沛的水量，从大海遥远的那一边，还传来了船橹的声音。

"我跟人约好了在此见面，"过了一会儿，男子说道，"你待在那里会妨碍我们。"

"真是个安静的夜晚啊。"荣二嘴里嘟囔着。男子活动了一下身体，荣二心想，如果他是肉瘤的话，应该要过来打我了吧。谁知男子只是活动了一下身体而已，甚至都没打算站起来。荣二有些沮丧，按照万吉所说，肉瘤是个穷凶极恶的人，因为眼红松造和阿丰的关系，才跑来偷窥他们幽会，打扰他们。如果事实的确如此，那他应该把荣二赶走才对，可是他根本没么做，说话的口吻丝毫不粗暴，反而似乎显露出了他的不知所措。

荣二觉得此事有蹊跷，正打算向男子搭话的时候听到了有人小跑过来的脚步声。"阿清你在哪儿？"一个女子的声音传来。

男子转过头说："在这里。"随即又透过黑暗抬头看了荣二一眼。急匆匆赶来的女子看到荣二便停住了，上气不接下气地问男子这人是谁。

"好像是网篮房的人，"男子回答，"说是来看海的。"

"我这么问可能有点奇怪，"荣二把抱在胸前的双手放下，对男子说道，"如果我说错了就请你原谅，你是榨油的、外号叫肉瘤的人吗？"

"是又怎么样？"

"那么，"荣二朝女子的方向挥挥手，"这位女子名叫阿丰吗？"

男子站了起来。刚才坐着的时候看不出，一站起来才发现，他的体形比万吉所描述的还要大很多，身高六尺有余，肩膀像公牛一样厚实，肌肉隆起着。

"你究竟是什么人？"男子说道，"你刚才说自己只是来看海而已，真的只是这样吗？"

"对不起，是我不对，"荣二一边说着一边往后退，"似乎是我听错了什么，不打扰你们了，我这就走，请你们原谅。"

然后他慢慢地走开了。

荣二一走回旱田附近，刚才不知道隐藏在哪里的万吉一下子冒了出来，跟荣二肩并肩往回走。荣二问他是否听到了刚才的对话，万吉扭着脖子说听到了，搞不清楚为何会这样。

"你被骗了。"

"不会的，"万吉说道，"因为阿松不是那样的人。"

"那刚才看到的是怎么回事？"

"所以我才搞不清楚嘛。"万吉歪着脖子说道，"刚才我跟你说的那些事，不只是阿松，连那个叫阿丰的女子也跟我说过，说他们实在是没法子了，问我能不能帮忙出出主意让肉瘤无法接近。"

荣二转过头看着万吉："你说的就是刚才那名女子？"

"我跟她聊过好几次了。"

荣二回忆着肉瘤魁梧的身材和他不知所措的口吻，对着万吉说："你真是个好人。"

五

事情很快就水落石出了。

"正如大哥所说，"万吉挠着头说道，"我被他们巧妙地骗了，收到了二朱①假钱。"

万吉似乎用心地四处打听过了。其实事情很简单，阿丰是名多情的女子，不管被谁追求，她都以身相许。阿丰和肉瘤阿清的关系比她和松造的关系开始得更早，松造曾经去偷窥阿丰和肉瘤幽会。之后松造去招惹阿丰，于是阿丰跟松造也打得火热。虽说肉瘤是个一言不合就动手的无法无天之人，但是在阿丰的事情上却没了主心骨，他一味地送钱和东西给阿丰来表达爱意，对于其他的男人，甚至连生气和嫉妒的力气都没有了。

———————

① 朱：日本古时货币单位。

"我原本以为阿丰那女的是个骇人听闻的荡妇，"万吉说道，"奇怪的是她并非如此。听说她对谁都用情很深，也绝对不会欺骗对方。肉瘤从事榨油的工作，在这个岛上赚钱最多，所以不断地给阿丰钱和东西。即使这样，肉瘤也没有受到特殊对待，阿丰对他和对一分钱不给的男人没有丝毫不同。"

目前松造痴迷于阿丰。松造随时都可以回归社会，所以他认真想着届时迎娶阿丰。因此松造花言巧语蒙骗万吉，企图让他破坏阿丰和肉瘤之间的关系。

"那女的到底怎么打算的？"

"这正是不可思议之处。"万吉一副无论如何也无法理解的样子，"我和阿松一起跟那女的聊过好几次，那时她看上去被阿松迷得神魂颠倒的，完全不像是装出来的。"

万吉向跟阿丰有过瓜葛的男人们打听后得知，原来她对每个男人都是如此。已经跟她分手的男人们大多数都说她对待感情很认真，在交往过程中会流露出真情实感。荣二说这种事到处都在发生，没什么稀罕的，让万吉别再提了。

"拉你做这种蠢事，真对不起。"万吉低头向荣二赔不是，"不过，大哥，我在这次四处打听的过程中，可听说官厅已经把你的出身、姓名和年纪全都搞清楚了啊。"

荣二眯起眼睛看了看万吉。

"好像是次郎吉那家伙说出去的。"万吉继续道，"以前你揍他的时候不是曾经叫他人贩子阿六吗，这名字传到官厅捕快的耳朵里去了，他们严厉审问了那个混蛋。要是按钱来计算的话，那家伙就是个一文不值的混蛋，所以他根本没抵抗。官厅一承诺不再追究他之前做的坏事，他就把知道的事情全都抖搂出来了。"

"所以你才找到这里来了啊，三郎。"荣二小声嘟囔了一句。

"你说什么了吗？"

"没有，"荣二摇摇头，似乎话说了一半又改变了想法似的摇摇头，"什么也没有。"

荣二心想：人贩子阿六应该把崛江的住吉招出来了吧，即使他不提曾经向我和三郎找碴打架的事，但是我以前经常去住吉喝酒这种事情他肯定说出来了。顺着这个线索查下去，就能扯出阿信来，要查到芳古堂应该也用不了多久。不过，他们为何要如此大费周章地调查我的出身呢？三郎来此地探望我，就表明对方已经对我的身份一清二楚了。尽管如此，他们却什么也不直接对我说，对待我的方式也完全没有变化，这究竟是怎么一回事呢？

"是叫青木的人吧，"他自言自语道，"不知道是巡逻的那个，还是在衙门里工作的那个，反正应该是叫青木的捕头干的吧。"

荣二在心里冷笑：他们有什么打算？是为了抚慰我才这么做的吗？以为做这点事就能平息我的怒火吗？别开玩笑了，剥落的脚指甲虽然已经长出来了，但是心上撕裂的伤口依旧在冒血，这可不是让三郎来哭一下就能治愈的。

四月末开始下的雨一直持续到了五月中旬。从网篮房派到岛外工作的十七名劳工一直在深川海边进行填埋工程，下雨期间无法填海，他们都待在房间里无所事事。每隔五日一定会前来探望的三郎，自打进入五月后就没再出现。原本就算三郎来探望，荣二也并不与他会面，只是收下他送来的东西；可是这下他不再来了，荣二反而担心起来。总是能分到点心和木盒装寿司的劳工们似乎也注意到了，有几个人问荣二探望他的客人怎么没来。荣二当然只回答说不知道，但另一方面他也在生自己的气，气自己还担心三郎。

雨停了之后，天气突然炎热起来，除了隔天一次的洗澡，劳工们还被允许每天用大盆冲凉。十七名劳工重新开始外出工作，网篮房剩下的劳工们照旧忙着干收容所内的杂活。

六月初的某一天，榨油的肉瘤胡闹起来，引发了一场大骚乱。当时荣二和另外五个同伴正从船上卸下一捆捆制作绳子和草席的稻草，听到烧灰场那边传来了喊叫声，又看到官员们到处跑来跑去，没有多想便过去看热闹。刚走到烧灰场，他们就看见赤鬼松田权藏站在对面朝这边挥着手大声嚷嚷着。

"不要过来，"松田喊道，"回去回去，会受伤的。"

跟在荣二后面过来的金太大声喊松田，问他发生了什么骚乱。

"肉瘤清七正在胡闹呢，"松田喊着回答，"已经放倒三个人了，那个混蛋手里有大木槌，所以拿他没办法，只能先等他累了再说。"

荣二一边听他们喊着，一边往对面走过去。

"停下!"松田不管荣二,而是挥着手喊金太,"肉瘤那个混蛋正发着疯呢,谁也不认,不要靠近!"

荣二慢慢地走过去。在烧灰场的这一边是榨油的地方,四周有很大一片空地,劳工和官员们在空地上稀稀拉拉排成了一堵人墙。肉瘤站在榨油小屋前面,光着上半身,右手握着大木槌,双眼布满血丝,闪着凶光。他赤裸着的肩部肌肉如公牛一般雄壮,长在左侧脖子根部的肉瘤看着像隆起来的健壮肌肉,从手腕到胸前长满了一层乌黑浓密的体毛,手指有普通人的两倍粗。

"危险!"人墙中有人喊道,"快停下,武州!"

荣二穿过人墙继续往前走。有两三个人喊他,让他快回去,但是荣二不紧不慢地向肉瘤靠近。

"下一个是你吗?"肉瘤说完,举起大木槌,"你也想变成残废吗?"

"等一下,是我,"荣二平静地说道,"有天夜里,你在南边的海边见过的那个网篮房的人。"

肉瘤扭过脸去瞪着荣二。

"我不知你为何要如此,"荣二摊开双手给肉瘤看,"不过闹成这样,你应该也解气了吧,大家都吓得发抖呢,你还不打算收手吗?"

"你说你是网篮房的人,"肉瘤说着想了一会儿,然后猛地抬起下巴,"那为何要到这里来多管闲事?"

"因为我也曾有过同样的经历。"

肉瘤再一次扭过脸去："对了，就是你吧，把才次痛打一顿的人。"

"我不该打他的，那样做了一点好处也没有，只是事后让自己感到无尽的后悔。"

"不行，你让开，我要从岛上逃出去。"

"从岛上逃脱可是死罪，况且，"说着荣二微笑了起来，"这大白天的，你怎么逃啊?"

"把妨碍我的家伙杀掉也要逃出去。"

"把这里所有人都杀光吗?"荣二用一只手画了个圈给他看，"这根本不可能。你能不能冷静一点跟我说说，到底为什么要做出这种事?"

"阿丰被偷走了，"肉瘤咚地把大木槌的一端砸到了地上，"我曾经请求分派主管，在松造那个畜生出去的时候不要把阿丰也放出去。我一遍又一遍地向分派主管鞠躬请求，可是松造那个畜生还是把阿丰偷走了，不管是分派主管还是别的任何人，谁都没有试图阻止过阿丰。"

肉瘤的脸都扭曲了，泪水从眼睛里溢出来。荣二轻轻地靠近他，从他手中拿过大木槌。

"我要从岛上逃出去，宰了松造那个畜生。"肉瘤眼看着就要哭起来了，他甚至没注意到大木槌已经被荣二取走，"阿丰和我曾经约定要结为夫妻，失去了阿丰，我也没有活下去的劲头了。即使被抓起来判死刑也没什么好可惜的，我一定要逃出去宰了那个畜生。"

"我明白了，我非常能体会你的心情。"说着，荣二把手搭在肉瘤的肩膀上，"不过，现在你是不可能从这座岛上逃出去的，你自己也清楚吧？你在干掉松造之前，已经先被杀死了。"

"我才不怕死呢！"

"你要把阿丰让给松造吗？"

肉瘤低下了头。

"你若死在了这里，松造那家伙正好可以无忧无虑地生活了。"荣二诚心实意地摸着肉瘤的肩膀说道，"我是站在你这边的，只要你愿意，什么事情都可以找我商量，我向你保证。所以此事你暂时先忍耐一下吧。"

肉瘤清七缓缓地转过头，看着远处被他打倒在地的三个人。

"我背后有捕头撑腰，"荣二又说道，"那三个人的事情，我也会想办法妥善处理。阿清，若你受到处罚，我也会陪你一起受罚，这是男子汉和男子汉的约定，明白吗，阿清？"

清七脸朝下点了点头。荣二回过头去，冲着官员们做了一个手势，示意他们已经不要紧了。

第 八 章

| 一 |

"我今年三十一岁，"清七用沉重的口吻说道，"两年前跟阿丰相识，在那之前，我完全不知道女人为何物。说出来可能让人笑话，我从小就害怕女人，即使是很小的小女孩，只要我盯着她的脸，就会感觉她的嘴下一刻就要裂开，一直裂到耳后。这话我跟你讲过吗?"

"好像讲过了，"荣二模棱两可地说道，"是跟你母亲去泡岩石温泉时的事吧。"

清七的老家在上州的某个地方，他是那里一户贫穷农家的第三个儿子。五六岁的时候，母亲曾带他到离村子不远的一个山间溪流深处去泡温泉疗养身体。那附近沿河有几个岩石洞穴，热水从洞穴的底部涌出来，形成了没有屋顶之类遮蔽物的露天温泉。当时清七被母亲抱着泡在温泉里，后来又进来个他们不认识的女子。清七处在从下方仰视的位置，他一看到那名女子踏进岩石温泉，就情不自禁地紧紧搂住母亲的脖子惊叫道："有妖怪！"大概是那时留下了强烈的印象，以致他长大以后，只要盯着女人的脸看，还是会觉得她们的嘴会突然裂开到耳根，伸出红色的舌头。在梦中甚至连母亲的嘴都裂开了。这话荣二也听清七讲过好几遍了。

"奇怪的是，只有对阿丰，我一点也不觉得害怕。"清七继续道，"可能因为我们第一次说话是在夜里。那是在南边的海边，一个月光明亮的夜晚，护堤工程还没有开始，海浪从石墙倒塌的地方打进来，在沙滩上冲出了几个沙坑。嗯，一旦走到那些沙坑里，就不会被旁边的人看到了。"

荣二驱赶着蚊子，手铐哐啷作响。此时二人在一间面朝大河的空长屋里，他们被监禁在这里十多天了。那次骚乱之后，荣二见了在官府任职的总管捕头冈安喜兵卫，详细讲述了事情经过，恳请他妥善处置清七。清七的暴行导致两名下级官员手和脚骨折，一名试图阻止他的榨油劳工的头被割破了。据医生诊断，脚骨折了的那位或许会变成瘸子，另外两人倒并无大碍。清七平日就被说成是令人束手无策的暴徒，所以官厅方面态度强硬，很有可能把他送进大牢。可是荣二威胁官厅——若要把清七送进大牢，那便把他也一同送进去。荣二以自己的名誉和清七约定，若他受到处罚，会陪他一起受罚；清七因为相信荣二才扔下了大木槌。荣二坚持说："他选择了相信我，我们都是男子汉，我不能背叛他。"关于如何处理导致这次骚动的阿丰，官厅审问了分派主管松田权藏，也讯问了劳工们。的确，清七曾经为阿丰的事情请求过分派主管，但是作为分派主管来说，松造是可以回归社会娶妻生子的人，清七还要再过一段时间才能离岛，如果阿丰希望跟松造走，他自然没有不批准的道理。事情就这样弄清楚了，最终官厅许可了荣二的主张，给清七下达了戴着手铐监禁三十日的处分。为了能跟清七受到同样的处分，荣二跟官厅一再讨论，甚至已经到了厌烦的程度，收容所衙门似乎还向城镇衙门请示了意见。虽然此事没有先例，但在荣二的坚决要求下，最后还是如了他的心愿。

两人这样一起生活，共同度过了十余个被监禁的日子。经过这些日子的相处，荣二发现清七不仅不是个棘手的暴徒，反而是个极其温顺的胆小鬼，性格善良到了愚蠢的地步。他十五岁从家里逃出来，在建筑工地卖力或是干些别的体力活。二十二岁去了江户，因为他脑子笨，又没有能力，在江户也只能继续干同样的活，整天被人瞧不起，肆意驱使，一件工作结束后就会被解雇。四年前，他跟三个人打了一架，把对方三人都打伤了，于是遭到一群劳工的群殴，还被送到了官员的手里。因为没有担保人，老家的事情又不能说，所以被当作流浪人员处置，送进了这里的收容所，期限五年。清七说他来到这里之后才得以过上正常人的生活。榨油是非常繁重的体力劳动，但是凭着农民吃苦耐劳的本性和超凡的体力，他没有输给任何人。如今非但没有一个人会瞧不起他，反而别人会敬畏他。清七甚至说他一辈子都想在这里生活。

"女人可真是个好东西，这世上再没有如女人一般美妙的事物了。"清七继续道，"我第一次碰触阿丰时，她的身体竟是那般柔软和温暖，让我觉得一个不留神她就会融化掉似的。"

这些话之前已经说过了，但是对清七来说，似乎不管重复多少遍都不会腻，也不会丧失新鲜感。

"加之那难以形容的声音，每次一听到，我都感觉头晕目眩起来。"

外面响起了脚步声，防雨门窗套被打开了。接着，夕阳的余晖照射进来，清风也把海潮那清爽宜人的香气吹入了房间内闷热的空气中。这次走进来的，不是平时的下级官吏，而是总管捕头冈安喜兵卫。

"武州，来了个人说想见你，"冈安说道，"给你解开手铐后就出来吧。"

| 二 |

总管捕头冈安喜兵卫亲自前来，大概是为了不给荣二选择的余地，荣二也推测出了这一点，所以没有回话。冈安喜兵卫回头示意了一下，看守的下级官吏便进来给荣二解开了手铐。

"怎么这么多蚊子啊？"冈安对下级官员说道，"给他们点上蚊香。"

下级官员一脸诧异，因为从来没有给监禁中的犯人点蚊香的先例。"点上蚊香。"冈安又说了一遍，然后冲荣二点点头，到外面去了。荣二跟在他后面往外走，一边左右手交替着揉搓两只手腕。戴手铐的部位已经长痱子了。中庭的广场上有些已经结束工作的劳工，他们同情地看着荣二，也有人目光一直追随着他。

本以为会面地点是大门旁的值班室，没想到荣二被带到了官厅建筑内部的小客厅里。从外廊进去，左转进入内走廊，右侧便是小客厅，此时阿末正坐在那里。她身穿染着小树叶花纹的单衣，腰系素茶色丝织单层腰带，头发盘在脑后，没有抹发油。才过了短短一段时间，阿末就像换了一张脸似的，皮肤晒黑了不少。荣二一眼就认出她来了。

"今天就别赌气了。"冈安说道，"她身为一名女子，到收容所这种地方来见你，你好好想想，明白了吗？"

冈安让他们两人慢慢聊，说时候到了自然会来叫荣二，然后便离开了。这间小客厅的东边有扇窗户，左右两边是墙壁，面向内走廊的拉门和窗户敞开着，但是风基本进不来，相当闷热。虽然摆放着团扇，但是阿末丝毫没有使用的意思，她把包袱放在身旁，端正地坐着。

"好久不见，"阿末脸朝下轻轻点点头，"身体还好吗？"

"你不能来这种地方，"荣二低声说道，"我已经不是你认识的那个人了，以后别再来了。"

"我收到三郎的来信，总算才知道了这里。"阿末对荣二的话置若罔闻，"三郎在信中说，五月初他得了脚气病，回葛西的老家去疗养了。本以为很快就能痊愈，谁知肚子竟又生了病，还得再过段时间才能外出走动。"

信中还写到三郎因病无法来探望荣二，所以想拜托阿末把各种东西都准备好，给荣二送来。阿末边说边解开包袱，掏出内衣和束衣带、盒装的水果点心等东西一一摆好，然后她抬起头凝视着荣二，小声喊道："你太过分了，荣哥。"

"为什么……"阿末结巴起来，"为什么不通知我，让我知道你在这里？"

"我是被衙门捕快抓起来的犯人。"

"那不是荣哥你犯的罪吧？"

荣二的神情一下紧张起来："你说什么？"

"三郎在信中写得很详细，"阿末舔了舔因激动而干燥的嘴唇，像是为自己的词不达意而恼火，心急地说道，"你不见了以后，三郎利用工作闲暇四处打探你的消息，我也听你的话回了金杉的老家。嗯，你的行李和钱现在也妥善保管在我金杉的老家里。"

为了不让阿末担心，三郎并没有告诉她荣二已不知去向。三郎利用休息日和工作结束后的时间不厌其烦地到处追查线索，可惜绵文那边大概已经打点周全，关于荣二的消息就像烟雾一样消失殆尽，无处可寻。

"三郎还来过我家，"阿末继续道，"他应该是来打听情况的，想看看我这边有没有听到什么消息，但是他一点没露声色，反而为了让我安心，煞有其事地说荣哥你为了放松一下所以到上方①去了。"

就这样，正月和二月过去了。三月二日女儿节前夜，应绵文的邀请，三郎作为侍从，随老板芳兵卫去了本町的店里。三郎在侍从休息处享用了白酒和寿司，正巧一个小伙计说漏了嘴，他才知道去年年底下雪那天荣二去过绵文，被城镇消防员头目连踢带踩一顿施暴，还扭送到了岗亭。之后三郎去询问了值班人员，可是对方含糊其词，始终不肯告诉他事情真相，无奈三郎只得去了八丁崛，向那里的城镇巡逻官员求助。

"结果，那里有一名叫青木的捕头知道你的情况，说他正在调查你的身份。于是他便告诉三郎你现在待在这里，一直固执地不肯跟任何人说话，要是把你从岛上放出去，搞不好会犯下什么大错。"

至于事情为何发展至此，捕头也不清楚，于是三郎又去浅草的香和堂打听情况。和助一开始完全不理会三郎，后米敌不过三郎的坚持，终于把金襕事件的来龙去脉跟他讲了个明白。

"三郎在信中认真地写道，阿荣没道理做这种事，就算冰会着火，阿荣也绝不可能做这种事。"

"那块金襕在我的工具袋里，"荣二冷笑地说道，"虽然我没亲眼见过，但是绵文那种大店的老爷应该不会为这种事撒谎吧。就算三郎再怎么相信我，为我辩护，又有谁会相信他呢?"

"别人信不信都不重要，"阿末用强硬的口气说道，"三郎相信你是清白的，而且我也相信荣哥。至于那些认为你偷了金襕

---

① 上方：地名，因明治以前日本国都在京都而得名。

的人，随便他们怎么想不就好了吗?"

"那是因为你没有亲身经历过。"

阿末忽闪着大眼睛盯着荣二的脸。迄今为止荣二一直把金襕事件深深藏在心底，没跟任何人提起过，因为他知道即使说出来也是徒劳，即使讲给别人听也不可能挽回事态。可是此时被阿末的大眼睛这么一盯，荣二感到有股难以抑制的冲动驱使他把一切都倾诉出来。

"因为你没有亲身经历过，所以不知道被诬陷为小偷是怎样的感觉吧。"荣二说道，"从十三岁那年算起，我在芳古堂总共待了十年。我跟老板生活在同一个屋檐下，吃同一口锅里煮出来的饭，自认为我们打心里互相了解，可是老板却连我的解释都不肯听，什么都不说就罢免了我的工作，打算不声不响地把我赶到浅草的店里去。"

荣二跟阿末讲了很多。他曾到浅草去问和助事情缘由；喝了酒去本町，在绵文的店里醉得不省人事；再次到绵文查问时，对方叫来二组的头目和两个年轻手下，把他拖到屋外的雪地里痛打一顿后送到了岗亭，结果又被待在那里的衙门白役折磨得半死。

"拜托了荣哥，不要再说了，"阿末脸色发青，颤抖着制止了荣二，"这么残酷的事情，我不想听，你不要再说了。"

荣二抬眼瞪着天花板，牙齿紧咬下唇，放在膝盖上的手紧紧攥着拳，关节处已经没了血色，看上去很苍白。

"为什么要把小偷的罪名嫁祸于我? 是谁想出了这个阴谋?

对此我只能大致推测出一个原因。"荣二继续道，"虽然并没有确切的证据，但是因为我跟绵文的人都很熟悉，跟那家的两个女儿更是从小玩到大的朋友，所以似乎有传言说有朝一日我会跟其中的一个女儿结为夫妻。别开玩笑了，我压根就没那么想过。最重要的是——如果要娶妻，我心里已经明确有了不二人选。"

阿末低着头，发青的脸僵住了，身体颤抖个不停。

"绵文方面并不知道我的真实想法，这种奇怪的传言不断扩散应该也会给他们带来麻烦吧，所以即使绵文采取措施让我无法再靠近也并不奇怪。"荣二说道，"这只是推测，一点证据也没有，不过除此之外还能有什么原因呢？还能因为什么人和事才不得不把古金襕锦缎放进我的工具袋里，把罪名嫁祸于我呢？从那之后我一直在思考这个问题，可怎么也想不出还有谁会这么做，也想不出非这么做不可的理由。我之所以再一次去绵文，就是想把这件事追查清楚。"

"事到如今，"阿末突然靠过来，身体前倾，问道，"事到如今荣哥还打算追查到底吗？"

荣二缓缓摇头："不，倘若贸然行事，那可真要被当成小偷了。对方是绵文的大老爷，我只是个被老板辞退的微不足道的工匠。正因如此，被关在衙门里时，即使捕头耐心地询问，我也什么都不能说，而且事已至此，我也没有办法去追查真相了。不过，欠我的我早晚要讨回来。"

阿末害怕地看着荣二。

"等我从这出去了，"荣二嘟囔道，"不管是绵文、二组头目和他的年轻手下，还是白役太田屋和他的手下岛造，我都要让他们一辈子也忘不了我，豁出这条命去我也一定要给他们好看。"

阿末双手捂脸，使劲压低着声音抽泣着，断断续续地问道："那么，我该怎么办呢，荣哥？"

｜ 三 ｜

"对我死了这条心吧。"荣二背过脸去说道，"我第一次见到你时，就喜欢上了你，随后便暗自下定决心，若是娶妻则非你不娶。"

阿末嘴里嘀咕，说三郎曾跟她讲过这些。

"所以我才选择把钱和行李寄存在你那里，那时我还打算将来和你在一起，开一家小型的裱糊店。"荣二就像要作呕似的，眉毛和嘴巴剧烈地扭曲着，"不过已经做不到了，这些都一笔勾销吧。我从岛上出去以后要干什么，就如我刚才所说。我已经不是以前那个荣二了，我跟你和三郎有缘无分。"

"不要那么决定，荣哥，"阿末呜咽着摇头拒绝，"不要那么决定啊。"

"你能让死了的鸟儿再次啼叫吗？"

"荣哥你既不是鸟儿，也还没有死。"阿末辩驳道，"我没有亲身经历过，可能体会不到你心里是多么的痛苦和愤懑。但是你消失以后，三郎抱着怎样的心情四处寻找你，读了三郎的来信后我又是怎样的感受，这些你同样无法体会。所谓朋友和夫妻，不正是在这种时候才更应该互相理解吗？"

"那是在平安无事过日子的前提下，"说完荣二站了起来，"我的想法已经说过了，以后你不要再来，也跟三郎说一声不要来了，明白了吧？"

"三郎怎么做我不知道，"阿末擦着眼泪果断地说道，"但我会按照自己的想法去做。"

荣二看都没看阿末摆在那里的东西，沉默着走到走廊里去了。

三十天的监禁解除时，时间已经进入七月。网篮房里的劳工们凑钱买了酒替荣二庆祝。他们请求分派主管破例对喝酒的事视而不见，赤鬼松田权藏照旧骂了他们一顿，然后自己也出了一些钱。

"我欠你一份人情，"松田把荣二叫到一边对他说，"那时要不是你阻拦住肉瘤那家伙，还不知道那个疯子要把事情闹到多大。因为阿丰的事，那个混蛋应该也想冲我泄愤的吧。事情能很快平息下来，都是你的功劳。虽然为时已晚，但我还是要感谢你。"

"这件事就忘了吧，"荣二微笑着说道，"我又不是为了你才那么做的。"

"那是当然，"松田好像生气了，绷着突然红了的脸，"作为还礼，今晚喝酒的事我就佯装不知。收容所的劳工们竟然饮酒作乐，这可是这座岛上史无前例的违禁行为，万一被上级官员知道了，说不定连我都得被送到八丈岛上去。我现在都觉得自己真是个大混蛋。"

"别担心，不会喝到醉的。"荣二认真地说道，"为了保险起见，你想来一起喝酒吗？"

松田紧绷着的脸一下子放松下来，他说分派主管哪有做这事的道理。随后，不好意思地走了。

既是小头目又最年长的传七负责指挥，外出工作的劳工们买回来了鸡肉和鱼肉，还有人从收容所的后厨硬要来了一些蔬菜和大米，二十三人份的膳食很快就准备就绪了。其中有一份是肉瘤清七的，膳食一准备好，劳工们就把他叫来了。饭菜都装在盘子里，有鸡肉和蔬菜甜煮①、烤鱼和焯蔬菜、味噌汤和白米饭，看到这些，劳工中间响起了欢呼声。收容所的伙食虽然分量不小，但米饭是掺了裸麦的，平时也是粗茶淡饭。只有正月头三天的杂煮和咸鲑鱼、每年五大节日和镇守神社祭典时的糯米红豆饭、暑伏期间的泥鳅汤、七夕节的细面条这几样特例，所以不管能品尝到怎样简单的美味，劳工们都会发出欢呼。大家就座以后，负责指挥的传七先是一番悉心叮嘱，随后拿出了酒，荣二和清七最先举杯。

"谢谢你，"清七轻轻地向荣二说道，"全都多亏你，而且我还给你添了三十天的麻烦，非常抱歉，请你原谅。"

---

① 甜煮：日本风味炖菜，把肉、鱼、蔬菜等放在一起加白糖和酱油炖。

"彼此彼此，"荣二回答道，"以后咱们也要好好相处。"

酒杯只有两个，其余的人用茶碗喝酒，不会喝酒的与平和另外两人按照每个人的酒量给大家斟酒。

"真是奇怪，"万吉一边喝着酒一边扭着脖子说道，"这样如喝药般把酒一喝下去，感觉胃里痒痒的。"

"按钱来算的话值多少啊?"旁边的人问他。

万吉上了他的当，刚要回答时突然反应过来："你少来啦!"大家都被他们给逗乐了。

"这种聚餐哪怕一个月能有一次，"一名劳工情真意切地说道，"一辈子待在这个收容所里都行。"

"确实，"另一名劳工说道，"跟外面拔活马的舌头①的险恶社会相比，岛上的生活可是安乐多了。"

"这我可是头一回听说，"又一名劳工马上说道，"外面的社会还会拔活马的舌头吗?"

大家又是一阵哄笑。

四

愉悦的时光持续了一个多钟头，其间有五人来到荣二跟前敬酒，他都以不习惯互相倒酒和敬酒为由拒绝了。但是他们都

---

① 拔活马的舌头：日语谚语"生き馬の舌を抜く"的中文直译，意思是唯利是图。

没有因此扫兴，而是爱惜地品尝着自己的酒，仗义地说以后也要一路互相扶持。仁兵卫年约三十四五岁，阿武三十岁左右，参平、吉造、富三郎三人看起来大概跟荣二同岁。

"大家已经完全喜欢上你了呢。"就寝的时候与平过来跟荣二说悄悄话，"我来这里已经八年了，还是第一次遇见跟大家如此意气相投的人。虽然我一口酒也不能喝，但是看大家喝得那么开心，也高兴得像喝醉了一样。"

荣二稍做沉默，随后用打探对方真心话的口吻问道："与平你现在还是打算在这个岛上过一辈子吗？"

"是啊，"与平回答道，"因为我是那种难以在社会上立足的人。"随后，他又说道："刚才有人说到了社会的险恶和唯利是图，但是在这个岛上就完全不同，既没有人给别人使绊子、钻别人的空子，也没有人去搞欺诈，因为即使那样做了也得不到任何好处，你说是不是？"

与平说："这里当然也有这里的坏处。有性格乖僻的人和心术不正的家伙，也有不想干却不得不完成的工作。即便这样，没有人能通过打压别人而赚到好处或是出人头地，而被分配到的工作也只要做好自己该做的那部分就可以了，所以并不用担心会像在社会上那样被人出卖。之所以说这些话，归根结底大概是因为我已经是个无能的老年人了，跟死了一半没什么两样吧。"

"什么老年人啊，你这不是还很能干嘛。"

"我今年四十一岁，"与平无力地笑着说道，"可是啊，我给你讲过的，打算杀害自己妻子的那晚之后，我感觉自己的心一下子老了二三十岁。嗯，不只是心，连我的身体也彻底变老了。这对你来说可能无法相信。"

说完与平就回自己的床上去了。

荣二躺下以后在心里琢磨：这个收容所的劳工之中，有不少人都说不想再回外面的社会了，想一辈子生活在这座岛上。对那些胆子又小又没有卓越才能的人来说，仅凭心地善良这一点，在广阔的社会中恐怕只能艰难生活吧。令他们的生活难上加难的是，社会总是以各种方式无情地对待他们、欺负他们。正如人贩子阿六畏惧同伙报复时并没有选择广阔的社会，而是选择了这座岛作为藏身之所一样，对其他人来说，这里也是一个安全的安身之所吧。多么可怜的一群人啊！

"多么残酷的社会啊，"他在嘴里嘟囔着，"不过我跟他们可不一样，我一定要报仇，一定要把我受到的伤痛加倍奉还！"

不知何时开始刮起了风，吹得防雨门窗套咣当直响，微暖的风穿过木板墙吹进屋里来。荣二听着四下的声音，沉浸在久违的醉意中睡过去了。

阿末说她会按照自己的想法去做。阿末的脸如同死人一般苍白，头绳好像断掉了，头发凌乱地披散着，一双瞪着荣二的眼睛看上去像是燃烧的蓝色火焰。荣二问她打算怎么做，阿末的嘴一下子张开了，一直裂到了两边的耳根，嘴里还露出一条通红的像蛇一样形状的长舌头。荣二吓得喘不过气来，挣扎着试图逃脱，一边挣扎一边说："搞错了。"他继续说着："这是肉瘤清七的梦，不是我在做梦，是清七在做梦。"

"大哥！"有人大喊，"快起来，大哥，强风暴来了！"

荣二睁开眼，发现屋内一片漆黑，大家的吵嚷声和风的剧烈咆哮声向他的耳边袭来。

"马上就要倒塌啦！"黑暗中有人大喊，"必须得找根棍子支撑住！"

房子整体被强风吹得东倒西歪，发出悲鸣声，能听出来木板墙已经开始变形。荣二一边忙着换衣服、系腰带，一边大声呼喊着让大家保持冷静。可是木板房顶被掀开的声音盖住了荣二的喊声，风从破了洞的房顶吹进来，在房间里打着大旋涡。

"因为那顿酒！"有人大声叫道，"虽然赤鬼佯装不知，但是老天爷可看着呢，这场风暴就是对那顿酒的惩罚！"

"到外面去！"荣二大声叫道，"房顶已经被掀开了，房子保不住了，大家都到外面去！"

五

"有水！"最先逃出去的人大喊道。他的声音被吹散在风中，听不太清了，不过跟在后面出来的人都一个个叫唤起来："有水！有水！"有几个人听到了叫声，正在房门口犹豫着要不要出去，这时长屋大幅度摇晃起来，木头撕裂的声音此起彼伏，房子从边缘开始很轻易地破碎倒塌了。

荣二跟那几个人一起待在房门口，他本来打算最后一个出去，听到了木头撕裂的声音，便说："房子要塌了，快出去!"随即推着两三个人冲到外面去了。就在这时，房子轰然倒塌，房檐擦过他的脊背。外面的水已经没过了脚踝，阵风袭来，在黑夜中也能清楚看到水面溅起白色的飞沫。其他长屋里的人也都出来了，互相大喊大叫着什么，但是喊叫声淹没在暴风的咆哮中，什么也听不到。在漆黑一片中看不见官厅和监视小屋，水位一个劲儿猛涨，已经没过小腿的一半。

　　"快来帮忙!"有人喊道，"倒塌的房子里面还有人。"

　　荣二回过头去："真的吗? 谁在里面?"

　　"不知道是谁，在我身后的一家伙晚了一步没能逃出来。"那个人说道，"快听，是不是有人呼救?"

　　风从南边吹过来，长屋位于西南方向，所以房子是向前方倒下去的。在风力减弱的一瞬间，被吹得往东北方向倾斜的房子顺势向前倾倒下去了。荣二把耳朵凑过去，能听到倒塌的屋顶下方有人在喊叫。

　　"快来帮忙!"荣二喊道，"有人被压在下面啦，快来!"

　　几个人跑了过来。

　　"喂! 坚持一下!"荣二冲着倒塌的房子下面大声喊道，"现在就救你出来，再坚持一下!"

　　他根据传来的声音估计大致方位，把手触碰到的木板和柱子都拿起来扔到一边。另外几个人也效仿着荣二清理残骸。明明只是一间把木板钉在柱子上建造起来的小屋，看上去也极其简陋，可一旦到了要清理的时候，柱子和木板的数量及重量都令人吃惊。

"喂！集合啦！"赤鬼的声音传来，"要转移病人啦！往官厅的方向转移！"

荣二正在对付一根粗大方形角柱，似乎是房门口的立柱。万吉拿来一根圆木，打算用它做杠杆。没找到能垫在下面做支点的物体，万吉就把圆木的一端插进角柱下面，另一端扛在自己的肩膀上用力。别处似乎又有房屋倒塌了，能听到木头碎裂的声音和微弱的地动声以及人的悲鸣。

"不行，"万吉说道，"这根柱子纹丝不动。"

"要是不把这根柱子挪开，无论如何也救不出人来。"荣二回复道，"再加把劲试试，来！"

角柱出人意料地沉，上面还压着塌下来的木板和房梁，看情况不像是会轻易松动的。这时又有两个人跑过来，跟万吉一起扛起圆木。

"大家集合！"松田权藏的喊声传来，"来这边！来官厅前集合！"

狂风伴随着水花猛烈拍打在所有人的脸上、手上，打得人生疼。

"这不是雨，这是海水！"有人大叫起来，"尝起来是咸的！"

角柱松动了，扛着圆木杠杆的三个人差点跌倒。荣二推开角柱，一边清理着下面的碎木板，一边冲压在下面的人喊话，问他要不要紧，在什么位置。

"在这里，快点救我啊!"从碎木板下方传来回答声，"拜托快一点，我快淹死了。"

听到对方如此回答，大家才意识到，水位已经上升到了膝盖。万吉大喊一声"抓紧救人"，四个人不顾一切地奋力清理起碎木板和细木条。赤鬼松田蹚着水过来了，冲他们大喊起来："你们几个混蛋干什么呢! 没听到我喊集合吗?!"他的声音完全沙哑了，听上去如同患了感冒还唱着俗曲小调的人。

"有人被压在下面了，"荣二喊着回答，"快来帮忙!"

"偏偏这时候被压在下面，"松田恶骂道，"反应真够迟钝的，又笨又没用，是谁啊?"

松田虽然骂着，还是主动过来帮忙，好不容易把人救出来了。被压在下面的是金太，他趴在柱子倒下时相互交叉形成的空隙里，为了避开水向一边扭着脸，半边脸已经泡在水里了。

"真是危险啊，"万吉扶他起来说道，"差一点就没救了，你现在心情应该像捡了十两银子吧。"

"对不起，谢谢大家，"金太用手按着被水浸湿的头发，一连鞠了好几个躬，"我还以为已经没救了。"

"好了，快走吧，"松田挥挥手，"别磨磨蹭蹭的了，去官厅前面集合。"

跟大家一起朝官厅走着，荣二才开始感到害怕，心想这下可要出大事了。这座岛原本是个沙洲，由大河流水带来的沙土堆积而成，人们填土加固，才把它改造成了海岛。现在水位已经上涨到了膝盖，要是风再继续吹下去，说不定整座岛都会沉入水下。荣二正想着，不知是谁喊道："几点涨潮啊？"

"凌晨四点左右！"一个声音喊回去，"现在几点了？"

有人回答"两点"，除此之外再听不到其他声音。官厅前面的水浅一些，在脚踝上下，所有人都挤在那里，外廊里还能看到官员们和收容所奉行的身影。油纸做的折叠灯笼被风吹得四处摇晃，灯光照亮了官员们的身影，却照不到中庭那边。

"大家都到齐了吗？"冈安喜兵卫站在外廊上面说道，"女劳工在哪儿？"

人群的一端有个声音传来，回答说："都在这里，聚齐了。"

"男劳工也都到齐了，"松田喊道，"要清点人数吗？"

"只要到齐了就行，"冈安说道，"接下来奉行大人有话要说，大家冷静下来安静地听。"

收容所奉行是一名五十二三岁、身形瘦长的男子，有资格参见将军，下属于江户町奉行。

"我是成岛治右卫门，"奉行用响亮的声音说道，"如此狂风大作，而且一个小时之后海水即将涨潮，若在这里待下去生死难卜，因此我自作主张将你们暂时释放。不过，因为这次释放未经町奉行批准，所以你们要在七日内回来，只要有一个人逃亡未归，我就会负起责任切腹自尽，都听明白了吗？"

奉行最后说："大河边有三艘传马船①，病人和女劳工优先，所有人按顺序撤离。"不知是因为惊讶还是恐惧，劳工们爆发出一阵喊声，接着他们开始逃跑，人群顿时乱了套。"冷静点！按

---

① 传马船：运送货物等的小型日本式舢板。

顺序撤离!"喝止声传来,可是劳工们犹如听不到一般,争先恐后地互相推挤着往大门的方向逃去。荣二也被推着撞着绕过了建筑物的拐角,沿着面对大河的竹栅栏来到了泊船处前方。随后,人潮在这里停住了,有人在对面大门旁的值班室不停地大喊大叫。

因为有官厅建筑物的遮挡,那里的风力稍微有些减弱,值班室高高悬挂的灯笼亮着,被风吹得哗啦哗啦作响。荣二胡乱拨开人群,朝值班室那边走去。大喊大叫的是肉瘤清七,他光着上半身,把一直用的大木槌举过头顶不停挥舞着。

"回去!你们这些家伙!退回去!"肉瘤说道,"女人和病人可以走,健壮的人都留下。我们一直生活在这座岛上,这座岛对我们有大恩,以后也要继续在这里生活下去。从这座对我们有大恩的岛上逃跑的混蛋,我要打死他,觉得自己能从这过去的人就来试试吧!"

"他说得对,都留下吧!"荣二在人群中大声疾呼,"即使从这里出去了,也会被视作逃犯,不知要受到何种处置!"

"逃犯"这个尖锐的字眼抓住了劳工们的耳朵。荣二继续呼喊:"从岛上逃跑等同于越狱。"这句话在劳工们口中传来传去。

"怎么会是逃犯呢?"一个人呼唤道,"奉行大人不是亲口说了将我们暂时释放嘛!"

"那真的能相信吗?"荣二指着那个人喊道,"暂时释放的命令未经町奉行批准,只是收容所奉行大人的个人决定,也没有能证明我们因天气获得暂时释放的证据。遇到这么大的风暴,对面河岸边应该有很多警备人员在执勤吧，这时候大家一个接一个地拥过去，对面的人只要看到我们这身制服上的圆点图案，就会把我们视作劳工收容所的逃犯吧，你们不这么认为吗？"

"要是那样的话，该怎么办才好呢？"另一个人反问道，"就算待在这里，结果也是被淹死，反正怎么都逃不过一死，我们还不如……"

"并不一定会死，"肉瘤清七喊着回答，"奉行大人和官员们都选择了留下，官厅附近的地势高，这一点大家应该也亲眼看到了，只要大家同心协力，不可能连这座岛都保不住。"

"即便如此仍然想逃走的人就逃吧，"荣二说道，"不过不要打乱顺序，让病人和女人先走。"

六

在清七手持大木槌和荣二巧妙语言的威吓下，这场争先恐后的骚乱平息了下来，紧跟在病人和女劳工们之后，避难者们换乘到三艘传马船上，总算平安启程，向大河深处划去。七十多名苦力留了下来。

风力愈发强劲了，水量也节节攀升，白色的浪头一波波涌上来拍碎在中庭的广场上。清七拿出全部的麻绳、草席和草绳，召集木匠和泥瓦匠，往榨油小屋去了。

"榨油小屋很坚固，"清七拨开及胸的海水边走边说，"那个小屋不会被风刮倒，但是装着成品油的油罐会被冲跑。"

荣二在官厅建筑附近帮忙。在那里，捕快和下级官员们全员出动，忙着给防雨门窗钉上细木条加固，用绳索拴住外廊的柱子，用杉树圆木支撑建筑，同时还忙着在建筑的周围挖沟排水。荣二加入了挖沟的行列，他从一个人手中接过锄头，说了句"换我来"。

"噢，"那个人递过锄头说道，"嗨，这不是武州吗，你干得不错!"

此人是赤鬼松田权藏。

"从岛上逃跑等同越狱，说得真好。"松田说道，"多亏了肉瘤那家伙和你，否则可要出人命了，你们两个值得嘉奖。"

"我们两个不是为了吓唬他们，"荣二挥着锄头说道，"只是心里真的这么想，所以就说出来了。"

"真的这么想?"

"遇到这么大的风暴，河岸对面的人应该同样焦虑不安，这时如果突然有一群穿圆点图案制服的人从船里出来成群结队地上岸，事情会如何发展呢? 河岸对面的人可并没有接到过任何正式的通知，"荣二说道，"松田你设身处地考虑一下，如果是你会怎么想?"

松田沉默了一会儿，去别处拿了把锄头回来，跟荣二并肩挖沟。

"你一定，"松田说道，"遭受了很大的痛苦吧。"

"不只是我，收容所里的所有人都被社会残酷地教训过。"

"你这个嘴巴不饶人的家伙，"松田停下手里的活，生气地瞪着荣二，"总是要把人辩驳得无话可说，你就这么讨厌我吗?"

荣二吃惊地看着松田："我怎么会辩驳你的话呢? 别开玩笑了，我可是从一开始就喜欢你的。"

"哼!"松田用力把圆锹摔到地上，"你少拍马屁了，我才不吃这一套!"

涌上来的海水掀起了波浪，越过挖好的沟渠冲刷着庭院，官厅建筑发出可怕的嘎吱嘎吱的响声。房顶瓦片噼里啪啦地被吹跑了，狂风在房檐和挑檐处不停地咆哮。天空中一片漆黑，狂风呼啸，云朵相当快速地一路向北狂奔，云缝中偶尔能看到星星在闪闪发光。

"不用再挖了，"冈安喜兵卫的声音传来，"那沟已经派不上用场了，大家快上来。"

"水位不会再升高了，"松田对荣二说道，"涨潮已经过去了，上去吧。"

"我去看看肉瘤的情况。"

"肉瘤怎么了?"

"他去榨油小屋了，说要阻止油罐被冲跑。"

"别去了，那里正迎着一波波海浪的冲击，你就算去了也没什么用，那家伙没事的。"

"为了保险起见，"荣二喊道，"我去看一下。"

"别去了，武州。"松田叫唤道。荣二用锄头撑地，摸索着地面情况在水中前进。与其称为水，不如称之为激浪。走了不远，没过胸口的水接连不断地卷起波浪撞向荣二，波浪破碎后的飞沫有如沙子一般持续猛烈地拍打在他的脸上。水无休止地涌过来，又撤回去，一不留神双腿就会失去平衡。荣二用锄头做拐杖，对抗着水的作用力奋力前进。

榨油小屋距离官厅只有不到二十间，但是荣二花了半个时辰才到达那里。到了一看，小屋坚固地屹立在水中，透过风声还能听见大伙正在屋里放声歌唱。屋门紧闭，建筑整体被各种绳索捆绑着。

"喂，不要紧吧？"荣二用力拍打着拉门喊道，"大家都平安无事吗？"

屋里的歌声戛然而止，从荣二头上传来了喊叫声。他抬头一看，那里有个小窗户，有人正往外探着头。

"我是网篮房的武州，"荣二仰头喊道，"阿清不要紧吧？"

小窗口里的人消失了，接着清七探出头来。荣二看不到他的脸，不过凭声音可以确定那是清七。

"我没事，"清七说道，"你又到这里来干什么？"

"我来看看情况。"

"听不见，"清七说道，"我现在放绳子下去，你抓紧！"

投下来的绳子一再被风刮跑，重复投了三次，荣二总算抓住了。几人合力把荣二拉到小窗口的位置，他从那里爬了进去。那是一层类似棚架的夹层，荣二爬进去的瞬间，黑暗中响起了一阵欢呼声。

"小心别碰头，"清七说道，"这里是堆放袋装油菜籽的地方，只有九尺宽，头上就是屋顶。来，坐这里吧。"

荣二身旁传来几个人的说话声，他也分不清谁是谁，有的说武州来得真好，还有的问外面的情况怎么样了，大家都喜不自禁。荣二问："油罐怎么样了？"清七回答："全都用绳索捆在一起了，这座小屋塌不了。"

"这里有网篮房的人吗？"

"在这边，大哥，"有人回答荣二，是金太的声音，"小头目久七和与平也在这儿。"

"再坚持一会儿就好啦，"荣二大声喊，"大家加油啊！"

欢呼声再次响起。一阵强风袭来，整个小屋晃动着，柱子和房梁嘎吱嘎吱直响。有人唱起了歌，其中四五个人也知道那首歌，配合着高声合唱。荣二既不知道那是什么歌，也听不清歌词，奇怪的是他竟然眼底发热，眼中溢出了泪水。

"……看见你……"荣二断断续续地听到那首歌词，"……割饲草的手也……你也没有来……只有影子。"

荣二偷偷擦了擦眼泪。强风又摇起了小屋，不知哪里的木板裂开了，发出剧烈的响声。

第 九 章

海水依旧浑浊，呈现土黄色，空气却已恢复之前的澄净，房州青翠的山峦远远地显现出来。

"我考虑了很多，"阿末换只手抱着包袱说道，"我原本打算从今往后坚持每隔五天到这来一次，即使荣哥不见我也没关系，我要像三郎那样，备齐我认为必需的东西，哪怕只是把东西送过来也好。可是我回到家后左思右想，体会到了荣哥谁也不想见、谁也不想理会的心情。"

"因为一块布，许多人无法无天地加害于你，令你一辈子的前程尽毁，所以你理所当然会憎恨世人、憎恨社会。现在荣哥的心中已经被恨意填满，看到平安无事过日子的人，大概只会激起憎恶之情吧。或许在荣哥的心情平复下来之前，我还是不要接近你为好。"

"我心里是这么想的，"阿末弱弱地说道，"但偶尔还是会忍耐不住，不顾一切地从家里跑出来。一想到荣哥在收容所当苦力，我的胸口就如同要裂开一般痛苦起来。我无论如何也接受不了，经常头脑一发热就跑到对面的铁砲洲河岸。"

"可是来到河岸边，一看到石川岛，我又突然害怕起来，吓得两腿发软。就算我去了，也只是再次煽动起你憎恨世人及社会的怒火而已，我不能去，再忍忍。这样想着我改变了想法，安慰自己一番以后又回去了。"

"这次大风暴来时，我第一个想到的就是这里。"阿末稍做停顿，继续说道，"那时刚过半夜，风力一直逐渐加强。父亲说很担心涨潮，若是满潮前风不停止的话，深川的海边大概会被水淹没；若是连深川都被水淹没，这里就更不用说了。要不是有城门挡着，我真想立刻飞奔过来。"

荣二心里一直在想：为什么人贩子阿六会做出那种事？那天阿六上了避难船，据说下船的时候有个做绳索工艺品的老人掉进了海里，阿六纵身跳入大海去救他，结果跟老人一起淹死了。到第五天，出去避难的劳工一个不差地都回来了，有六七个人看到了阿六跳海救人，他的尸体在劳工们到齐前就被发现了。阿六乘坐的那艘船停靠在一座沙洲上，他的尸体退潮时被冲过来，卡在了佃岛岸边的木桩子上。发现尸体的人看到他那身圆点图案的制服，立刻联系了收容所。老人的尸体大概被冲到更远的地方去了，目前尚没有被找到。阿六舍身救老人的事迹在整个收容所里引发了很大的震惊和赞赏——在那种程度的烈风和怒涛中营救溺水者，即使是精通水性的人估计也办不到吧。恐怕阿六正是因为不会游泳才跳下海的。可是荣二实在无法理解，像他那样从事贩卖人口的卑鄙勾当，吸了无数女人的血的人，是怀着怎样的心情救人的呢？

"你真的什么事也没有吗？"阿末继续说道，"明明有那么多建筑都被毁坏、冲走了，荣哥就没受伤吗？"

"嗯，说我吗？"荣二望着海，心不在焉地答道，"我的情况正如你所见，失望了吗？"

"荣哥。"阿末说道。

"人真是个奇怪的东西，"荣二自言自语似的咕哝道，"实在是奇怪，搞不懂。"

"你是指什么？"

"跟你无关的事，"说完，荣二眼神冷漠地看看阿末，"你该回去了，我正在进行善后工作，很忙的。"

阿末从袖子里掏出几封信来，放在包袱上面，递给荣二。

"这是三郎的来信，"阿末背过脸去说道，"虽然我经常来对面河岸，但每次都是拿着信又回去了，所以已经积攒了四封，请你原谅。"

说完，阿末犹如从荣二身边逃离一般地走了。

二

三郎寄来的四封信上都没有日期，字也一如既往地难看。

163

芳古堂有个规矩：店里的工匠从学徒阶段开始习字，出师后只要有时间也要练习书法。因此即便再怎么笨手笨脚，到了二十岁左右字就算写得不好看也总能拿得出手，唯独三郎一点进步都没有，写出来的字还跟小孩子一个样。他自己应该也很清楚，四封信的开头都为字写得太难看而道歉。

"真是个笨蛋，"荣二咂了一下嘴，"与其为写字难看赔不是，不如写好日期嘛，这样根本分不清哪封在前哪封在后。"

每封信都大致相同，一方面为荣二担心，另一方面告知自己的近况。三郎说他在葛西的生活很平静，身体在顺利康复中，平时会跟兄弟们去旱田里劳作，给田地锄草。水田和河流附近满是萤火虫，以至于夜间外出散步都找不到地方下脚。母亲和嫂子对他很关心，因此得以安心疗养。患肠胃病的时候可受了罪，不过正如俗话所说，踩乡下的泥土能治脚气病，估计差不多到九月就可以痊愈了。嫂子生了第七个孩子，家里越发拥挤了，他只好睡在储物间。三郎就这样拉拉杂杂写了一通。

"又被使唤得团团转了吧，"荣二嘟囔道，"说什么可以安心休养，还不是白天被派到地里干活，晚上只能睡在储物间嘛，永远都这么软弱。"

三郎怕是为了不让荣二担心才故意这么写的，可惜他没能力把文章写得让荣二信服。越是写得安闲自在，越让荣二明显地感受到他那日夜艰辛的生活。第四封信读罢，荣二刚要把它卷回原样时突然"哦"了一声，又盯着那文字细细看起来。荣二原本觉得那是宛如出自孩童之手的笨拙文字，留心再看，却发现那字虽然笨拙，但透出一种丰满圆润、毫不做作的韵味。

"嗯?"荣二把其他三封信也展开来看，"好奇怪啊，这字我以前在哪里见过。"

很像老板芳兵卫或是哪个师兄弟装裱的、横幅挂在茶室里的字。荣二记得那幅字似乎是哪里的僧人写的，当时他还纳闷如此笨拙的字为何要裱起来挂上。事后回想起来，那字并非笨拙，而是具备书写之人独有的风格。现在再看三郎的字，也总觉得跟那个僧人的字有某种共同的韵味。

"无聊，"荣二边整理信边嘟囔道，"即使那样，也跟现在的我没有丝毫关系。"

七月已入秋，但那只是历书上的时序，实际天气比盛夏时节还要酷热。狂风巨浪过后，只有官厅建筑和榨油小屋幸存，三栋劳工长屋、女劳工安置处、病患安置处以及其他小型建筑物和竹栅栏等都被摧毁冲走了，南边河岸上护堤工程中刚砌好的石墙也倒塌了三分之二。因此善后工作和搭建临时小屋同时开始，全部劳工都参与进来了。自从女劳工们负责洗衣做饭、端茶倒水以来，即使在白天，岛内也处处能听到轻浮的玩笑话和笑声。要是这时正巧松田权藏路过，他便会用敲打金属盆一般的声音大声训斥劳工们。

"你们这群废物!"赤鬼会这样骂男劳工，"再这么得意忘形、肆无忌惮，就让你们去挑石头!"

"你们这群举止轻佻①的丑八怪!"若是女劳工,他会说,"要是被男人的味道迷得头昏脑涨,一直叽叽喳喳说个不停,就把你们扎进河里去洗洗屁股!"

"好啊,快点啊!"有的女劳工顶撞回去,"是你松田的话一定会给我们洗干净吧,我们反而要拜托你呢!"

松田的脸变得黑红,但是他绝不回嘴,他知道自己言语上敌不过这些女劳工,所以佯装听不见,转身到别处去。男劳工里偶尔也会有人顶撞他,但那不是对他抱有憎恨或反感,而是出于喜欢他、彼此亲近的缘故。对人最和蔼、说话也温和的监视员小岛良二郎是唯一的被大多数人讨厌的官员,其他官员和劳工们的关系融洽到不可思议。他们并不是官员和收容所苦力这种对立的关系,反而像房东和房客一样亲密地往来。

"你果然注意到了,"与平回答荣二的话,"这里确实有那样一种氛围,嗯,这好像是最初建立这个收容所的长谷川平藏的想法。收容所并非牢狱,不准把劳工当作罪犯对待,这是历代官厅的规定。"

"这氛围一直持续到今天吗?"

"其中也有行迹恶劣的官员,毕竟从奉行大人到捕头和下级官员,加起来也有三十四五个呢。"与平悲伤地摇摇头,"官府每年会发给这里六百袋米、四百多两银钱,我听说有几个官员会侵吞其中的米和钱,或是克扣劳工们赚的月钱。这种事早晚

① 轻佻:原文是日语词"尻轻",轻佻的意思。"尻轻"直译为"屁股轻",所以松田权藏后面才说"把你们扎进河里去洗洗屁股"。

有瞒不住的一天，不过当事人在被抓住之前是不可能停手的吧。虽说这样的事情随处可见，但是世人如此利欲熏心，让人深感悲哀。"

荣二一动不动地屏住呼吸，好像在努力理解着刚刚听到的每一个字。

"那个……"荣二问道，"官府真的会发放这么多钱和米吗？"

"这是这座收容所的特别之处。"

在江户城内，流浪者和小偷多如牛毛，有从乡下进城的人，也有因为天灾、贫困、性格等原因沦落至此的人，还有从牢狱释放出来后既没工作也没亲戚可以投靠的人。与平说，劳工收容所的方针就是把这几类人集中起来，教他们学手艺，让他们存月钱，帮他们成为有机会回到城里像普通市民一样生活的人。

"我们只要交一点点杂费，就有地方住、有饭吃、有活干，生病了还能免费拿药，赚到的月钱也归自己。"与平继续说道，"这种事要不是因为官府发放了巨款和米，哪能做到呢？为了正确履行官府的旨意，官员们当然也必须挑选合适的人。"

所以，官员从不强迫劳工，也不会把办不到的事情硬推给他们。这样一来，劳工们也不能总是肆意妄为，而是自然地主动完成自己分内的工作。不知不觉间双方界限就这么确定下来。

"可能你以前没有注意过，不过你回忆一下被毁坏之前的旧长屋，虽然使用的木材质量一般，建造得也不太精细，但总是保持得很干净吧?"与平骄傲地微笑道,"我被送来这里之前,在南町奉行衙门的临时牢房里待过,那里虽说在町奉行衙门,却脏得根本没法跟这里比,伙食也是粗劣又难吃。传马町的情况如何我虽不知,但是说起大牢,光听听别人的描述就能大概体会到了,不是吗?似乎是在前些日子吧,为了庆祝你解除监禁,大家一起饮酒作乐的时候,有几个人还说想一辈子生活在这个岛上。你应该记得吧?"

荣二没有说话,一动不动地坐着。纵然处于社会底层,被世人骗得团团转,却不得不一天天勉强度日,这样的人多得数不胜数,他们来到这里以后应该也不想回归社会了吧。三郎也是这类人。正因为他身处社会中,才会被人说愚蠢、说迟钝,不得不被人死命使唤。如果他来了这里,就不用再受人嘲笑,每天早上八点到下午四点,做好分配给他的工作就可以了。只要交一点点杂费,不仅免费住宿、洗澡,看病也不花钱,赚到的钱都是自己的。对啊,对三郎来说再合适不过了,荣二心想。

"这等于坐吃等死,"只剩荣二一个人时他嘟囔道,"我绝对不要这样的生活。"

阿末每隔五天就来一次,荣二以工作忙得腾不出空为由,一直拒绝见她。或许她知道每月一日、十一日、二十一日都是假期。八月十一日那天,荣二又被冈安喜兵卫叫去会客,但是,来到曾经会面的小客厅时,他发现等在那里的不是阿末,而是住吉的阿信。

"什么?"荣二站着说道,"连你也来给我丢人了吗?"

阿信一脸不服气的表情说："我就料到你会这么说，所以一直忍到今天才来。"

"我跟你无话可说。"

"先坐下总可以吧，"阿信轻拍榻榻米，"关于三郎的事，我有话跟你说。"

荣二一脸不乐意地坐下了。

"喏，这个，"阿信递过来一个用纸包着的盒子，"一点点心意，这可是我准备的礼物哦。"

三

荣二不由得笑了。阿信说话还是这么干脆，亲手拿出礼物来还直截了当地说这是她准备的礼物，可真像她的作风。

"三郎出什么事了吗？"

"你果然不知道啊，"阿信用叠好的手巾擦拭着额头的汗珠，"他被小舟町给辞退了。"

荣二露出怀疑的眼神："可那家伙不是说因为生病所以回葛西的老家去了吗？"

"过完六月被辞退的，而且仅用一封信通知。"

"你听谁说的？"

"三郎亲口说的啊，"阿信犹如讲述自己的事情一般怒气冲冲地说道，"三郎说他收到了那封辞退信，立刻赶到小舟町去，回来的路上顺便来了趟住吉。"

"我听说他得了脚气病，肠胃也不舒服。"

"是啊，样子十分憔悴，"阿信皱着眉头，"脸和手都骨瘦如柴，只有脚肿得这么大，像中年大叔似的挂着拐杖一步一步慢慢挪动的样子让人不忍直视。"

三郎连续腹泻了十天，本来不能下床的，但还是出来了。他到了小舟町却没有见到老板，只有师兄五郎出来应付他。五郎说店里的工作减少了，因此要削减人手，而三郎的病不容易痊愈，也不知道什么时候才能好，这才将他辞退了。说完，在三郎寄存的工钱上多加了一两，一起拿给他。

"三郎说，那时老板娘就在隔壁的房间里，正跟别人说话呢。"阿信目光严厉地说道，"明明就在那里大声说笑，到最后也不来露个脸、打声招呼。"

荣二平静地摇摇头："这背后恐怕另有隐情。说是店里工作减少了，但是每年夏天都是如此，况且三郎还生着病，再怎么说也不应该用这种理由辞退病人，这件事背后定有隐情。"

"我也是这么想的，所以问了很多，但是三郎说他想不到任何原因。"

"因为那家伙实在太迟钝了。"

"你想想，荣哥，"阿信生气似的看着荣二，"三郎之所以说他想不到任何原因，真的是因为他十分迟钝吗？"

荣二眯起眼睛，目不转睛地盯着阿信的脸。

"荣哥真是不知人间疾苦。"阿信平静地说道，"金襕的事情以及后来你遭受的苦难我都听说了。你在住吉醉得不省人事时我曾经说过讨厌那样的你，但我听完事情的原委立刻就想到了那句话，所以非常憎恨自己。即使不知情，也不应该说出那么恶劣的话。"

"我真想立刻飞奔过来，但不只是因为说了那么不近人情的话。三月里，三郎从叫青木的捕头那里得知了详情，金襕的事情也搞清楚了。三郎向我一五一十地说明了情况。一想到你现在是何等心情，我就坐立不安，但是三郎阻止了我。他一再说，这件事还没跟阿末说明，而且荣哥正在气头上不想见人，现在去见你反而激起你的愤怒，稍微等等观察情况会更好。"

"在因病回葛西之前，三郎满脑子都是你的事情。他设身处地为你着想，既阻止了打算来见你的我，还为了不让阿末担心事事都瞒着她。可是，"说完阿信放低声音，"你却这样坐享其成，还装腔作势地说什么三郎非常迟钝。明明遭受过那么残酷的事情，可是你一点也没变，还是以前那个头脑聪明、仪表堂堂、不知人间疾苦的荣哥。"

"这又不是什么值得称赞的事情，"荣二反驳道，"不过，我说三郎是个迟钝的家伙，可不是说他的坏话。"

"这我当然知道，以你和三郎的关系，你不可能出于恶意而说那种话，不是吗？"

"既然这样，你还生什么气？"

四

阿信面对面地、目不转睛地注视着荣二的脸。

"三郎为何被小舟町辞退,荣哥肯定一下就能猜到原因吧。"

"你能猜出来吗?"

"我太笨了所以猜不出来,"说完阿信就像小孩子要哭鼻子似的皱着脸,"不过从三郎说话的口气上能推断出来,你一定也觉察到了吧,荣哥。"

荣二盯着墙上的一点想了想,嘴里嘟囔了一句"不会吧!"吃惊地转过头来看阿信。

"不会吧,怎么会是那样!"他说道。

阿信缓缓地点点头:"就是那样,真正的理由就是那样。"

"可是三郎应该小心行事,不被别人觉察才对啊。"

"他每五天就出一次门,不管多小心,也不可能不引人注意吧。"阿信说道,"况且小舟町那边本来就因为荣哥的事情精神紧绷,没道理注意不到三郎史无前例地每五天外出一趟,不是吗?"

荣二双唇紧闭,胳膊抱在胸前,闭上眼睛想着:是啊,三郎是因为到收容所来探望我才被辞退的。为了不被怀疑,他应该已经小心行事了,但是他没有能力把事情瞒得滴水不漏。他来给我送东西,芳古堂当然不会坐视不理。对老板芳兵卫来说,芳古堂的名声比什么都重要。荣二狠狠咬着牙,下巴上的肉都在颤抖。

"荣哥你想想，我为什么来跟你说这些？"阿信说道，"听说你对自己受到的苦难无法释怀，打算从这出去以后痛快地复仇，是吗？"

荣二沉默不语。

"你的心情我非常理解，不过那想法是不是太以自我为中心了呢？要我说，能顺利复仇固然好，可是对方也不会干等着你上门复仇吧？对方有钱有权，不是以无中生有的罪名把你送来这里了吗？当然，天下无难事，只怕有心人。如果你有心复仇，也可能成功，要是顺利做到了，是能够泄愤的吧，但也只有你一个人心情愉快。"阿信眼里闪着亮光，"到了那时，你觉得三郎会怎样呢？阿末又会怎样呢？"

荣二依旧双臂抱在胸前，这个姿势保持了很久，身体一动也没动。

"有些事情一旦发生，"话说到一半，荣二剧烈咳嗽起来，他松开抱在胸前的双臂，一只手摸着膝盖说道，"是无法轻易将其了结的。"

"没有必要纠结于尚未了结的事情吧？我并不是让你立刻就做到，但是和复仇之类的无聊事情相比，请多考虑一下那些正在为你受苦、为你担心的人。"

荣二起身走到窗边，向窗外眺望了片刻。他所处的位置在收容所北侧，只要踮起脚，就能望见大河。八月的晴空中飘着几朵光辉耀眼的白云，蓝天白云之下，荣二发现成群的红蜻蜓如扬尘一般在空中飞舞。

"人贩子阿六死了，"荣二背对着阿信说道，"在上次那场大风暴中，为了搭救从船上落水的老人溺水身亡了。"

"你说人贩子阿六？"

"在这里他化名为次郎吉，"说完，荣二转过身来，"听说遭到了同伙的追杀，但是他没有逃离江户，而是一直偷偷藏身在这个收容所里。"

"而且……你说他还救人了？"

"是为了要救人才溺水的，虽然我不在场，但是有几个人都看到了……就是那个人面兽心的阿六。"

阿信盯了荣二一会儿，接着问道："你怎么认出那人是阿六来的？"

"我从他说话的口气中觉察出来的，然后……"话说了一半，荣二摇摇头，"人这种生物在不同的场合会做出什么事情来真是无法预测。"

"是啊，即便如此，等他从这出去了，恐怕又要去祸害别人了。"阿末说完叹了口气，"但我还是无法相信他会救人，那家伙是个彻头彻尾的讨厌鬼，明明从以前开始就是看到别人上吊还要去拉人家腿的人。"

"现在葬在小塚原的无主墓地里，"荣二再次望向窗外，"做坏事到了被人称做讨厌鬼的程度，也没落得个好下场。"

阿信不作声了，低头看着自己的膝盖。

头脑聪明、仪表堂堂、不知人间疾苦，阿信痛斥荣二的这些字眼深深地刻进了他的脑海里。以自我为中心，出于不甘心，所以一心只想着要复仇，不考虑因为自己而受苦的人。荣二心中辩驳：哼，阿信那家伙，她不知道自己才是不知人间疾苦呢。只要她尝尝我所遭受到的苦难的四分之一，她就能明白这种有仇不报、誓不罢休的心情了。可是阿信的话依然无法从脑海里消失。

"唉，真无聊。"荣二一边搬运着建造临时小屋的木板，一边咕哝道，"就算是将军来苦口婆心地劝我也没用，既然我说了要复仇那就一定要做到，你们等着瞧吧！"

五

"唉！混蛋！"荣二骂自己，"什么以自我为中心，阿信那样的人懂什么啊！我的心里还在冒血呢，这份痛苦的滋味有谁了解！该死！快忘了阿信的废话吧！"

暴风的善后工作持续了整个八月。巨浪冲走了岛上大面积的沙土，所以必须从岛外运沙土和碎石。盖完劳工居住的临时小屋和烧灰场，修缮完官厅建筑后，劳工们还要继续培土、打地基，重建南岸倒塌的石墙得花费更多时间。

九月一日放假，官厅方面把荣二和肉瘤清七叫去了，给予他俩每人一千文的奖赏，表扬他们在暴风之夜镇压住了完全失控的劳工们，使他们安全避难，还让七十余人主动留下来保卫这座岛屿。荣二谢绝了奖赏，他说那是清七的功劳，自己只是效仿清七而已。

"我都看到了，"奉行成岛治右卫门和蔼地笑着说道，"一开始的确是清七的功劳，清七挥舞着大木槌止住了失控人群的脚步，在那之后，正因为有了你的规劝，事情才能顺利解决。单凭清七的大木槌无法控制因恐惧死亡而惊慌失措的人群，若以武力硬碰硬，大概在避难之前就会造成人员伤亡。"

奉行说是清七的武力和荣二的智慧共同将骚乱镇压下来了。

"我这样说像是顶撞大人，"荣二抬起头来说道，"那是奉行大人您的想法，我并不是这样想，我只是效仿清七，所以不能接受奖赏。"

"你说话很坚决啊。"奉行很有耐心，又和蔼地笑了，"可是身为奉行，东西一旦赏赐出去哪有撤回来的道理，这要怎么办才好呢？"

荣二没有回答。

"赏赐的事得到了城镇奉行的许可，"成岛说道，"事到如今已经不能撤销了，关于这一点你有什么好主意吗？"

荣二稍做沉默，回答说想请奉行大人把奖赏分给留在岛上工作的全部七十余人。

"这样啊，"奉行想了一会儿点头道，"好，那也无妨，那么一千文奖给清七，剩下的一千文就分给其他七十余人吧。"

随后奉行起身到里屋去了，荣二和清七与在场的同心①们也

---

① 同心：官职名。

起身，这时冈安喜兵卫叫住了荣二。

"我有话跟你说，"冈安说道，"你到这边来一下。"

清七走到了外廊上，同心们往官厅的方向去了。冈安绕过走廊，拐进了那间小客厅，跟荣二两人面对面坐下了。他似乎是想起了什么，刚坐下又站了起来，打开北侧的窗户后坐回到刚才的地方，沉默了少顷。

"你闻闻，"冈安朝窗户的方向挥挥手说道，"这风中弥漫着花香，你闻到了吗?"

荣二试着闻了三次，然后默默地摇头。

"现在吹九月的风，"冈安又说道，"风中这种清爽的、冷飕飕的味道我着实喜欢。四季的风会有各自不同的气味、味道以及触感，但是我最喜欢的是秋天这种冷飕飕的、清爽的风，每当呼吸到这种风，我就能感受到活着的喜悦，尤其是像现在这样，风还染上了桂花的香气。"

荣二诧异地盯着冈安的脸，心想：他把我叫住，为何要谈些风的气味和触感之类的事呢? 是什么意思呢?

"你呢，"冈安呼吸了两次后平静地问道，"你有没有从风的触感中感受过秋天，或者享受过随风吹来的花香呢?"

荣二没有回答。

"因为你还年轻，"冈安的嘴角露出一抹微笑，"你大概想说我才不懂这种老气横秋的事情吧。不过这可跟年龄大小无关，而是看你有没有这个心情。来，你仔细闻闻看，现在散发出香味的是桂花。"

"您叫我来就为这件事吗？"

"不行吗？"

"风啊花香啊什么的跟我没有关系，如果没有别的事我就先回房间去了。"

为了出席颁奖仪式，冈安身穿上下一套的麻质礼服，手持折扇。他把手中的折扇展开一半，又啪的一声合上，仿佛听不到荣二说话一般，看向窗外。

"即使你不感兴趣，秋风也会像这样送来充满秋日气息的清爽花香，"冈安缓缓说道，"但是这风一旦发起怒来就会转变为暴风，吹跑房屋，卷起波浪，甚至致人伤亡。这座岛被七月的暴风吹得一片狼藉，经过你们的努力，目前已经大致复原了。如果人也像风一样胡闹，会如何呢？虽然世上没有惩罚风的法律，但是人和人之间却有法令规章这种东西。"

"法令规章是为谁而设立的呢？"荣二尖锐地反问道，"为了强者吗，还是为了弱者？"

"是为了整个社会吧。"

"您不了解。"

"关于这一点，我之前就想跟你谈谈了。你的事情我一清二楚。"冈安用温和的口气说道，"我认为你生气是理所当然的，绵文做法恶劣，目明①处置不当，芳古堂也稍欠考虑。这件事确实是他们不对，但是我们来思考一件有关幸运与不幸的事。"

这件事刚刚过去几年，说的是三名男子离开津轻老家前往

———————————

① 目明：官职名。

虾夷岛①采集沙金。三人费尽千辛万苦，采集到重达七公斤半的沙金，但是他们却发现粮食将要耗尽。时值九月，但那个地区的冬天来得早，三人必须决定就此打道回府还是把沙金换成钱置备过冬物资。此地沙金存量依然丰富，动身离去实在不甘心，于是三人决定在此过冬。为了购买必需用具和粮食，其中一人把沙金驮到马身上，出发去购买物资。到那不知名的部落，来回大约需要十天。留下来的两人一边采集沙金一边等待同伴归来，可是五天、七天过去了，十天、十二天过去了，外出的同伴还未出现。粮食持续减少，两人就把野草掺进仅存的一点米里省着吃。两人认定那名男子已经带着沙金逃走了。虽然想去追赶，但是毕竟过去了半个月，而且伙食粗劣造成身体虚弱，他们根本不可能追得上。如果那人不回来了，他们就不得不采集食物准备过冬。两人在河流附近找到了一个洞穴，并且尽可能多地收集鸟、鱼、草根、树果等能食用的东西。

两人不知道这片土地上的冬天是何等天寒地冻。直到下雪前他们还在采集沙金，冬雪中断了工作，他们便躲进洞窟里。严寒超出了他们的想象，为了御寒，准备的火和食物迅速消耗。两人诅咒那名逃跑的同伴，互相指责，憎恨对方让那人单独离开。洞窟外经常传来野兽的吼叫声和四处走动声，也不知是熊还是狼。两人都绝望了，知道不可能获救了。

就在两人认定自己必死无疑时，有三个土著民搜寻到了他

---

① 虾夷岛：日本北海道的旧称。

们，把充足的过冬用具和粮食交到了他们手上。据土著民说，这些物品是两人的同伴买的，同伴在回来的途中似乎被熊袭击了，所以他请求土著民把马背上的东西送到山谷中来。他自己不久就死了。同伴带走的沙金重达七公斤半，因为是在松前藩的管辖范围内偷偷采集的，所以不能按照正规价格交换；加之地处边境，位置偏僻，物价肯定非比寻常。尽管如此，单算土著民们送来的这些物品，价值不到带走沙金的一半，那么剩下的沙金到哪里去了呢？两人想都没想过这个问题。这下得救了，再也不用担心会死了，他们不禁相拥而泣。

"幸运与不幸像是感叹自身命运的唠叨话，让人听腻到厌烦，但是，幸运与不幸却真实存在。"冈安轻叹一口气，"这个故事流传甚广，可能你也听过。在这三个人的经历中，幸运与不幸表现为好几种不同的形式。虾夷岛的土著民长期遭受日本恶毒商人的欺压，似乎变得极其狡猾凶暴，但是那两个人运气很好，他们碰上的土著民亲切、真诚，即使在日本人中也罕见。"

"即使你没有觉察，"冈安喘了口气说道，"这清爽的风中也会散发出桂花的香气。只要静下心来呼吸，你也能闻到那花香。静下心来好好考虑一下自己的幸运与不幸吧，可不要忘了三郎和阿末那姑娘啊。"

第　十　章

| 一 |

南面的护堤修理接近尾声。

进入九月下旬，晴空万里的日子一天接着一天，若是下到滩涂地带，还能看到美丽的富士山。万吉给那美景定价千两二分①，旁边的人问他为什么还有二分，他人方地回答说千两是社会公认价格，所以他在此之上只多加二分。

因为七月的风暴，收容所中似乎催生出了前所未有的和睦、亲密风气。相反，荣二又变得少言寡语，谁跟他说话都不理，倘若对方喋喋不休，他要么大声训斥，要么转身离开。他总是尽量一个人待着。

阿末每到一日、十一日、二十一日的假期都来探望荣二，但是荣二不与她会面。后来冈安或许也放弃了，他不再强迫荣二与阿末见面，只把阿末带来的东西送到房间里来。荣二把那

---

① 分：江户时代的货币单位。

些东西分给房间里的人，他自己碰都不碰，里面装了什么也不看一眼。每到休息日，荣二像遵守规定似的到南面的海边去，在靠近海岸的草地上或坐或躺，几乎在那儿度过一整天，已经成了习惯。

"三郎啊，那个笨蛋，"他歪着嘴咕哝道，"我又没有拜托他，却为了我的事急得团团转，被工作了十余年的店里辞退了。这下能稍微体会到一点我的心情了吧。"

"停下吧，别理我了！"有时他也会低声叫道，"不要管我了！我在去年年底就跟死了没什么两样，再怎么煽动我也不会改变想法，别烦我了！"

"嗨，采集沙金？无聊！"荣二冷笑了一声，耸耸肩，"老老实实地带着沙金去换钱、归途中被熊袭击致死的那个人不幸吗？他的两名同伴还以为被他骗了，甚至诅咒他。没错，那家伙确实不幸，但是这跟我有什么关系吗？别开玩笑了，我身上发生的可是人与人之间的事。有钱人借用金钱的力量，目明仰仗衙门的威望，他们把无辜的人诬陷为罪犯，打个半死——杀害那名男子的熊是野兽，可诬陷我的人现在还在江户城里大模大样地横行霸道呢！要是不好好教训那帮家伙，我死都不会瞑目。"

泪珠从荣二的眼中滑落。他闭紧双唇，强忍住呜咽，望向海的那一方轻轻摇头。蔚蓝清澈的海面上，几十艘船扬起巨大的风帆，成群结队地从房州方向往品川方向滑行。荣二无意中听人说过，那些船是木更津周边的渔船，撒开网一边捕鱼一边往芝的方向航行，到达芝的海滨后把鱼卸下来，再捕着鱼回房州。

"七月的风暴来时发生过什么呢?"荣二眯着眼,眺望着那群亮丽的白帆嘟囔道,"应该有船出海了吧,出海的船里应该也有来不及躲避而沉没的吧?有妻有子的人知道已经无法脱险时会是怎样的心情呢?失去了丈夫的女人、失去了父亲的孩子又会何等悲伤呢?恐怕他们会诅咒大海、怨恨渔夫这个行当吧。即便是这样,出海打鱼的人依旧不会断绝。"

在南面海边度过的时间里,荣二总是不停地自言自语,其中大半都是说三郎和阿末的事情,以及嘲笑试图安抚自己的官员们。

进入十月,护堤的修理工作还剩一两天就结束了。网篮房的大多数劳工都被派遣到岛外参加填埋工程,南面的海滨工地上只有包括小班长传七在内的七名劳工在工作。那天从早上开始风就很大,海面波浪起伏,打桩的工作必须等退潮时才能进行。与大潮的季节不同,从海岸起,现在海潮完全退去后也只能露出五十间左右的滩涂,用不了一个时辰,潮水又再度涨回海岸。

"还有五根木桩,"小班长传七说道,"进展顺利的话今天就能完工。"

劳工们沿着石墙外围把杉树圆木钉进去,这当然是为了保护石墙不被激浪冲垮。目前为止,他们已经钉好了五十七根圆木。石墙外的沙滩挖五六尺深就会露出地表,在那上面挖洞,然后把顶端削尖了的杉树圆木插进洞里,用逆槌钉入地下,工作十分简单。荣二负责在地表上挖洞。所谓逆槌，是指槌头的部分在上，下方带三根把手，三个人握住把手，把槌头的部分置于杉树圆木之上，向下全力敲打杉树圆木。因为逆槌需要三人合力、一起喊着号子操作，所以荣二选择了可以独自完成的挖洞工作。

还剩下五根木桩，可就在荣二挖第四个洞的时候，石墙突然倒塌，把他压在了下面。沙滩上已经挖开一个五六尺深的洞，倒塌坠落的不规则石块连同沙子一起掉进了洞里。荣二的脊柱遭到猛烈撞击，他一下子喘不上气来了。

"不好啦！快来人啊！"不知是谁的声音传来，"有人被埋啦！倒塌的石墙下面有人！"

| 二 |

脊柱受到撞击，也不知发生了什么。荣二无法呼吸，痛苦地扭动身体。实际上他只是试图扭动身体而已，手脚并没有动弹。沙子和石块压在他身上，几乎没留一点空隙。

"是武州！"荣二听到传七的喊声，"被埋在下面的是武州！喂！"

传七向荣二喊话，只听他惊慌失措地问荣二有没有事，让荣二回话。荣二无法回答。他好不容易恢复了呼吸，但半边脸正埋在沙子里，只要一说话，沙子有可能涌进嘴里。但与此相比，他更害怕发出声音。一块块重约二十至二十五公斤的石头压着他的肩膀以及从腰到脚的部分。虽然感觉不到疼痛，但是也无法推测麻木无知觉的身体哪里受了伤、伤到什么程度。所以荣二心想若是发出声音，可能会导致骨折或内脏出血。

"大家快来，都过来!"小头目惊慌失措的叫声响起，"首先把石块挪开，那块石头，不对，那样不行，不小心挪动的话其他石块也会垮塌的。"

不知为何，沙子逐渐膨胀起来，荣二的脸被越埋越深。他尽可能不活动身体其他部位，然后缓缓地把脸扭向一边。

是潮水，潮水要涨上来了。

发觉这一点后荣二倒吸一口凉气。距离工作开始大概已经过了半个多时辰，这么说潮水眼看就要涨上来了。若是潮水涨到岸边，而那时自己还没被挖出来……荣二想到这些，简直要尖叫出来。

"拜托了，慢慢来，"只听与平说道，"千万不能让沙子垮塌，从两个方向挖沙子怎么样?"

"不行!"小班长大声喊回去，"挖沙子会使石块进一步垮塌，应该先挪开石头，谁去官厅报个信啊?"

有人回答说已经去报信了。

小班长传七已经上了年纪。约五十五六岁，身材消瘦、满脸褶皱，看上去如同七十岁的老人，他无论如何也帮不上忙。剩下的五个人里，与平也没什么力气，指望不上。荣二心想，这种紧要关头如果肉瘤清七在场就好了。荣二抬起眼，透过层层堆叠的石块间的缝隙，看到一片像拉门贴纸的边角料一般细长的布满薄云的天空，强风在这缝隙间发出呜呜的声音。

伴随着大家响亮的吆喝声，一块石头被挪开了。估计是石块间原本相互平衡的状态被打破，其他的石头突然大幅晃动，滑落到了荣二身上。

"请小心一点，"与平哭喊道，"随意挪动反而会令石头垮塌，用撬棍撬吧。"

"武州！"传七用沙哑的声音从石块缝隙间呼唤道，"你回话啊！不要紧吧？还活着吗？"

"嗯，"荣二小心翼翼地答道，"不要紧，慢慢来。"

"马上就好了，坚持一下！"

荣二原本想提涨潮的事情，结果还是没有开口。他感觉到被压在石块下面的右脚背开始湿润了。最初他以为是流的血，可后来从脚尖到脚背都浸在海水里了。海水不单从沙子上方涨过来，也从沙子下方渗透上来。

"完蛋了！"荣二对自己悄声说道，"大概被挖出来之前就淹死了，挪开一块石头又会有别的石头塌下来，不管怎样都没救了。"

与平说用撬棍撬。就是那根撬棍吧，用作木桩的杉树圆木，慢慢地插进石头与石头的缝隙间。撬棍触碰到荣二的大腿，随后往小腿的方向插下去了。

"那里是我的脚，"荣二尽量小心地叫道，"再往前一点，照现在这样我的脚会断掉的。"

"看那边！是潮水！"与平的哭喊声传来，"潮水要涨上来了！快点！拜托了大家快点！"

荣二感觉全身仿佛冻住了一般。刚才没过脚背的水现在已经涨到了小腿，伸到小腿上方的圆木撬棍眼看就要以小腿为支点撬动。

"脚会折断的！"荣二叫道，"把圆木往旁边挪挪！"

"从这边的石头开始！"只听小头目说道，"使劲压撬棍！"

强大的力量施加到了杉树圆木上，荣二似乎听见了小腿的骨头吱啦吱啦作响。

"脚会折断的！"他叫道。

他想说把圆木往旁边移一移，但是沙子进了嘴里，他发不出声音，而是剧烈地咳嗽起来。从石头缝隙间吹进来的风使他听到了正在逼近的海浪声。

"救我，三郎，"荣二无意识地说道，"我已经不行了。"

极大的重力施加到圆木撬棍上，荣二听见小腿骨折声，瞬间便昏过去了。

| 三 |

要是那个时候一直昏迷不醒，或者干脆死掉了该多好啊。

后来荣二曾好几次这样想。一度昏迷的他因为盐水渗进骨折的小腿的伤口疼醒了。那之后真正的恐怖和痛苦才开始。不知昏迷了多久，但苏醒后他发现自己仍旧被压在石头下面，并且海浪已经涨上来了，海水从上下两个方向逐步瓦解沙子。虽然石头好像挪走了几块，但是从上面压下来的石块重量并无变化，荣二的背部到腰部丝毫动不得。他的呼吸量在重压下只剩三分之一，由于呼吸困难，一种想要抓挠胸口的痛苦令他头昏眼花。

那种感觉不应该称为痛苦。荣二诅咒自己怎么还没死，又喊了两遍："三郎，救我！"那是无声的呐喊，在什么也看不见的血红空间里，三郎坐立不安的表情忽隐忽现。荣二的脸已经开始浸泡在掺杂了沙子的水里。恐惧使他失去知觉，即便混杂着沙子的水流进他半张开的嘴里，他也没能明白那意味着什么。

"原谅我吧，是我不好。"荣二在恐惧中说道，"一切都是我的过错，拜托了，大家原谅我吧。"

遥远的地方能听到与平在哭喊，虽然也有其他人的叫喊声传来，但是与平那惶恐不安的哭喊声一直没断。在这期间，石头被接连不断地挪开了。榨油屋的人慌忙赶到，肉瘤清七一身过人的体力发挥了作用。

"坚持住！武州！"清七不停地大声叫嚷，"不能泄气！马上就好了！坚持住！"

荣二再次昏过去了，不过这次似乎没有持续多久。水吐出来了，接着是一阵剧烈咳嗽，恢复意识后荣二仰面躺着，口中发出的急促的喘息声在他耳朵里回荡。

"轻轻地，轻轻地，"他立刻听到身旁有人说话，"不要动他，脚骨折了。"

是医生吧，荣二心想。大家叫他三哲医生，荣二不晓得他的全名，只记得是个身材瘦削的中年人，目光敏锐。暴风中运送病人时他似乎不在。听说心学教师和这名医生基本上都是义务工作，不要报酬的。荣二又想，这次终于要轮到我接受帮助了吗？

"看来除了骨折没有别的大碍，"医生说道，"虽然撞伤不少，但是没有其他地方骨折，剩下的要详细诊查后才能下结论。"

"太好了，那就好。"冈安喜兵卫说道，"石头和石头相互支撑住了吧，我听到消息飞奔过来的时候还以为没救了呢。"

"武州，没事吧？"清七把脸贴过来看着荣二问道。

"以后再问，以后再问，"医生急忙制止，"现在什么都不要说，不能让他讲话，大家可以回房间去了。"

"需要人把他抬走吧？"

医生指示大家把门板拿来，像抬担架那样用绳子缠住荣二，并在他的身体下面垫上被子。

荣二口中满是沙子，他谨慎地转过头去，吐了两三次口水。每一次都能感受到尖锐的疼痛在全身扩散开来，可是他并不知道那疼痛是哪里引起的，也没有把嘴里的沙子吐干净。医生说骨折的小腿若不立刻手术，骨头就会接不上，要尽快去请山城河岸的中岛医生来。冈安喜兵卫命令下级官员去执行此事。

我不会忘记大家的，荣二在心里叫喊。我固执、冷漠，既不曾为谁担忧过，也不与任何人亲近。

我明明只考虑自己，可是大家却为了我齐心协力，就连平日里关系并不亲密的人都来帮忙，一同不遗余力地救我出来。

荣二无声地呐喊，大家的声音我一生都不会忘记。大家拼命搭救我，简直把我当作自己的兄弟或者孩子。与平为我哭泣了，冈安也一样，至今为止一直耍性子的我一定是既可气又可憎的家伙吧，可他们还是为了我飞奔而来。对了，三郎也是。

四

荣二全然不知治疗是如何进行的。因为使用了某位外科医生调配的药，所以开刀和接骨都没有太疼，这些荣二后来才知道，当时他的小腿的确处于完全麻痹的状态。请来的外科医生中岛给他治疗时，荣二有些分不清梦境和现实：三郎以及其他熟人的脸交替出现，有时两三张面孔重叠在一起，有时还能听到意义不明、语速飞快的叫喊声。

奇怪的是，只有看到三郎的脸时眼前会变成一片血红摇晃起来。"我在这里呢，阿荣，这里。"三郎在血红色中呼唤荣二。他的眼神惊恐不安，嘴角露出怀着歉意的微笑，凝视着荣二，看上去十分担心。由于那场景过于生动，荣二不得不摇摇头说道："我没事，别担心，快收起你那副不争气的表情。"接受治疗期间，荣二吐了三次。有种味道始终残留在他的舌头上，那是一股难以形容的恶臭味，而发出气味的东西像是泥沙和腐水的混合物。

　　与平一直待在荣二枕边。肉瘤清七也经常过来探视，他似乎是工作时间溜出来的，每次被三哲医生训斥了就跑回去，可是过不了多久又回来了。到了晚上，差不多六七个人聚在一起说说笑笑，直到被与平催促，他们才离开。三哲医生名叫泷本直道，在京桥采女町坐诊，每天从那里到这边来。谁也不知道他为何会被称为三哲医生，但是泷本不会纠正别人的叫法或者再次自报本名。山城河岸的外科医生名叫中岛坦庵，通晓南蛮流派以及荷兰流派的医学，医术之高在外科领域能排进当代前五。中岛前后来过三次，等他指示泷本如何进行后续治疗后，说这样应该就可以了，之后便没再出现。

　　"可能以后走路会有点瘸，"中岛坦庵最后一次看诊时说，"剩下的就要仗着他年轻了，五十天之内先不要用脚。"

　　"即使走路有点瘸，也照样一表人才嘛。"中岛说完就笑了。

　　头两天只能喝白开水，第三天起可以喝葛粉汤和米汤，但是第五天喝稀粥的时候，荣二又吐了。喝进第一口稀粥的瞬间，他就闻到死鱼、贝类以及腐臭的垃圾和温热的海草混合着海水发出的刺鼻味道，别说刚喝的粥，连胃里原本的东西都吐出来了。心情平复之后仔细想想，实际上并没有东西散发出恶臭，应该是压在石头下的恐惧感复苏了。当时流到他嘴里的水中似乎有盐和其他东西的味道，但那并不是腐臭的鱼和贝类或者干燥的海草，而是大潮来临后海水冲刷出滩涂时闻到的气味。三哲医生说有可能是石块压迫导致内脏变形，估计过不了多久就会复原了。

"我能体会大哥的心情。"有天晚上金太在荣二的枕边说道，"是啊，那段时间大哥是何种心情，这些人中间只有我能体会。"

五六个人像往常一样聚集在一起，但是除了与平以外的人在事发当日都被派出去干活了，并不在石墙倒塌的现场。

"你老是一副好像体会过五文钱似的样子，"万吉插嘴道，"即便你当时在场，被掩埋的那种心情也只有当事人自己知道。"

"我可是被埋过的啊，"金太说道，"那场大风暴来的时候，我被压在倒塌的长屋下，眼看着海潮涨上来，差一点就淹死了。我被大哥们，对了也包括你，被你们救出来之前我心想完了，吓得拼命诵经。"

"你还能记住经文啊？"一个人在他身旁说道。

"混账东西，我可是土生土长的江湖人！"金太底气十足地顶回去，"别看我这样，南无阿弥陀佛和南无妙法莲华经之类的我当然还是知道的。"

"你这牛吹得真可笑，"名叫富三郎的人说道，"你诵念的只是'南无阿弥陀佛'和'南无妙法莲华经'几个字，那跟经文可完全不一样。"

"这么说可就有意思了，难道'南无阿弥陀佛'和'南无妙法莲华经'不算是经文吗？""当然不算啦！""那我请问您，明明不是经文，为什么去寺院参拜或者做法事之类的场合还要诵念呢？""那不是一回事。""怎么就不是一回事了？"这场没用的争论持续了半天，最终大家都笑起来了。

"这场辩论你没发挥好，"万吉对金太说，"今晚你相当于掉了五文钱。"

荣二一直在琢磨：搞不懂，怎么回事呢？大家从石头下面救出他后，晚上总会来他枕边聚会，之后一直如此。要想聊天的话在房间里不是更轻松吗？在这里只要稍微一吵闹就会被与平训斥，继续吵闹就直接被赶出去了。与平似乎获得了官厅的许可，没有去工作，一直陪在荣二身边悉心照料，凡是他认为对荣二疗养不利的事情，一律推得远远的。

我不记得自己曾为这些人做过什么，荣二反复思索，但是他们不仅为我担忧，还如此体贴我，陪我解闷。并不是一时兴起或是做样子，简直如同对待亲兄弟一般。

起初荣二无法适应。风暴前后他们之间整体风气的变化，自己遭遇灾难后他们所表现出的感情——就像是刚从狭窄的洞穴脱身，眼前豁然开朗，出现一片前所未见的辽阔风光。他面对这完全崭新的山河美景感到不知所措。后来有一天，他回想起了冈安喜兵卫说过的话。

即使你没有觉察，或者不感兴趣，这风中也会夹杂着秋日的清爽味道，散发出桂花的香气。

这话说得含蓄，但荣二总算能理解了。他心想：说不定我可能迄今为止都没有真正地注意过这些人，就像风中散发着桂花香气我却没有心情去分辨一样，这个收容所里或许很久之前就有和气的氛围了。心里一浮现这个想法，便不由自主地感觉心胸开阔、呼吸顺畅，还生出一份淡定自若的心情，相信自己能一点点地看清眼前这片从未出现过的辽阔山河。

受伤大约二十天后的某一天，冈安喜兵卫来看望荣二。荣二半坐起来道谢。他的脚上固定着夹板，夹板外缠着漂白布，还无法坐正，但是三天前他就能够半坐起来进食了。

"叫阿末的那姑娘一直来探望你，这你应该知道吧。"冈安继续说道，"她总在固定的日子里准时来给你送东西，所以我觉得你一定知道。"

荣二低着头答了一声："嗯。"

"说实话，你受伤的事我一直没告诉她，"冈安说道，"因为我觉得令她伤心未免太可怜了。不过上次我听说你的伤势恢复良好，便跟她讲了事情的大概。"

荣二抬起眼看着冈安。

"于是，今天，"冈安和蔼地与荣二对视，继续说道，"上次那个叫三郎的人代替阿末来了，现在他已经在外面了，你会见他吧？"

荣二再次低下了头。

"嗯，我要见他。"他随后边回答边鞠躬行礼，"给您添麻烦了，实在抱歉。"

冈安起身离开了。与平将被子折叠起来垫在荣二背后，又把他身上的睡衣整理平整。三郎抱着包袱走进来，朝左右两边一个劲儿地鞠躬，嘴里不知嘟囔了些什么，像是在道谢，又像是在道歉。

"请进吧，"与平摆着手说道，"不要紧的，别客气了，快请进。"

与平似乎想起了什么，从对面搬来两扇矮屏风，把荣二的床铺围起来了。房间里虽有三名病患，但彼此相隔甚远，其他人应该不会往这边看，与平这么做一定是为荣二着想。三郎对此感到不好意思，弯着腰一点点凑近身。来到荣二身边后他把包袱放在一旁，好像看可怕的东西似的怯生生地抬头看着荣二，试图挤出一丝微笑。

"阿荣，"三郎结巴着说道，"你一定……受苦了吧。"

说话时三郎的脸不争气地扭曲了，大颗大颗的泪珠从又小又圆的双眼里不停往外冒。

五

荣二心想，照旧还是个软弱的家伙啊。可正当他这么想时，话语却没经他的大脑直接脱口而出了。

"谢谢你来看我，总让你为我担心，真是过意不去。"荣二听到自己嘴里说出的话，"我已经没事了。"

"太好了，太好了，"三郎拿手背左右轻擦着眼睛微笑着，"听阿末说了你的事以后，吓得我肝胆俱裂，本以为就算来了这里你也不肯见我呢。"

为了避免三郎说起来没完，荣二打断他反问道："我已经没事了，你怎么样？病已经好了吗？"

"嗯，你不必为我担心，阿信给我推荐了治疗腹泻的良药，腹泻一好，连脚气病也跟着不见了。"

"你现在还去住吉吗？"

三郎脸红了，低下头去。"是呢，"他尴尬地说道，"因为我三日不去就心神不宁。"

"你还住葛西吧？"

"这个呀，我已经不住在那里了。"三郎支支吾吾道，"关于这件事还需向你说明，不过我觉得你去问阿末比较好。"

"为什么？"荣二语气严厉地问道。

或许是无话可答，三郎解开包袱，拿出六个木盒整齐排列好，将其中的两个推向荣二，语无伦次地说明这是阿信为荣二做的，可能不好吃，但她也尽心尽力了。

"她说这四盒分给房里的大家伙。"

"你今天是从住吉来的吗？"

"阿末也跟我一起。"

荣二克制着自己点了点头，平静地问道："阿末也跟你一起来了吗，还是说她跟你一起去住吉了？"

三郎神色为难，缄口不语，用右手手背擦了擦额头。他看上去像是有话说不出口，又像是找不到适当的措辞。随后，简直像发现了逃跑路径一般，三郎端着四个木盒站起身，到小屏风外面去交给与平，还啰啰唆唆地寒暄了一番。荣二倚靠着被子，双臂抱在胸前，闭上眼睛。他心想：有什么话说不出口呢？似乎发生了什么，究竟怎么一回事呢？三郎回来了，战战兢兢地坐了下来，荣二依旧闭着眼。

"那个……"三郎说道，"你的脚情况如何，阿荣？"

"好像会变瘸子。"

"怎么会呢？"三郎倒吸一口气，"怎么会这样？怎么会变成瘸子?!"

"那样似乎也很帅气啊。"说完，荣二克制住自己，睁开眼笑了，"还不一定呢，医生诊断说有可能会变成瘸子。"

三郎张着嘴，无声地盯着荣二的脸。

"没必要惊讶，虽然会变瘸子，但我捡回了一条命。"荣二说道，"况且我是坐着工作的，就算稍微有点跛脚也不妨碍生意。"

三郎突然垂下头，右手捂着眼睛，忍住不出声地抽泣起来。

"太严重了，"三郎呜咽着说道，"那也太严重了。"

"我不都说了，虽然跛脚了但是捡回一条命。"

"即使如此，阿荣变成瘸子也乐意吗？"

"好了，会被人听到的。"荣二低声制止三郎，"总之我保住了性命，而且也不一定就会变成瘸子。暂且忘了这件事，跟我讲讲你的情况吧。你还住在葛西吗，还是已经不住那了？到底是怎样？"

"这件事还是让阿末给你讲比较好，因为我的嘴太笨了。"

"你可真让人着急。"

"不是的，"因为呜咽，三郎的嗓子沙哑着，他擦擦眼睛说道，"其实什么事也没发生，只是我觉得不能因为自己说话不注意惹阿荣你不开心。"

荣二沉默着等三郎下面的话。

"九月底我就离开葛西了，"三郎摸着额头说道，"因为我嫂子又生了一个孩子。"

"我在信中读到了。"

"我写过了？"三郎抱歉地耸耸肩，"于是……反正小舟町也回不去了，我就去找阿末商量。然后，考虑到阿荣出来以后的事情，我们商讨了各方因素，决定租房。"

三郎偷偷看了看荣二的脸，见他没有想开口的意思，便继续结结巴巴地往下说。

"阿末家附近有所空房子，虽然是在后巷的大杂院里，但是房租便宜，所以我就租下来了。"

"也就是说在下谷金杉？"

三郎点点头："我暂且先在那里安顿下来了，因为考虑到你出来没地方住会不方便。以后我们再租个小巷里的房子也好，起码不住后巷大杂院的房子了。"

"你不要扯上我，"荣二说道，"这座收容所对我有大恩，我不会随随便便就出去的，你不要考虑我了。"

三郎瞪大了圆圆的眼睛，张着嘴看看荣二。

"可是阿荣，"三郎咽下口水说道，"你不是曾经说过要跟我一起，不对，你说等你有了自己的店，要让我来调制糨糊。我们不是约定好了吗？"

"那是我在外面时的事情，"说完荣二背过脸去，"现在的我，可是收容所的劳工。"

第十一章

| 一 |

"哟，起来啦。"肉瘤清七说着进来了，"已经可以走动了吗？"

"还差得远呢，"与平说道，"大家可不能催他，他自己就够着急的了。"

"可是昨天不都转移到这边来了吗？既然从病人安置处出来了，那就不再需要医生的关照了吧？"

此刻荣二正伸直右脚坐着吃饭。他的脸上生出了些胡茬，因为很久没晒太阳，看上去面色苍白，脸上的肉似乎也松弛了。不过治疗以来，过去五十多天了，他的身体应该已经康复，眼神和唇边都重现出健康的年轻朝气。

"可不能忘了关键的一点，"与平说道，"他并不是生病，而是骨折，虽说已经不再需要医生的关照，但往后的恢复至关重要，所以要先耐心地适应，然后再着手练习走路。"

"这么说稍微早了一点啊。"

"什么早了?"

"我在乡下的时候，有个瘸……"说到一半清七慌忙改口，"有个名叫作左的人，一只脚行动不便，好像是被马踢了的，总之一只脚变得行动不便了。我想起那个人曾经挂着拐杖走路，就效仿着做了这个。"

清七把东西拿起来展示，那是一根顶端带横木的"丁"字形拐杖，打磨得很光滑。与平摆着手说："不行不行，不能给他看这种东西。"荣二放下了手中的碗筷。

"抱歉啊，阿清。"荣二转过身来说道，"谢谢你，给我看看吧。"

清七窥视了一眼与平的脸色，荣二保持着坐姿往门口这边蹭过来了。

"可能有点长，"清七递过拐杖说道，"我心想若是长了可以切短一截，对，把那里抵在腋下。"

"可不能站起来。"与平提醒道。

"我以前也在哪见过。"荣二坐在门口，双脚缓缓地朝地面放下去，他换了个拿法，把横木抵在腋下试了试，"感觉真不错，很结实，是什么木头啊?"

"是樱花木，"清七答道，"我尝试了很多木材，太软不行、太沉也不行，后来就去找雕刻屋的伊助商量，我想那个人应该对木材了若指掌，他说樱花木大概不错。"

"让大家费心了。"

"估计你很快就能恢复到不用拄拐杖行走的状态，"说完清七不自觉地摆了摆手，"即便如此，我觉得你刚下地的时候可能会需要。"

"行啦，"与平伸出手，"在你用到之前由我代为保管。"

荣二把拐杖递给与平。

"那我走了，"清七退了出去，"我的活还没干完呢。"

荣二再次道谢，清七回去了。荣二盯着与平把丁字形拐杖拿走收进柜子里，他安静地长吸一口气，又小心翼翼地呼出来，像是生怕会被与平觉察到似的。从病人安置处回到劳工房，已经过了将近二十天，可是与平仍旧寸步不离地照顾着荣二。虽说与平得到了官厅的允许可以不去工作，但是他的月钱也中断了。这件事荣二曾跟与平提过一次，与平笑着说他已经在官厅寄存了八年的月钱了，所以根本无须担心。从洗涤贴身衣物和布袜到帮荣二更衣，与平全包办了。唯独兜裆布，因为外面送进来的还有多余，所以荣二坚持每次穿完就扔掉换新的。洗脸吃饭、铺床叠被、背荣二往返厕所，与平照顾得无微不至，就算亲生父亲也很少能做到这个地步。

"饭吃好了吧，"与平说道，"泡杯茶喝吗？"

"谢谢。不用了，我喝过热水了。"

叠好的棉被紧靠柜子摆放着。荣二从门口保持着坐姿蹭回来，背靠在上面。

"与平兄，"他叫了一声，"我想练书法，你能设法帮我找来砚台和毛笔吗？"

"好啊，值班小屋里有人记账，我去问问看。"与平正在收拾餐具，说完后他慈祥地看看荣二，"你能有这份心情，我真高兴。"

荣二转开视线："今天是十二月……几日来着？"

"十日，因为明天放假。"

"这么说已经过去五十五六天了啊。"

"你不能在意天数。医生的诊断总是往轻里说，为了不让病人泄气，即使要花一年时间治疗的病，医生也不会说到半年以上。"与平用抚慰般的声音说道，"总之不要考虑天数之类的，这可是断了的骨头重新长到一起，你想啊，就算是嫁接树木，都不止三五十天呢。"

荣二点头说道："所以我才打算开始练字。"

"是吗是吗，那我可就放心了。"

与平的脸上显现出着实放下心来的表情。

外面阴天了，刮着并不太大的风。这座小屋是临时建筑，榻榻米和木板墙上都有缝隙，风就从缝隙间吹进屋里来。屋里有两口地炉，劳工们在的时候会把两口炉子都生上火，但此时灭掉了一口，不管怎么烧炭，屋里都暖和不起来。与平一个劲儿地劝荣二"再往炉子旁边靠靠"，可是荣二始终待在柜子前面一动不动。单靠官厅发放的木炭并不够用，所以劳工们还要凑钱买木炭取暖。荣二现在不仅拿不出买木炭的钱，还要受大家照顾。与平推测他是考虑到在外面干活的同伴们，觉得自己不应该烤火，但事实并非如此。荣二正试图理清自己心中发生的变化。他也清楚坐到火边去会舒服很多，不用承受缝隙间吹进来的冷风，也不用冻得瑟瑟发抖，但是他现在不想置身于热乎乎的地方。

"我要细细感受缝隙间吹进来的寒风是何等冰冷，"他双臂抱在胸前喃喃说道，"现在刚吃过饭，所以还没感觉那么冷，再过一会儿就该出现浑身发抖的情况了吧。我要仔细感受身体是怎么开始颤抖的，颤抖时又是什么样的心情。"

荣二在二十四岁以前，从来没有刻意体会过缝隙间吹来的风的冰冷程度以及身体的颤抖，这是第一次。纵使这件事本身并无意义，但"用心体会绝不错过"的心态却是宝贵的。

"嗯？是受了冈安的影响吗？"他想了一会儿苦笑起来，不过接着摇摇头，"不是的，不是受冈安的影响，这是我心中萌生出的念头，这一点很重要。"

收拾完东西回来后，与平问荣二要不要披件棉睡衣，荣二回答说不必了。与平没有强求，不一会儿就出去了。

"不行，算了，"过了不久，荣二甩开脑子里冒出的念头，"绵文的事情就算了吧，那件事暂时权当忘记了吧。"

他对自己说道："不过有一点，我必须承认，我认为自己的人生被一块金襕搞得一塌糊涂，这种想法是错误的，因为一块金襕不可能毁掉人的一生。"

"真是不可思议，七月那场风暴刮得最猛烈的时候，我心里一边想着决不能因为这种事情丢掉性命，一边清清楚楚地感受到自己正活着。"荣二又喃喃道，"我被压在倒塌的石墙下面，嘴里灌进掺着沙子的海水，不堪痛苦想干脆死掉算了的时候，也真真切切地感觉到自己确实活着。"

嗯，不要这么着急，从一件事情转移到下一件事情之前，要先把前面这件事情仔细彻底地考虑清楚。

"我的心态发生转变的确切证据之一是，"他闭上眼，像是要把词语一个个刻进哪里似的，慢慢地小声说道，"人的一生，不会被一块金襕搞得一塌糊涂，这是第一件事。"

他在心里反复嘟囔着这句话。荣二现在可以做到把自己的过往分成两段来考虑：一段是去年十一月之前，平安无事、一帆风顺的自己；另一段是绵文事件之后，身心都伤痕累累的自己。这两个自己截然不同，特别是经历了成为收容所劳工后发生的一切后再回头看，荣二觉得平安、顺遂生活中的自己实在是渺小、肤浅又自以为是。

"喂喂，别那么着急啊，"荣二依旧闭着眼，微笑着对自己说道，"就算是现在这个我，也尚未脱胎换骨呢。"

与平拿着砚台盒进来了。

| 二 |

"抱歉很久没来了，"三郎把包袱放在旁边说道，"虽然心里一直挂念你，但是有事来不了。"

"好啦，没过多久啊，你这不是按时来了嘛。"荣二打断三郎说道，"而且又拿这些东西来了——我应该叮嘱过你不要再拿东西来了吧。"

"也不是什么值得特意说的东西，带给大家的一点心意，还有阿末裁剪好的漂白布，仅此而已。"

"事先声明，不准问我这只脚的情况。"

三郎侧过他那又小又圆的眼睛："是不是情况不太好啊？"

"都说不要问了。"

"可是……"话说了一半，看到荣二的眼神后三郎点了点头，"知道了，我不再问了。"

"你现在还去住吉吗？"

"嗯，偶尔过去，前些日子阿信还说想再来这里看你。"

"又是被你挑唆的吧。"

"不是的，我怎么会挑唆她呢？当时阿信有点醉了，可能是说醉话，不过她说最近想来看你，说了两三遍呢。"

"那家伙在鼓动你呢。"

"鼓动我？鼓动我什么？"

"这是她的计谋，因为你总是不把事情说清楚，所以她拿我当工具，想鼓动你下决心。"

三郎一副快哭出来的样子，歪着嘴苦笑了一声，含糊地摇摇头。

"阿荣你这么说我很高兴，"三郎说道，"可是，现在已经不一样了，阿信把她的想法全都告诉我了。"

荣二缄口不语。

"对了，忘了告诉你，"三郎像突然回想起什么，"阿信的虎牙掉了。"

"为什么要岔开话题啊？"

"你忘了吗？她的嘴巴这里有颗虎牙。"

"我知道，虎牙迟早要掉的。"

"她曾说过二十岁之前会掉，是真的呢，吓了我一跳，正好十九岁十个月的时候掉的。"

荣二目不转睛地盯着三郎的脸。

"三郎，"荣二用严肃的口吻说道，"你就不能偶尔也认真说几句话吗？"

"认真说？我说什么啊？"

"阿信说了什么？你说她说出了自己的想法，是怎么回事？"

三郎无力地垂下头，耸耸肩长叹一口气，一副既伤心又无助的样子。荣二心想：我为什么会这样？分开不见的时候明明想着要更温柔、更体贴地对待三郎，为什么一见面就急躁起来，口气也不知不觉变粗暴了，我可真是个讨厌的家伙。虽然心里这么想，却无法将态度放柔和。

"我觉得，"三郎依然低着头，自言自语似的小声说道，"有时候我会这么觉得，我迷恋上她是个错误。我这种人从一开始就没有资格迷恋上哪个女人，我这样的笨蛋竟然迷恋上阿信，简直就是个笑话。"

"你说清楚点，阿信笑话你了吗？"

三郎左右摇头："她没笑话我，她哭了。"

荣二再次缄口不语。

"阿信说，她从以前开始，就喜欢阿荣你了。"

"她喝醉了吧，那家伙虽然酒量好，但是一喝多就嘴硬，有时候固执地说些根本没想过的事，有时候心里想什么又反着说。谁会把阿信醉酒时说的话当真啊。"

三郎缓缓地一再摇头。

"我打算一辈子跟阿末在一起，阿信清楚我的心意，你不也知道吗？"

"阿信说她的确知道，"三郎低声说道，"她说即使那样也没关系，成不了夫妻也无所谓，她照样喜欢你一辈子。"

荣二笑了："那是她酒后的醉话，幼稚得像从小孩子嘴里说出来的。什么喜欢一辈子，又不是草双纸①，还以为活生生的人真能做到吗？"

"像我这样的人就能做到，"说完三郎抬起脸，无力地笑道，"我一生都不打算忘记她。"三郎突然转变语调，指着荣二身后，问："已经开始练字了吗？"

"五六天前开始的，"荣二答道，"大家看我练字吃了一惊，纷纷说也想学，目前我在教五个人写假名。"

"那可太好了。"三郎说道。荣二能有这份心情，三郎就彻底安心了。

"不愧是阿荣，"三郎继续说道，"不论去到哪里都能立于他人之上。"

---

① 草双纸：日本江户时代的通俗插图读物。

"给你看看吧，"荣二说完往身后蹭去，从小桌子上拿了卷纸回来，递给三郎，"看看这个。"

三郎展开卷纸一看，疑惑地抬头望着荣二，"这不是我写的信吗？"

"这是我的字帖，"荣二说道，"我把上面的字当作字帖照着练习呢。"

"别开玩笑了，怎么可能？"

"不信的话就看看桌子上，那里还摞着我临摹的字呢。"

"可是怎么会这样，你……我写的这一手臭字……"三郎困惑地结巴道，"阿荣你是搞错了吧？"

三

"不，这些字并不难看。"荣二加重语气说道，"最初我也觉得难看，直到前些天我都在想这些字写得可真够差劲的。然而当我平静下来专心致志地观察时，却发觉这些字非但不难看，反而正是本来该有的样子。"

芳古堂的老板曾经喋喋不休地说，别以为练字就是为了把字写得漂亮。追求写一手好字是种欺骗。字要表现出书写之人的本性，不管写得多漂亮，没有显现出书写之人的本性就不算是字。字写得漂亮与否不是问题，不欺骗自己、只管诚实地去书写就可以了，老板以前总是这么说。

"这些话你应该还记得吧，三郎。"荣二从三郎手里取回书信，放在膝盖上摊开来，"虽然当着你的面不好说出口，不过这才是字本来该有的样子。假如单就写字这方面来说，你可是立于我之上的。"

三郎脸红了，从怀里掏出叠整齐的手巾，擦了擦额头，又擦了擦脖子。

"我都汗流浃背了。"

"说了些装腔作势的话，真是抱歉，"荣二卷着书信说道，"似乎每个人身上都有自己未曾觉察的才能。我来这里差不多一年了，这段时间我看过了形形色色的人和事。收容所跟外面的自由世界不同，待在这里的都是流浪者和坐过牢的人，简单来说就是不被社会所需要的人。但是跟他们生活在一起，留心观察就会发现这些被称为傻瓜、迟钝、棘手的暴徒的人，都各有所长，甚至还有几个人从事着别人无法代替的工作。只要不是天生的恶人或者疯子，每个人都具备才能。并不是说木工师傅就很出色，而小工就没有才能，即使卖鱼的货郎中说不定也有人比八百松的大厨技高一筹。我在这里生活了一年，有这样的感想。三郎，你不要总是贬低自己，你要仔细地好好地正视你自己。"

三郎慢吞吞地解开包袱，把一捆漂白布裁剪成的兜裆布放到一旁，手里端着三个装满食品的木盒环视四周。这时与平沏好了茶，从地炉边走过来。

"辛苦你了，总是来此慰问。"与平说道，"茶有点淡，不过请喝一杯吧。"

三郎感谢与平关照荣二，随后递上那三个木盒，结果两个人又没完没了地互相道起谢来。荣二把脸扭向了一边。

这家伙真让人着急啊，荣二在心里咂嘴，我说的那些话看来他也没听进去吧，简直是对牛弹琴，让我白费口舌。

与平端着木盒朝地炉那边去了，三郎一边叠包袱皮一边说阿末又去别人家做女佣了。

"在下谷金杉的老家，阿末的父亲经营着一家笔店，虽然不大，生活应该不成问题。"三郎继续说道，"当初阿末去绵文工作是为了学习礼仪，不过这次不同了，她说为荣哥出来做准备，能攒一点月钱就算一点。"

"又是这一套。"荣二明显地皱起了脸，"我都说过了吧，我不知道何时才能从这里出去。你帮我去跟她说清楚，让她不要再考虑我的事情了，拜托你了，三郎。"

三郎模棱两可地点点头："好吧，我会跟她说，虽然估计说了也没用。"

荣二假装听不见他说话。

"我能称呼你'阿荣'吗？"三郎走后，与平到荣二身边来搭话，"冈安禁止我叫你的名字。"

"怎么称呼我都行，名字这东西就跟符号一样。"

"我这样说可能会令你不快。"与平用跟以往不同的强硬的口气说道，"你对三郎，态度是不是再温和一点啊？"

荣二盯着与平的脸："温和？怎样温和？"

"该怎样温和你应该清楚吧。他牺牲休息时间频繁地来探望你，虽然我不知道他跟你是什么关系，但这种事不是凭借一星半点的情意能做到的。你脑袋聪明，大概不会觉得我说的话奇怪吧，无论多么聪明的人都看不到自己的后背。"

说完，与平就到一边去了。

四

与平那句话令荣二耿耿于怀。胡说八道，管他聪明不聪明，只要用镜子，后背这地方谁都能看到——荣二虽然在心里如此反驳，但他明白与平想表达的并不是这个意思，即便是这意思，不借助"镜子"照样无法看到自己的后背。这样看来，与平是指责荣二头脑敏捷，一下就能理解他话中的含义，但有时却对三郎说话做事不耐烦，不知不觉中刻薄地对待他吧。

"哎，无聊，"荣二骂自己，"为什么要如此在意别人说的话呢，每次被人说了什么都要如此纠结，有什么用呢？你就好好做自己不行吗？"

这个毛病不改不行，荣二劝告自己。

想学写字的人逐渐增多，下雨下雪不能开工的时候，每天晚饭过后，坐在桌边习字的人将近十个。桌子有的是官厅库房里的旧物件，也有拜托木匠房的人做的。砚台、毛笔和墨汁等物品是拜托外出办事的人买回来的。纸张的价格太高，所以采用"水写"——一张纸上写满字之后用墨汁将其完全涂黑，待墨汁干透，蘸着水在这上面写字。虽然字干了就会消失不见，但是这种方法有助于练习运笔，并且一张纸也能用很久。大家如此习字期间，有一天，劳工监视员小岛良二郎来了，责备说这样做违反了收容所的规则。

"不得在劳工房之类的地方随意教人写字或是习字，"小岛故意不看荣二，"想学写字是一种值得称赞的品行，如果打算认真学习，可以提出申请。学写字不是一件草率的事，若是跟不懂行的人学，会造成无法挽回的后果。"

也就是说，劳工们需要获得官厅的许可，否则禁止练字。

不懂行的人指的是荣二吧。荣二在芳古堂练了十年书法，是师兄弟中的佼佼者。他喜欢广泽①和菱湖②的字，也系统地学习过中国和日本书法。荣二心想：若是小岛有眼光，这点应该是能看出来的。不过接着他又摇头说："不，不是的，违反规则一说可能确实属实。既然小岛要求必须提出申请，那这么做才合乎程序。"荣二改变了想法。

屋里的劳工们希望荣二去申请许可，所以他准备了几幅自己写的样本，让与平拿去官厅。当时下级同心说会考虑一下，谁知第二天冈安喜兵卫亲自到房里来了。那时大家都出去干活了，只有荣二和与平两个人在，冈安把与平也支走了。

"伯翁也教书法，"冈安说话开门见山，"有人抱有偏见，经

---

① 广泽：细井广泽，江户时代中期的儒学家、书法家、篆刻家。
② 菱湖：卷菱湖，江户时代后期的书法家。

常说官厅只给你特别待遇。这话传进了伯翁耳朵里，他背着我去向奉行告状了。"

伯翁就是心学教师立松伯翁。他是不要报酬来这里讲课的，却听说有人放着自己不理，跟劳工学写字，自尊心受到极大伤害，向奉行成岛治右卫门坚决提出意见。他主张学写字刚开始的时候最关键，不单单要记住文字，思想准备也很重要。虽说不必窗明几净，但也得清净身心、进入无我境地后再提笔。在乱糟糟的劳工房里毫无礼法地练字，只会对他们有害。

"他说的话也有一定道理，"冈安继续道，"跟这个房间相比，官厅的客厅更安静、更适合写字吧，你不这么觉得吗？"

"这要取决于大家想不想去了，"荣二回答，"依我看，正因为是在这个房间里，大家才能无拘无束地拿起笔。若改成去官厅写字，恐怕坚持不了多久。"

这时荣二扑哧一声乐了，放声大笑起来。冈安疑惑地看着他，然后问了句："什么如此好笑？"荣二想起了立松伯翁的演讲——木村重成多么能忍耐，耐性对一个人来说何等重要，伯翁把这些讲解得天花乱坠。现在正是演讲者本人生气了。一把年纪的心学教师因为荣二教人写字感到自尊心受伤，竟然向奉行抗议。想到这些荣二就情不自禁地笑了出来，不过他当然不能跟冈安这么说。

"等大家回来了我试着说说看。"荣二笑完后说道，"我的脚行动不便，就不跟大家一同前往了，请允许我照旧在此练字。"

"你可不要因此情绪低落啊。"

冈安喜兵卫说完便离开了。

五

听说伯翁要在官厅教写字，劳工们哄笑起来。

"那个教心学的胖子吗，拉倒吧！"参平说道，"他肯定打算边讲大道理边教写字，单是看到那老家伙肥得圆鼓鼓的身体我都想吐，无论如何都是牛蒡翻跟头①。"

"你说牛蒡怎么了？"

"别让我自己解释俏皮话，"参平用拳头蹭蹭鼻子，"你打算怎么办啊？要去官厅习字吗？"

"你这牛蒡天妇罗②都不去，为什么单单我就要去啊？"

"说什么天妇罗啊，"参平皱起鼻梁，"你听不出来这是炒牛蒡丝③的双关语吗？"

"活该，"吉造拍手道，"到最后还是你自己解释了吧。"

"好啦，你们先等等。"与平开口安抚道，"大家的心情我十分理解，确实没到要去官厅习字的地步。甚至正是因为能随心所欲地学习，大家才能一个字一个字进步，若是正儿八经地念

① 无论如何都是牛蒡翻跟头：日式双关语俏皮话，日语发音跟参平要表达的"绝对不会去官厅习字"接近。
② 牛蒡天妇罗：日语谐音词。
③ 炒牛蒡丝：日语谐音词。

私塾，肯定就提不起劲来了。但既然冈安特意为我们操心，奉行大人也发话了，我觉得就算一个月，半个月也行，总之先去试着学一下比较好。"

"与平你那么做也无妨，"小班长仓太说道，"不过特意跑到官厅，像刚刚说的那样，一边听他讲晦涩难懂的大道理一边习字，我们可办不到。"

有人说，这就好比让他们为了吃茶泡饭跑到印度去。

每月一日、十一日、二十一日的假期被定为了心学演讲和习字的日子，网篮房里有五六个人去参加。奇怪的是，这几个人都不曾跟荣二一起并排桌子习字，也就是说，他们是被和荣二一同练字的同伴无视的人。

"我也没有意识到，事情可真复杂啊。"与平说道，"那伙人一直嫉妒，大家都围在阿荣身边练字的时候，他们虽然没有接近，估计也想加入进来吧。"

"办了件错事啊。"荣二说道。

他从不记得曾邀请过谁，只是教给想学的人而已。原本他是打算自己一个人练习的。他想从三郎的字中学习，排遣行动不便带来的烦躁，哪怕只有一会儿也好。这个房间里同时生活着二十多人，这是他本来必须考虑的。既然有十人左右围着自己排列桌子，那他理应至少问一句"大家要不要一起学"才对。没想到啊，荣二对自己咋舌。

临近年末的二十六日那天，从早晨就开始下雪，阿信冒雪前来探望。因为下雪工作暂停，所以网篮房的人全部待在房里。

若是平时，荣二和阿信应该在官厅的小房间会面，不过荣二的脚尚未有足够的力气走到那里。于是，与平跟大家商量后让所有人聚拢在角落，然后像上次那样，用矮屏风把荣二围了起来。

"哎呀，看着挺健康的嘛。"阿信在门口掸着伞上的雪花说道，"抱歉这么晚才来看你，从十一月开始我就忙得一塌糊涂。"

随后阿信跟与平寒暄，解开手上的包袱，把装方黏糕的包袱取出来递给他，说着"分量不多，请大家一人一口分享"，然后拿着剩下的东西朝荣二这边来了。

"看起来十分健康呢。"

"你别老说同样的话啊，先沉住气。"

"长胖了吧。"

"可不要提脚的事。"

"确实长胖了点，"阿信眯着眼把荣二的脸上、身上全瞅了个遍，"脸蛋都快认不出来了呢，不行，可不能再胖了，不然宝贵的男子汉风采要大打折扣了。"

"你是单纯来聊天的吗，还是有什么别的事情?"

与平端茶来了，阿信像是故意逃避荣二的提问，跟与平说了些客套话，又喝了点茶。

"住吉店里出事了，老板死了。"

"为什么?!"荣二大吃一惊，看看阿信。

"没必要这么惊讶吧。老板得了病，从脚一直到腰，骨头和肉都腐烂了。"说完阿信皱起了眉，"要是能早点诊断清楚好像还有的救，可是城里的庸医胡扯一通，开了些涂抹的药剂糊弄人，病情就这么耽误了。等找到外科名医诊查时，已经回天乏术了。"

"唉，还有这么可怕的医生啊。"

"今天是死后的第十一天。"阿信说着放下手中的茶碗。

"那夫妻二人膝下无子，据说老家也在很遥远的地方，"阿信继续说道，"老板娘完全丧失了信心，简直像个病人一样。目前从采购到煮饭再到店里的大小事务，都是我在打理。"

荣二稍做停顿后问道："那……发生了什么？"

"老板娘提出来让我做她的养女。"

荣二问道："你不愿意吗？"

"事情可没这么简单，"阿信支支吾吾地说道，"住吉这家店呢，店面虽小，酒菜却很出名，去世的老板做菜也很有一套。若变成全靠女人经营，顾客肯定会减少。"

"真急人啊，"荣二打断阿信，"听你说这些我也帮不上任何忙，你还有更关键的话要说吧。"

"你急什么啊，"阿信瞪眼看着荣二，"我偶尔才来跟你说说话，耐心点听我讲不行吗？打一开始就跟人家说沉住气，我看你自己才该稍微沉住点气。"

"好好好，那你尽情说吧，我可敌不过你这不服软的性子。"

阿信的目光突然严厉起来："这话是什么意思？你该不会是在说三郎的事情吧？"

"你跑题啦。"

"那我就顺便把话说清楚吧。"阿信正颜厉色地说道，"我跟三郎说了，无论怎样我都无法爱上他，作为客人我随时奉陪，但是他不要再考虑进一步发展了。"

"世间有很多不服软的女人，但是面对男人，并且是被自己迷得神魂颠倒的男人，还能如此直言不讳的，恐怕找不出第二个了。"

"我能活到今天，正是多亏了这不服软的性子呢。"阿信仰起脸来说道，"不然，估计我已经像死去的姐姐那样，不是落到人贩子阿六手里，就是沦为父母的牺牲品了吧。女人若打算认真活下去，最重要的是划清每一条界线。但凡对事对物有一点模棱两可，不知何时就会因此丧命，我姐姐就是个很好的证明。"

"真了不起啊，"荣二说道，"没有挖苦你，我说的是真心话。阿信你会好好地生活下去的。"

"嗯，我也是这么打算的。"说完，阿信转移开视线，"我也不是魔鬼，考虑到三郎的心情，对他说这些话我也很难受，像有把刀抵在胸口上。"

"你这样做对三郎也好，那家伙应该也不会一直消沉下去吧。"荣二点点头后看了看阿信，"那么，你还有关键的话要说吧？"

阿信的双手放在膝盖上，手指一会儿交叉一会儿又分开，看样子是一下开不了口。

"是你的亲事吧？"荣二问道。

阿信轻轻点头。

"你不中意对方吗？"

"嗯，"阿信像说悄悄话似的答道，"对面的两国①有一家名叫常盘楼的店，是不是？"

"我听说过。"

那家店里有个厨师名叫阿德，三十五岁。他跟住吉去世的老板是旧相识，有时会来喝酒，老板娘想招他为阿信的赘婿，将住吉继续经营下去。

"三十五岁，这年纪也太大了吧，"阿信继续道，"跟这种大叔做夫妻太令人作呕了。那个人嗜酒成性，脾气又暴躁，一生气立马就动粗，我死也不会给那种人做妻子。"

"既然你心意已定，那就没什么好苦恼了，不是吗？"

"因为事情不能如我所愿，我才来找荣哥帮忙出主意。"

"真可怜，"荣二苦笑道，"三十五岁就是大叔了吗？"

"你认真听我说啊。"阿信说道。

六

"我是认真的，"荣二说道，"称三十五岁的人为大叔，那是因为你讨厌对方。"

"这一点我说过了。"

"既然这样还有什么好苦恼的，就像跟三郎划清界限那样，

———————

① 两国：地名。

明确告诉对方你不愿意不就行了吗?"

"要是那样能解决的话我就不来找你商量了。"

难办的是,对方彻底迷恋上了阿信,醉酒之后还说如果这门亲事谈不成,就打算杀了阿信然后再自杀。他并非只是嘴上说说,是真有可能干得出来。住吉的老板娘从前就对那人的手艺深信不疑,她一再哭着央求阿信,说今后若想把住吉经营下去,只有招赘他这一个办法。

"离开住吉不就行了吗?"

"我就知道荣哥会这么说。"

"离开住吉就是了,"荣二说道,"住吉的老板娘也不算太老,跟那个厨师的年纪差不多,不是吗?"

阿信摇摇头:"老板娘三十八了。"

"这不是女人正当年嘛。俗话说,大三岁的妻子,踏破铁鞋亦不辞呢。"

"别说傻话了,"阿信扑哧一声笑了,用手捂着嘴说道,"那说的是大一岁的妻子。"

"不管是从老板娘还是那个男人身上,丝毫看不出互相欣赏的苗头。即使他们走到了一起,我在事成之前就离开住吉,也跟畜生无异。"

"我能够逃脱人贩子阿六的魔爪,没有沦为父母的牺牲品,多亏了有住吉这家店。"阿信说道,"荣哥肯定会说就算我去了别的店也一样吧。这倒是,去了别的店既有可能一样,但也有可能不一样啊,是不是?"

"阿信你这家伙倒是挺会说歪理，"荣二说完挪了挪行动不便的脚，"住吉那家店的好坏并不是最关键的，阿信你的性格才是。你能有今天，并不是多亏那家店的帮助，而是因为你自己不服输的天性，我想说的是这个。"

阿信目不转睛地凝视着荣二的脸，随后慢慢摇头。

"你啊，不谙世事，"阿信犹如叹息般地说道，"并不是那样。"阿信想了一会儿继续道："听说龙要升天时，也并不是任何一朵云都可以借助的，有的云能够上升，有的云却不行。虽然龙自身具备升天的能力，但若是没有可供其立足的云……什么嘛！你笑什么啊！"

"没什么啦，"荣二的笑声渐渐停下来，他摆了摆手，"虽然我不谙世事，但是你冷不防讲起龙的事情来，吓了我一跳。"

阿信耸起肩，像是在说"真让人失望"，然后垂下肩膀瞪眼看着荣二。

"我知道荣哥你为什么不明白三郎的辛苦了。"阿信用感叹般的口吻说道，"你说以我这不服输的性格，不论到哪家店里都能顺利干下去，其实社会并非如此啊。龙的例子或许是有些夸张了，不过不管荣哥的脑袋有多聪明、手艺有多精湛，我认为单凭这些并不足以在任何地方都能成为一名出色的工匠。事到如今，即使不是在芳古堂学徒，即使没有三郎和阿末，你可能也会说自己已经成为一名出色的工匠了。但是，在你成长的过程中，芳古堂、三郎还有阿末的存在到底是无法抹去的。"

"说完龙的升天又扯到三郎了吗？我的事先放放吧，你既不想离开住吉，又讨厌那个人的话，连我也想不出办法来了。"

"是啊，"阿信长叹一口气，"刚才开始跟你说话，我心里就很清楚，即使找荣哥商量也无济于事。对不起了，来跟你说些无聊的事情。"

"你没必要道歉，只可惜我腿脚不便，不然就能面见那个男人想办法解决此事了。"

"谢谢，有你这句话我就很开心了。"说完阿信微笑起来，"嗯，总会有办法的，我会尽量坚持。"

"阿信可是不会屈服的呢！"荣二鼓励似的笑笑，"倘若依然遇到烦恼，就来这找我吧。"

"我只问一遍，你那只脚，以后会怎样？"

荣二耸耸肩说道："路上有雪，小心别摔跤。"

阿信目不转睛地盯着荣二的眼睛，犹如少女般轻轻点头。

第十二章

|一|

透过石头与石头间的缝隙，能看到三郎的脸。那张脸被泪水泡得变了形，因为恐惧而丑陋地扭曲着。"不要死啊，阿荣。"三郎两手手指紧紧交叉在一起，用力抵在嘴边。他哭着哀求道："阿荣，你是我唯一的依靠，加油啊，不要死啊阿荣！马上就好了，坚持住，你不能死啊！阿荣你若是死了，那我也完了！阿荣你若是死了，我也一起死。"荣二想说："别哭了，我没事。"可是胸口却痛苦得像被石块压迫一般，无论如何都发不出声音。"武州，不要放弃。"肉瘤清七的声音响起来。与平、万吉、金太的脸出现了。不只是熟人的脸，石块的缝隙间还露出不认识的面孔，他们声嘶力竭地呼喊着："坚持住啊，不能死啊，马上就把你救出来了。""我没事，不过胸口快要被压扁了，把这块石头挪开。"荣二痛苦得扭动身体。

"阿荣，"有人摇动荣二的肩膀，"阿荣，你在做噩梦吧，醒醒，阿荣。"

在犹如从深潭底部浮上来一般难耐的痛苦中，荣二睁开了眼睛。房间里阳光明亮，他正仰卧睡在被窝里，眼前浮现出与平满是担心的脸。

"醒了吧？不要紧吧？"

"嗯，"荣二咳嗽一阵后答道，"幸亏你把我叫醒，我刚才在做可怕的梦。"

"手巾在这呢。"

"谢谢，"荣二用与平拿来的手巾擦了擦额头的汗水，又擦拭两侧腋下和前胸，"都湿透了。"

"要我再拿一块来吗？"

荣二摇摇头，把手巾叠好放在枕头旁边。他问现在几点，与平说下午二时①左右。这么算来荣二睡了将近半个时辰，与平说那是因为他累了。现在是一月十九日，荣二五六天前开始练习行走，这一天他同样从早晨起每隔一会儿就练习一次，已经重复了好几次。他把清七做的丁字形拐杖撑在腋下，一步步慢悠悠、摇摇晃晃地行走。虽说去年年末起荣二就练习站立，但是开始行走以后，最初还是重心不稳，常常东倒西歪、踉踉跄跄。与平总像哄孩子似的说别着急别着急，陪在荣二旁边寸步不离，看到一点危险立刻伸手扶他。荣二被与平唠叨得心烦，但还是老老实实地听之任之。

"今天是第六天了，"与平说道，"一下子持续这么久反而不

---

① 下午二时：日本古代的时间。相当于现代生活中的下午一时至三时。

224

利于恢复，先休息两三天比较好。"

荣二回答说就这么办吧，随后闭上了眼睛。

刚才做的梦有强烈的真实感，深深烙印在了荣二的脑海里。三郎哭着哀求荣二不要死，他的脸和声音异常鲜明生动，即使醒来以后荣二也丝毫不觉得那是个梦。

荣二心想：对啊，这不是梦，这是现实。就算是眼下这一瞬间，三郎也在为我担心吧，以前便是如此，三郎的心和眼片刻不离地伴随我左右。

收容所的伙伴们也是，自从我遭遇了被石块掩埋的事故，大家都替我担心，还为了安慰我聚集在一起。清七给我做了丁字形拐杖，与平比亲生父母更爱护我，并且没有一个人贪图回报，甚至没有人要求我道谢。荣二想，这可是一份大恩。被从石块下面救出来时以及之后，每次回想起来荣二都深感震惊，刚才做的梦再一次将这个事实清清楚楚铭刻在了他心上。

"不行，等等我，三郎。"他口中低声说道，"我还不能从这里出去，这里的伙伴们对我有大恩，不做些什么回报他们，我就绝不能从这里出去。"

荣二还想起了芳古堂的老板和浅草的和助。他切身感受到，即使自己无法原谅前年十二月发生的那件事，但因此认识了与以往不同的社会，多了跟很多人相处的经历，这是多么珍贵又值得感激啊！

"绵文的老爷、城里的消防员头目，还有那两个目明，我不会原谅他们的。"荣二低声说道，"我一定要报复他们，用他们一生都忘不掉的手段，给我等着吧！"

不过，他自己觉察到，打算向那些人复仇的心情已经减弱了很多。大概是从他想到人的一生不会被一块金襕左右之后开始的吧，就算一件一件详细回忆起曾经遭受的屈辱和暴行，他也并不会像以前那样气得头晕眼花了。

早晚要报复他们。

这份誓言曾经牢固地支撑着荣二。他甚至想，若不是执着于复仇，自己或许已经死了。但是现在，复仇的念头被别的东西取代了。如果一直在芳古堂工作，按部就班开一家自己的店，跟阿末结为夫妻，过上平静的生活，那会是怎样一番光景呢？这么想来，反倒只会令现在的他感觉厌烦和空虚——跟来到这里以后的四百天相比，他能感受到那种生活毫无乐趣、平凡且枯燥，简直无聊透顶。确实，在荣二的心里有某样东西已经被取代了，或者正在被取代。

两天后，二十一日休息日这天，有八名流浪者被送到岛上，其中的三人被分配到了网篮房。带他们过来的是松田权藏，他介绍了义一、昌吉和阿龙三人，叮嘱大家要好好相处，然后便离开了。赶上休息日，大家全都在房里，小班长传七年纪最大，所以由他来向这三人介绍大家。那名叫义一的年轻人拒绝了。

"用不着介绍，"那名年轻人掀起衣服下摆盘腿坐下，用手拍打着汗毛浓密的小腿，把大家瞪了个遍，"哼，一个个都跟乡巴佬似的，从今往后我一点点调教你们。"

随后，他又补充了一句："我叫赤链蛇义一，你们都给我记清楚。"

义一二十六七岁，阿龙十八九岁，昌吉三十岁上下的样子。义一中等身材，肌肉结实，看起来身形敏捷。论容貌他可以算得上是个美男子，不过这反而给他那危险尖锐的目光和清楚伶俐的口齿增添了一份威慑力。不知两人在外面时是什么关系，阿龙似乎由衷地尊敬义一，总是一口一个老大地围着义一转，一副全心全意为义一办事的样子。

名叫昌吉的男子看上去也有点怪癖。他的脸窄并且颧骨突出，身材瘦小，唇边时刻都挂着冷笑，声音低沉平稳，话也不多。他如同躲在某处伺机捕捉猎物的狼一样，浑身散发出令人毛骨悚然的气息，所以没人试图接近他。尽管如此，被分派的工作昌吉都会去做，他也不曾违反日常规则。尽管听从小班长的指令，让人不寒而栗的感觉仍然在他身上时隐时现，不知何时会显现出本性。义一跟他相反，既不去工作，就寝和起床也任意而为。起床之后他总是在玩花札①，到了晚上又怂恿大家赌博。

荣二心想：简直一模一样，恐怕我刚来到收容所的那段时间也是那副样子。

被扣上虚假的罪名，受到惨无人道的对待，深信这样的自己有了特权，不论是何种反抗和任性都一定要坚持到底——这就是荣二自己当时的心情。义一也同样如此，相信"赤链蛇"这个外号有特权，还拿来向大家炫耀。

---

① 花札：花纸牌。将不同的花牌相互搭配起来玩的一种日本纸牌。

我曾经也是那个样子啊。

想必那时大家也觉得我滑稽可笑吧，每次这么想，荣二就直冒冷汗。

从来到这里开始，义一似乎一直暗中注意着荣二。不去干活，还有人给预备餐食，不是倚在棉被上就是在练字——荣二的举动义一都看在眼里。他觉得荣二一副了不起的样子，很看不惯。与平开始外出工作，所以除准备餐食和洗涤衣物以外的帮助，荣二都主动谢绝了。不过单是这些也触怒了义一，来这之后过了五六天，他开口要求与平给他端饭来。

"就算是瘸子也跟收容所的劳工没什么不同吧。"义一加重对"瘸子"这个词的语气，他接着说道，"你能为他干的事情应该也能为我干，还是说为我干就不乐意？"

"我去给你端饭吧。"与平答道。

"就是嘛，这才叫伙伴情义呢！"义一说道，"从今往后我的衣服也顺便拜托你洗啦！"

| 二 |

"你可不能生气，你别生气啊，"与平悄悄跟荣二耳语，"准备餐食和洗衣服根本就不算什么，那个人是为了找碴故意无理取闹呢。"

"嗯，"荣二点点头，"我不生气。"

因为有我，又给你增添了麻烦，真对不起，荣二在心里道歉。

自打伯翁开始在官厅教写字以来，网篮房里有五六个人去那学习，听他们说，其他房里的劳工们也去习字，最多的时候一度突破二十个人。目前仍有人去听心学演讲和习字，但是网篮房的人正月后都不去了，不知不觉中，摆在荣二周围的桌子逐渐增多。

"喂，要不要来一把啊，"义一手法巧妙地切着牌招呼道，"输赢的钱可以等月底再算。"

接着，他把花札摔打在对折了两次的草席上给大家看。他那样子相当熟练，不仅牌切得漂亮，往草席上摔打花札的声音也清脆响亮。对于因为小赌而被送进来的金太来说，这想必是个无法抵抗的诱惑，每次一听到那个声音，他的整个身体好像要往前倒下去了。

"喂，没人玩牌吗？"义一挑唆大家，"又不是读私塾的毛孩子，收容所的苦力还学什么写字啊，神经错乱了吧。"

跟荣二并排习字的万吉问："你说什么？"说着就要起身，荣二迅速伸出手，一把抓住万吉的胳膊，悄悄说了句"算了"，让他坐下。虽然只是一瞬间的事，却没有逃过义一的眼睛。

"喂，那个年轻的，"他冲万吉抬抬下巴，"说你呢，瘸子旁边的那个混蛋，你刚才说话了吧。"

"脚坐麻了，"荣二答道，"稍微换个姿势而已。"

"我没问你，闪一边儿去！"义一一边大声嚷嚷着，一边起身朝万吉这边来，"喂，浑小子，你耳聋吗？"

万吉瞬间脸色发青，抬起头来看着义一，这时与平跑了过来。

"哎呀哎呀，你看你，哪至于发这么大的火啊。"与平推着义一安抚道，"对面紧挨着监视小屋，官员们正聚集在那里呢，大喊大叫可是会被他们听到的。"

"少废话！"义一嘴里叫唤着，猛地铆足劲儿推开与平，"老家伙给我闭嘴！"

这时，松田权藏拉开门进来了。荣二看到与平被义一用力推开，从铺地板的区域跌落到泥土地上时，一股令人眩晕的怒气朝他袭来，他试图伸手去够立在身后柜子上的丁字形拐杖，没等脑袋琢磨该怎么办，手先突然行动起来。待看到拉门被打开，赤鬼从外面进来，荣二才闭起眼往棉被上一靠，深深长叹一口气。

"真是个美好的夜晚啊，你们过得怎么样？"话音刚落，松田就看到了在泥土地上的与平，"怎么了与平？你在这干什么呢？"

"我似乎有点夜盲的症状呢，"与平掸着衣服上的土说道，"到了晚上，偶尔脚下会踏空。"

"喂喂，你这么说让外人听见可不好了，"松田故意瞪起眼来说道，"听起来像是你待在收容所里不能好好吃饭，不是吗？找三哲医生诊查过了吗？"

与平说没有那么严重，他含糊地笑着又走到铺地板的区域。松田权藏看了看正在练字的劳工们，以及叉开双腿站着挡在那里的义一。

"嗬，你是义一吧，"松田向他招呼道，"你也要学写字吗?"

"狗屁!"义一说完，回到自己的地方去了。

"喂，"松田说道，"你小子刚才说什么?"

"呀，我说什么来着?"义一在草席前面盘腿坐下，收着花札答道，"我自言自语呢，所以不记得了，你也别在意。"

松田的脸正如他的外号一样，眼看着就绷了起来，又黑又红。他目光如炬，两个眼珠子似乎马上就要瞪出来了。

"这个混蛋!"松田怒吼道，"你小子以为这是什么地方啊!"

义一当即反驳道："这里不是石川岛的劳工收容所吗?"

松田权藏两手握拳，那拳头直打哆嗦。荣二内心充满了悲伤，就是那样，如出一辙，我也曾那样激怒过赤鬼。松田亲切地试图接近我，而我却冷淡、无情地不予理睬。那个时候松田应该想揍我吧，我令他愤怒得像这样浑身发抖，他却抑制住了怒火，只说了一句"你走开吧"。多么可恨又可气啊，那时的我真是个讨人厌的家伙，荣二心想。

"既然知道，"松田权藏紧咬着牙，话从他的牙缝里挤出来，"你应该没忘了收容所的规则吧，把那副花札拿过来。"

"你拿这花札做什么?"义一咧开嘴露出牙齿笑道，"要是开赌场的话，可得由我发牌啊。"

"这里禁止赌博，即使一枚花札也不允许，拿过来。"

"这可是我用自己的私钱买的呢。"

"拿过来!"松田大喊道。

| 三 |

义一"嘿嘿"笑了。大喊把花札拿过来的时候，松田权藏的愤怒达到了顶峰。听到松田的喊声，荣二感觉他在大声训斥自己，羞愧地把身体缩成一团。他想，义一戏弄松田，并且借此向大家夸耀自己，就如同我曾经做过的那样。这样做明明毫无意义，只不过把自己变成小丑罢了。义一嘲讽地笑着，拿着收好了的花札走向松田，交到了他手里。

"开个玩笑，松田大人，"义一说道，"难道在这里开个玩笑都不成吗?"

"看来你小子把我当傻瓜啊。"松田喘着粗气说道，"总管大人说这里并非牢狱，这话确实不假，但是你如果小瞧收容所，可是要后悔的。"

"我明白啦，"说完义一回头看向身后的阿龙，"把分派主管大人说的话记清楚，阿龙，这个地方似乎比传马町还可怕呢，可得乖乖听话啊。"

"那个人在生气吗，老大?"阿龙一副感觉很有趣的样子，"还是说他在害怕呀?"

松田大阔步走出去，粗暴地拉上了拉门。

大家亲眼所见，花札被松田权藏拿走。可第二天，义一又坐在草席前面摆弄起了花札。在收容所，个人随身物品会受到严格检查，刀具、花札、骰子这类东西自然会被没收。尽管如

232

此，义一还是再次轻易地拿到了花札。是他之前藏起来的，还是在收容所里搞到手的？谁都没有头绪。

"你曾说自己是因为打架被送到这里来的吧，"有一天荣二对万吉说道，"上次你也差点站起来了，但是你可绝对不要跟他们作对。"

"可是大哥，估计我忍耐不了多久。"

荣二摇摇头："不能冲动，那个叫阿龙的家伙有匕首。"

"不会吧！"万吉瞪大了眼，"匕首，怎么可能？"

"是真的。平时他把匕首藏起来不让大家看到，等我孤身一人的时候，就从怀里掏出来擦拭。那当然是吓唬我，他现在这个年龄最危险，以为伤害别人能给自己赢得威信。只要有机会，他就会用那把匕首，你明白了吗？"荣二又叮嘱一遍，"不管发生什么事，绝对不要跟他们作对。"

"过不了多久就会有事发生吧，"万吉不安地说道，"总感觉他们不挑起什么事端就不会罢休。"

"所以不要靠近他们。"荣二说道。

过了大约半个月，开始有人抵挡不住义一的诱惑，玩起了花札。金太第一个坐到了草席前，接着参平、阿武和富三郎，其他房里的两三个人也加入进来了。荣二生来就对赌博抱有近乎恐惧的厌恶感。芳古堂的老板也讨厌赌博，甚至不允许师兄弟们抽签决定晚上派谁去买茶点。芳古堂的老板总是反复强调：酒色的嗜好总有一天能戒，赌博却是一辈子都戒不掉的东西，芳古堂里容不下赌博的人。实际上确实有几个人因为热衷赌博做出违背情理的事情，最终不得不离开芳古堂。每次旁观他们聚集在义一周围，被一枚枚甩出去、翻开来的花札强烈吸引而屏息凝神的样子，荣二都仿佛看到了误入歧途的师兄弟们的身影。

这种事不可能长期持续下去的，过不久官厅就应该知道了吧。

荣二心里这么想，但是没过多久，他就发觉自己把事情想得太简单了。义一这么做，看来背后使出了相应的手段。只要劳工监视员小岛良二郎一来，花札立马就收好，聚在一起的人员也四散而去。三五次后，荣二就明白了：有人来巡逻之前，义一他们会收到警告。

"事情不妙，大哥。"万吉偷偷地对荣二耳语道，"我今天在工作的地方听金太说的，义一那家伙花钱把官员们收买了。"

"不要说那种事。"

"可是大哥你觉得这样下去能行吗？"万吉口气坚定地悄悄说道，"你应该也觉察到了吧，网篮房里的人分成了三派：跟着大哥练字的伙伴们，聚集在义一周围的那帮人，还有小班长和与平那样什么也干不了的弱者。你不这么想吗？"

荣二没有回答。

"赌博的那帮人之前一直不愿意跟大哥和我们这群伙伴接近，现在他们憎恨我们。不光因为我们不赌博，习字这件事情也令他们生气。"万吉继续道，"大哥，你知道吗，金太那家伙现在都对我们翻白眼呢！"

荣二极其轻微地点了点头，但依然什么也没说。

"工作的时候也跟以前不一样了，大家开始偷懒了，我说的是真的。"万吉深呼吸后说道，"认真工作的人大概只占一半，剩下的人动一动装装样子，过分点的人一点活也不干，更过分的人甚至瞅准间隙赌博呢，大哥！"

这个房间里同样如此，荣二在心里喃喃道。曾经的网篮房就像与平所说，虽然生活起居的都是男性，但房间里收拾得整整齐齐，角落里也打扫得干干净净。现在不是了，尽管也有人收拾自己的周遭，坚持打扫卫生，可这种人日益减少。只有小班长传七和与平偶尔会打扫整个房间。

"我已经忍受不了了，"万吉悄悄说道，"我打算去奉行大人那里告状。"

荣二缓缓摇头道："你还是不要去为好，告状也没用的。"

"我要直接面见奉行大人。"

"官厅有官厅的组织结构，而且，"荣二稍做停顿，像是在整理思绪，随后接着说，"人很难战胜自己的欲望，我们并不知道义一收买官员到了何种地步，就算你去告状，被收买了的官员为了自己的欲望和面子，应该会不择手段地把这件事掩盖过去吧。对于奉行来说，官员们是他的部下，部下的过失就等于他的过失。所以事情并非你所设想的那样简单。"

"那该怎么办才好呢？大哥你是想说默默观察形势吗？"

"沉住气啊！"荣二温和地悄声说。"去年的大风暴都没能刮得了三天，再大的火灾也不能持续燃烧一整年吧。哎呀不说了，"荣二突然害羞似的背过脸去，"竟然让我说出如此老年人口吻的话，你这家伙真过分。"

二月中旬的某天晚上，荣二一个人待在南面的海边时，肉瘤清七来找他了。从五六天前起，荣二每晚都到这里来练习投掷木棍。他从柴房拿了五根三尺左右没有劈开的圆木，冲着立在海边的木桩练习投掷。荣二总是以上厕所为由溜出来，所以连与平也没察觉到他的去向。除了下雨天，他每晚都坚持练习。

或许没这个必要，但或许有一天真能用得上。

迟早有一天要靠武力跟义一、阿龙和昌吉这伙人抗衡吧。目睹松田权藏和义一争吵的那个晚上，荣二就想到了，他还认为与义一他们对抗是自己的责任。到了紧要关头该如何是好呢？阿龙手里有匕首，义一看起来也很擅长打架。虽不知道昌吉会不会帮忙，但荣二一只脚活动不便，能用得上的只有丁字形拐杖，既然身体无法敏捷地活动，除了投掷木棍，也别无他法了。荣二挑选好了三根顺手的圆木藏在叠好的棉被里，此外他又拿了五根来到海边，在相隔十二三尺远的地方朝着木桩练习投掷。

"在那里的是阿荣吗？"

听到清七大声打招呼的时候，荣二吓得心脏都要停止跳动了。

"是啊，"荣二用嘶哑的声音回答道，"有什么事吗？"

"真是个美好的夜晚啊。"清七说着靠近过来。

"你在这种地方干什么呢？"

"我终日无所事事，"荣二支支吾吾地答道，"闲得浑身痒痒，所以在摆弄这个玩呢。"

说完，他把手里的圆木冲着木桩扔了出去。夜空中布满薄云，云朵的某一点被朦胧的月光微微照亮。荣二已经看惯了这些木桩，但是隔着十二三尺的距离，他也并不能彻底看清木桩的位置。不过，飞出去的圆木照样击中了木桩，发出响亮的声音。

"真准啊，"清七说道，"那根棍子是瞄准木桩扔出去的吗？"

四

"是啊。"荣二应着，挂着拐杖一瘸一拐地走过去，把掉落在木桩周围的圆木拾起来。其中四根一下就找到了，剩下的一根弹飞到远处，怎么也没能找到。

"现在还得挂着那根拐杖走路啊？"

"多亏它了，不知帮了我多大忙，最该感谢的就是这东西了。"这么说着，荣二摸了摸拐杖，"你是不是找我有事啊？"

"嗯，那个……"清七扭扭捏捏地说道，"有点事想跟你商量，不过武州，不对，阿荣你站着说话累不累啊？"

"是什么事？不要紧，我已经习惯了。"

"是这样的，"说完清七假装咳嗽了几声，又拨弄了下耳垂，"其实，那个，今天，阿丰那家伙来了。"

透过夜晚微弱的光线，荣二凝视着清七的脸。

"你知道阿丰的吧。"

"知道，戴手铐的经历印象深刻。"荣二说道，"然后呢，发生了什么？"

"她说跟松造分手了，还说想要跟我在一起。"

清七用认真的口吻犹豫不决地说道："只要我想，就可以离开这座收容所，这一点倒是没什么问题，问题在于出去之后的事。过去的我除了去工地干活或者去装卸货物，别的什么也干不成，而且不管到哪里，别人都只一味地瞧不起我、肆意驱使我。就算再度回归自由社会，我也不觉得能过上比以前更好的生活。要是再被别人当作笑柄，我可能会犯下无可挽回的错误。"

"说实话我想跟阿丰在一起，如你所知，我打心底里迷上阿丰了，为了跟她在一起做什么都心甘情愿。"清七长长地叹了一口气，"可是一想到回归社会之后的事，我就不知道该如何是好了。"

荣二沉默了一会儿，随后说道："这可难办了啊。"阿丰究竟有几分真心，才是最关键的。她还待在收容所的时候，就跟其他好几个男人有过交往，她也确实在跟清七有誓约的情况下追随做头绳的松造离开了这里。她跟松造是怎么分手的呢？她又为何特意到收容所来对清七说想与他结为夫妻呢？光是想想这些，荣二都感觉解释不通。

"这件事不好决定啊。"荣二调整着支撑在腋下的拐杖说道，"虽说你以前在外面时境遇悲惨，但并不等于出去之后肯定跟以前一样啊。你在榨油小屋工作的时候一直都比别的同伴优秀，我觉得出去之后的生活说不定会意想不到的顺利。不过，我这么说可能有些多管闲事，但是我认为最关键的还是阿丰的心意。"

"这一点我也想到了，所以我十分仔细地询问了阿丰的想法。"清七加重语气说道，"那家伙从头哭到尾，又是道歉、又是发誓，承诺从今往后会跟除我以外的男人断绝来往，一定会做一名好妻子。她哭得脸都湿透了。"

想跟清七做夫妻，竟然到这个地步。她是真心希望如此呢，还是打算借助跟清七结为夫妻来摆脱什么棘手的事情呢？荣二怎么也想不通。

"这么说虽然无情，但是我也不知道该怎么办才好。"荣二道歉似的说道，"去找官厅的冈安谈谈怎么样，我觉得他或许能帮你出个好主意。"

"我不需要什么好主意，"清七摇头道，"我只要听听你的意见就够了。"

"我这不是说我也不知道嘛。"

"要试试吗，还是就这么算了？只要你一句话就够。"清七似乎把荣二当成了救命稻草，不依不饶地说道，"你虽然年轻但却吃过不少苦头，也不是那种遇事只会空讲大道理的性格，应该能做出大概的估计，好不好阿荣，只要你一句话，你能告诉我做还是不做吗？"

荣二抬头看了看夜空。虽然已进入春天，但毕竟才二月中旬，晚上的空气冷飕飕的，包裹着月亮的云朵散发出白色的亮光，那亮光犹如在关怀并抚慰着地面上人类的悲伤、哀叹以及虚无缥缈的喜悦，让人感到一丝不易察觉的温暖。

"我实在做不到，请你原谅。"过了片刻，荣二背着脸回答道，"我没有什么可说的。"

清七似乎在细细品味荣二说的话，他低头看着自己的脚边想了一会儿，然后轻轻叹了口气。

"让你为难了，抱歉。"清七小声嘟囔道，"我自己也会好好考虑的，先走了，再见。"

"嗯，再见。"回完话后，荣二深深地垂下了头。还是算了为好，算了吧阿清。听着清七远去的脚步声，荣二在心里喊道。你跟那个女人过不好的，你又要因为她遭殃了。"不过，或许这就是人，"荣二对自己说道，"不论我说算了，还是说试试看，大概都无法改变清七的心意。不管我怎么回答，清七一定会选择他自己想要的答案。人生在世，并不是要计算得失。人生苦短，把人生活出自己期望的样子最好，你要好好生活下去啊，阿清！"

五

荣二在小桌子上摊开三郎写的信，仔细观察着练字。房间的另一端，五六个人围着义一，边赌博边喝着酒——金太也在其中，此外还有富三郎、仁兵卫以及雕刻房的伊助。他们都身穿条纹或者极细条纹的便服，而非圆点图案的制服，有的盘腿坐着，有的一条腿盘着一条腿立着，用茶杯喝着凉酒，目不转睛地盯着草席上的花札。除了义一和阿龙，其余的人都以生病为由没出去干活，阿龙站在门外把风，以防劳工监视员来访。

这种事情要持续到何时呢？荣二一边写字一边想。这不跟真正的赌场没什么区别了吗？官厅的人都在干什么呢？

荣二曾经跟万吉说过，人很难战胜自己的欲望。官员们也是人，所以只要给钱就能使之屈服，特别是收容所领着微薄俸禄工作的官员们，恐怕更难抵挡金钱的诱惑。话虽如此，也不至于全部官员都会被收买吧，明明已经发生了火灾，浓烟滚滚，难道一个看到的人都没有？冈安在干什么呢？这个疑问很久之前就萦绕在荣二的脑海里。即使收容所奉行都被买通了，唯独冈安喜兵卫是他们收买不了的吧。只有那个人可以信任，那个人大概在等待某种时机，荣二心里这么想到。

"老大，"阿龙在门口说道，"有人来了。"

"来的是谁？"

"肯定不是小岛良二郎，"阿龙等了一会儿后说道，"我知道啦，是以往的那个南瓜。"

阿龙偷偷地笑了。荣二张开嘴轻叹一口气。"南瓜"指的是三郎，自从义一和阿龙住进这里之后，他们便把三郎称为"南瓜"来取乐，荣二曾听到过两次。不能为这种事生气，荣二这么告诉自己，放下笔，取过身后的拐杖，坐着靠臀部用力往门口蹭去。这时三郎拿着包袱从门口探头往屋里看，阿龙的身体挡在那里，他一下子进不来。

"我这就过来，"荣二冲三郎喊道，"咱们去外面聊。"

"出去多聊会儿啊，"只听义一身边的某个人说，接着有两三个人哧哧偷笑起来。荣二来到门口附近，阿龙十分不耐烦地慢吞吞让开到了一边。

"发生什么事了吗？"两人一起往别处走着，三郎问道。

荣二摇摇头："我想出来走走，脚必须得多习惯才行。"

"可是刚才那帮人……"

"别提他们，"荣二打断三郎的话，"咱们去海边看看吧。"

看到拄着拐杖走路的荣二，三郎的眼中流露出发自心底的痛心。他立刻背过脸去了，但荣二却在心中呼喊道："就是那个，就是那个眼神。"荣二曾经在梦里见过那样的眼神，透过石头与石头间的缝隙看到三郎时，他的眼神跟刚才一模一样。"不要死啊阿荣，你是我唯一的依靠。"三郎这么呼唤荣二时也是同样的眼神。

"你现在已经不去住吉了吗？"

"偶尔还会去，"三郎答道，"阿信向我表明心意以后，奇怪的是，我整个人的心情放松得连自己都感觉不可思议。"

"自己糊弄自己可不好啊。"

"我没有糊弄自己，是真的。"三郎说道，"要说喜欢，我当然还是喜欢她的，我应该一生都不会忘记她，不过心情放松下来了，也是真的。"

"那是好事啊，"荣二换了一副口气，"我记得是年底二十六日那天，阿信来了，好像说遇到了什么难办的事，你知道些什么吗?"

　　"难办的事啊，会是什么呢?"三郎想了一会儿说道，"我什么也没注意到。不过前天我去住吉的时候，她说忘了告诉你我在坂本二丁目租了房子。"

　　"坂本二丁目的房子是什么?"

　　"就是咱俩的家。是一栋位于小巷的旧的双联房，据说以前住的是制桶匠，房子里铺了木地板，可以当工作间使用。"

　　"你看那边，"荣二冲着海的方向抬了抬下巴，"已经有人在赶海了呢。"

　　两人来到了南面的海边，在他们对面很近的地方，有一片潮退后显露出来的约四公里的宽阔的滩涂，捡拾贝类的人随处可见。

　　"以前我们也去赶过海呢，"想到这里，三郎不由得悲从中来，他扭过脸去说道，"是三月份大潮的时候吧。"

　　"从川崎大师①那里绕道去的，"说完，荣二回过头来面向三郎，"租房子是你的自由，但是你不要再指望我了。"

---

① 川崎大师：川崎大师寺。

六

　　三郎似乎有些不知所措。他调整一下包袱，低头看了看自己的脚边。

　　"上次我应该说过了，"荣二继续说道，"我在收容所里给大家添了无以言表的麻烦，报答完大家的恩情之前我不能从这里出去。"

　　三郎停顿了一会儿说道："我刚才跟冈安谈过了。"

　　荣二盯住三郎的脸。

　　"冈安他，"三郎磨磨蹭蹭地说道，"他说阿荣从这里出去比较好。冈安不让我说，所以我迄今为止都没告诉你。北町奉行的与力①，那个名叫青木的人，他也一直很关心你，并且来此探访过很多次。虽然冈安每月会给他写一封信报告你的动向，但青木还是要自己前来确认。现在青木也认为你最好离开收容所。"

　　"你等等，"荣二打断三郎，皱起了眉，他咬着下嘴唇用心揣摩着，"搞得我一头雾水，如果你说的话是真的，听上去我简直就如同大名的私生子一般啊。"

　　"大家都是真心实意地关心你。"

　　"为什么？"荣二反问道，"为什么有这么多各式各样的人关心我？从町奉行被送到收容所来的人又不止我一个，比我可怜、

---

① 与力：官职名。

更需要帮助的人明明很多，为什么偏偏只对我一个人如此关心——这背后应该有什么缘由吧？三郎，你还有事情瞒着我是不是？"

三郎缓缓地摇头。

"我对你已经毫无隐瞒了，"三郎思考再三后说道，"我觉得大家都不是出于某种缘由才关心你的。"

"这怎么可能。"

"我觉得……"三郎吞吞吐吐地说道，"人并不是做每件事都必须有一个缘由。咱们都是人，有时会做出解释不清缘由、连自己也搞不懂的事情来，不是吗？"

"你这跟我说的不是一回事。"

"你还记得吗，阿荣，"三郎深深地叹了一口气，"十五岁那年的冬天，我从店里跑了出去，打算回葛西的老家。浑身上下被雨淋湿的我跑在两国桥上时，你从后面追上来了。"

"不要再提这些陈年旧事了。"

"我固执地说要回乡下，阿荣你在雨中一路跟着我，直到我终于愿意回店里去。阿荣，你是出于什么缘由才关心我到那个份上呢？是为什么呢？"

"因为你是我的朋友啊。"

"你还有别的朋友呢。在店里你跟五郎师兄关系亲密，他非常疼爱，还有街上点心店的阿清、榻榻米店的阿增，这些都是阿荣的好朋友。我在这些人里是最没有才能、最愚笨的，是个毫无可取之处的小学徒，你又为什么要跟我亲如兄弟，对我关爱有加呢？这是出于什么缘由呢，阿荣？"

"那是因为，"荣二结巴起来了，"因为你是我的朋友，我也听你讲过葛西老家的实际情况。总之，当时我不想让你离开。"

三郎用试探的口吻反问道："你不觉得青木和冈安之所以为你担心，也是同样的心理吗，阿荣？"

荣二拄着拐杖向海边走近了一些，他转过脸去，眺望那些赶海的人们。从倒塌的石墙下被救出来时的情景，那之后大家真诚的安慰和关怀……再次生动地浮现在荣二眼前。为了救我，那么多人都急得仿佛要发狂；为了安慰鼓励我，那么多人又聚集到我身边。

"这是人与人之间的羁绊，"荣二在口中喃喃道，"是这座收容所与我之间的羁绊，这份羁绊不会轻易地被切断。"

"冈安很担心你，"三郎走近荣二身旁说道，"他说有个性格恶劣的人跟阿荣住进了同一所房间，那个人估计很快会挑起争端，到时你肯定不会坐视不理。所以他想趁事情还没发展到那一步之前把你从这里放出去。"

荣二转过脸来看着三郎问道："冈安真的这么说了吗？"

"嗯，"三郎点点头，"我刚听他说完。"

荣二心想：冈安果然知情，他是在等待着什么。那他到底在等什么呢？是在等那帮人胡闹吗？如果是那样的话，现在下手也可以啊，那帮人违背规则公然赌博，还收买了几名官员，把网篮房搞得乌烟瘴气。他们已经在胡闹了，还有必要等下去吗？

"虽然称不上是份工作，"三郎说着，"但是从一月份起，渐渐开始有人请我去干活了，像是糊出租大杂院的纸隔扇呀，纸拉窗之类的。前不久，笔店的平藏——你应该知道吧，就是阿末她父亲，通过他的介绍，下谷御徒町的一家裱糊店也决定派活给我干了，店老板名叫茂三郎。"

"那太好了，"荣二心不在焉地说道，"你一定能干好的。"

"然后，那个，我跟老板谈了谈，我告诉他你曾经在芳古堂工作过，老板说既然那样的话，他店里有不错的工作，想交给你完成。"

"我还不能从这里出去呢，你真啰唆啊，三郎。"

"或许是吧。"三郎说完用那只空着的手摸了摸额头，"不过青木和冈安都那么说了，工作也有着落了，你在这结下的情义固然难以舍弃，但是能不能暂且先出去再说呢？"

荣二没回话。

"阿荣你可能忘了，"三郎一反常态，他不肯罢休，继续劝说荣二，"你是我的依靠，如果有你在身边，我好歹能做好自己的工作，体会到工作的成就感。只剩我孤身一人的话难免心里没底，感觉无依无靠，结果老是干蠢事。"

"等等，三郎，"荣二说道，"咱们已经不是孩子了，咱们可都二十五岁了。"

"自己的年龄我还是知道的。"

"既然知道就不要任性撒娇了，二十五岁的人就算有一两个孩子都不足为奇，你却还说没有我在心里就没底，照你这样撒娇依赖我，你觉得能在社会上生存下去吗？"

"我只是，"三郎凄惨地结巴道，"我只是想让阿荣你从这里出去罢了。如果你认为我说的话是在撒娇，那尽管忘了，我怎么样都是次要的。只不过求你了阿荣，我希望你能离开这里。"

"我不离开，"荣二说道，"不管是谁，不论说什么，我都不能从这里出去。"

三郎把手里的包袱放到地上，睁大圆圆的眼睛瞪着荣二。

"我都这么求你了也不行吗？"

"我讨厌别人啰里啰唆的。"荣二回答。

三郎两手揪起了荣二的衣领，大口大口地喘着粗气说道："阿荣！"

"我这个人既迟钝，又愚蠢，还没有才能，"三郎用颤抖的声音喊道，"在阿荣你的眼里，我说话做事一定过于天真，还总是慢腾腾的吧。不过，阿荣，一生哪怕就一次，听从一下我的请求有何不可呢？不论是多么了不起的人物，一生之中也至少会听一次别人的话吧？"

荣二看到三郎揪着自己和服衣领的手。那双手又胖又圆，因为调制糨糊而变得粗糙皲裂，骨节突起的短短的手指揪着衣领微微颤动着。

"知道了，"没过多久，荣二说道，"我会考虑的。"

三郎把手放开了："对不起，一不留神行为有些粗鲁了。"

"你不用道歉，应该道歉的似乎是我。"荣二歪着嘴角，"说出口未免太装腔作势，所以道歉的话我就不说了。这么久以来我给你添了很多麻烦。嗯，你听我说……我给你添的麻烦并不是嘴上道歉或是道谢就能了结的，即使用尽一生也不一定能偿还得清。在这里，我也受到了同样大的帮助，大家搭救了险些丧命的我。"

荣二的话不自然地中断了，他转过脸去不看三郎，稍稍调整了一下呼吸。

"我会考虑的，"很快荣二又继续低声说道，"我也不让你多等，再给我半个月到三十天。下个月这时之前，我会想办法了结这边的事，我一定会有办法的。这段时间你先忍耐一下，再等等我。"

三郎一副茫然若失的姿态，默默拿起了放在地上的包袱。

第 十 三 章

| 一 |

犹如风化后的悬崖自然崩塌，或是悬崖尽头的地表裂缝突然开始扩大那般，网篮房里的气氛明显变得紧张、险恶起来。进入三月后，聚集在义一身边的劳工达到近三十人，人数不时变动，但都在十五人以上。赌博的人群中总是一片杀气腾腾，有两三个人甚至情绪高涨到只穿围腰和兜裆布。有一次，上了年纪的小班长传七嘟囔道："简直就是赌场啊。"荣二没亲眼见识过赌场什么样，但传七这句话的意思他能想象出个大概。此外，现在除了小岛良二郎，还有另外两名官员也被指派为这个房间的监视员。

有天晚上，荣二在海边投掷木棍时，万吉悄悄跟来了。他似乎暗中观察了一会儿荣二的行动才轻轻靠近他，问道："你打算凭这个跟他们较量吗？"

"是谁？"荣二低声盘问道。

"是我啊，"万吉绕到荣二面前，"我有话想跟大哥说，本来打算在厕所外面等你出来的，结果看你往这边来了，我好奇你在干什么，就跟过来了。"

"既然如此，那你可以回去了，我在适应身体呢。"

"嗯？是吗？"说完，万吉话锋一转，"榨油房的肉瘤好像出去了，是真的吗？"

"我不知道啊，他出去了？"

"雕刻房的伊助在赌场聊起这事时我听到了。"万吉说道，"他说之前那个有很多传言的女人来叫肉瘤出去，大约是半个月之前的事了。肉瘤犹豫了很久，最后去找伊助商量，伊助好像劝说他跟那女人在一起。"

哎！荣二在心里叹息。我可真是个薄情的人啊，清七问我该怎么办才好时我应当说一句不要去的。既然清七犹豫了半个月，说明他肯定也无法完全信任那个女人。当时我认为自己说什么都起不到作用，即便我让清七放弃，也无法消除他的恋恋不舍之情。现在回想起来，其实是我自以为是，我并没有真心为清七着想。

我根本不配拄这根拐杖。

荣二单手抚摸着拐杖，抬头仰视繁星闪烁的夜空。

"伊助把这件事当成有趣的笑料跟周围人分享，"万吉讲述着，"他说肉瘤跟那女人在一起肯定过不了五十天，没等肉瘤干活攒下的钱花光，那女人就会勾搭上好几个男人。"

"你刚才说出赌场这个词，指的是哪里？"

"我现在在说肉瘤的事呢。"

"你说说看，赌场是指哪里？"

"大哥你倒是问问你自己吧。"万吉强硬地反驳道，"大哥你能忍耐，一直对那帮人视若无睹。可是虽然你看都不看他们，他们一个个却时刻密切关注着你，就算你只是稍微动一下身体，也会有几个人唰地一下把目光聚集过来，那帮人已经看穿大哥你的心思了。"

"说什么蠢话呢，"荣二背过脸去，"你这家伙是不是脑袋出问题了？"

"你说出问题那就当出问题了吧。不过呢，大哥，无论你使出何等高明的手段，终究还是不可能仅凭一己之力与他们抗衡的。"

荣二冷淡地反问道："清七什么时候出去的？"

"好吧，大哥你想装糊涂也行，不过有句话我得先告诉你。"这时万吉压低声音，"大哥你动手时我们不会袖手旁观的，到时候我们也会帮忙。名字暂且不提，除了我以外还有四人，我们都准备好了器具。"

"不行，"荣二不由得提高了声音，紧接着又低声说道，"那可不行，之前我应该告诉过你了，他们有匕首。那些人可不把伤害别人当回事，就算你们四五个人一起进攻，也绝对不是他们的对手。"

"那么大哥想怎么办？"

"收容所里有官员。"

"官员都被钱堵住嘴了，"万吉说道，"也不知道官员们私底下收了多少钱，他们甚至给那帮人送酒呢。"

荣二左右摇头，如同把积存在胸腔里的毒气吐出来似的，深深地长舒一口气。

"我想想看，最近我一直在考虑这事该怎么办。"荣二很快接着说道，"网篮房发生的事情官厅不会不知道，也不可能全部官员都被他们买通了，官厅还不出手，我认为其中应该有某种原因，一定有某种原因。所以拜托你了，不要胡来，因为这件事不是我们四五个人就能摆平的。"

| 二 |

万吉坚持不肯退让："我的忍耐已经达到极限了，咱们的网篮房被他们搞成那副样子，我不能坐视不管。官厅方面怎么考虑我不知道，不过网篮房是咱们的，咱们凭自己的力量把它恢复原状不是理所当然的吗？"

"虽然约定好一起行动的人只有四个，"万吉继续道，"但是我认为只要大哥动手，还会有其他人站出来的。除了聚集在义一周围的那帮人，估计剩下的所有人都会站出来吧。"

"我想想看，"荣二又说了一遍，"这事若真要干，就必须做好万无一失的准备，因为这并不是单纯靠力气就能解决的，你明白吗？"

万吉指了指木桩的方向："我去把那木棍捡回来吧。"

"我在房间里还另外藏了别的木棍，"荣二调整了一下拐杖，"不能引起他们的怀疑，你先回去吧。"

"可别让我等太久啊。"万吉说完倒退几步离开了，"清七是前天出去的。"

荣二走到木桩的位置，找到散落在地面上的圆木，全部拾起来以后集中藏在了旁边的一块石头后面。

"该怎么办呢，"他喃喃道，"真没想到万吉他们也早有打算。"

如果我动手的话大家也会动手，我不能把大家卷进来。荣二考虑把义一叫到外面来或是趁大家不在的时候与他对决是否可行。

"那样做敌不过他啊，我的脚行动不便，除了攻其不备以外毫无胜算。"荣二嘟囔着叹了一口气，"果然还是只能跟冈安商量。如果冈安那边有隐情，官厅方面也无法出手，那时再考虑也不迟，总之先去找冈安吧。"

荣二本来不愿意去找冈安喜兵卫商量。冈安一定有不得已的苦衷，所以至今仍未出手。可是事情发展到这个地步，若是波及网篮房伙伴们，就不能单凭荣二自己的意志行事了。哪怕只是跟冈安喜兵卫商量一下也好，试试看吧。荣二下定决心。从这里走开之前，荣二回头望向大海。海上风平浪静，浪花不时冲刷着石墙，听上去宛如轻柔的耳语。星空下的海面一片漆黑，夜钓的船上灯火闪烁着，空气中飘来温热的潮水气味。

荣二回到网篮房，拉开关着的房门，靠拐杖支撑着身体重心迈进房内。他刚一进门，阿龙就凑上前来，冷不防伸出脚别倒了荣二的拐杖。事出突然，荣二使出全力调整身体，以免行动不便的那只脚受伤。他侧身跌倒在地，随后保持着倒地时的姿势看着阿龙，一边把始终没有放手的拐杖缓缓拉近身旁。

"知道进来的是你这瘸子，我明明都让开路了，"阿龙冷笑道，"你还有什么不满意的，要撞到我身上来？这里又不是你一个人的房间。"

房里鸦雀无声。如同风暴来临之前风骤然静止一般，紧张导致的沉默蔓延开来，甚至让人怀疑是不是房里的人都屏住了呼吸。很快，有人从木地板区走过来，把三根圆木扔到荣二眼前。圆木朝荣二滚过来，发出沉闷的响声，其中一根撞到了荣二的肩膀。

"你打算怎么用这个？"从木地板区传来义一的质问声，"你想拿这种东西干什么？"

荣二平静地起身，保护着脚，拄着拐杖站立起来。

"抱歉，"荣二对阿龙说道，"我刚才没留神，请你原谅。"

阿龙张开嘴龇出牙齿，但是什么话也没说。荣二转过身去，弯腰拾起一根圆木，用右手握着展示给义一看。

"像这样，通过抓握这个来训练手指，是医生建议我做的。"

"听见了吗，阿龙？"义一死死盯着荣二，话从他的嘴角里挤出来，"他说是医生建议的。这小子把人当傻瓜呢。"

"如果你认为我撒谎，可以去找医生求证。医生说，这样练习握紧再放开，可以使手指恢复力气，进而帮助身体恢复力气。"

"扔了那根木棍，"义一冷笑着说道，"我知道你在打什么主意，你肯不肯把那木棍放到地上？"

"别生气，老大，"阿龙说道，"我来让他乖乖听话。"

"等等，"荣二摇摇晃晃地歪着身子，"这根木棍对我很重要。"

"既然你让我扔，那我就扔掉。"荣二说着，用眼角瞄一眼走过来的阿龙，把圆木放到了泥土地上。接着，只见荣二刚直起上半身，拿稳丁字形拐杖，就一个大阔步跳了起来，铆足劲儿狠狠踢向站在木地板区边缘的义一。义一看荣二是瘸子所以没有防备，荣二飞快踢过来的脚令他瞠目结舌，那一瞬，他的小腿中了荣二用尽全力的一击。

横扫出去的拐杖命中义一小腿，义一发出一声毛骨悚然的惨叫，应声倒下。荣二迅速看了阿龙一眼，阿龙的眼珠都快瞪出来了，他张着嘴巴，呆若木鸡地站在那里。看到倒地的义一从怀里掏出匕首，荣二随即收回拐杖，双手握住高高举起，从上往下劈头盖脸地打下去。

"快住手！"义一再次惨叫道，"是我不好！放过我吧！"

荣二简直像疯了一样，接连对义一施以重击。拐杖打在义一的头部和胸口，匕首从他的手里弹飞出去，义一的头上和脸上满是鲜血。直到这时，阿龙才开始动弹。

三

荣二的动作看似发狂，但他的头脑是冷静的。因为冲动，

256

他扑上去袭击了义一，这是受本能的愤怒驱使，而并非判断力的支配。不过，发出最初一击的刹那间，他的判断力起了作用，他的头脑这样命令自己：不能放过这个机会，如果此刻不彻底解决此事，反而会留下祸根。不能把这个男人当人看，这家伙是条毒蛇，就把他当成蛇来对待。

阿龙一直呆若木鸡地站着，他看到义一被一顿痛打，头上和脸上鲜血淋漓的样子，吓得面色发青，哆哆嗦嗦地从怀里掏出匕首，一点一点朝荣二靠近。到此时为止，不论是赌博的那伙人，还是坐在桌边习字的人，动都没动过一下，就像被隐形的链子拴住了似的。眼前惊人的情景把他们震慑住了。不过，当阿龙开始行动，手里匕首的刀刃发出亮光时，万吉如梦初醒，跳了起来。

"大哥小心身后！"万吉喊道。

荣二看了看阿龙，把用来殴打义一的拐杖调换了方向，背对着往这边过来的万吉大声喊话。

"你不要出手，阿万！"荣二的声音响彻整个房间，"你去官厅报信，谁都不要出手，这是我的事！"

阿龙把匕首的刀尖朝上，一步一步逼近荣二，急促的呼吸声大得连荣二都能听见。荣二迅速观察义一的状况，确认他已经倒在地上无法动弹了。阿龙全身发力猛刺过来，荣二见状，从右向左挥动拐杖打了过去。阿龙刺过来时手里的匕首瞄准了荣二的左肩，但是他被拐杖狠狠击中头部，整个人向旁边飞了出去，滚到了木地板区的边缘上。荣二不给阿龙可乘之机，立刻跑过去挥舞着拐杖对他一顿毒打。拐杖打在他的头上、胸口上，还从侧面打在他的脸上。

"拜托了！救救我！"阿龙倒在木地板上，双手抱着脑袋大喊，"饶了我吧！谁来救救我，我要被打死了！"

但是荣二丝毫没有手软。不一会儿，阿龙也满身是血，动弹不得。荣二停住手，又看了看义一。义一面朝下趴着，脸浸在自己流出来的血里，不住地呻吟。

"好啦，"荣二对聚赌的人喊道，"官厅方面应该很快就会派人过来，其他房间的人趁现在赶快回去，不抓紧行动的话会被牵连进来的。"

聚集的十五六个人中，一半以上都站起身，受了惊吓似的从木板地上跳下来，光着脚从门口逃出去了。

"与平，"荣二说道，"阿万到官厅去了吗？"

"去了。"与平回答。

这时小岛良二郎从门口进来了。看样子是跑过来的，累得上气不接下气，他环视房间内，先看到动弹不得的义一和阿龙，随后把目光转移到荣二身上。

"是我干的，"荣二说道，"刚派人去官厅报信了。"

小岛的脸僵住了，他张开嘴似乎有话要说，但最终还是默默拔出了刀。荣二见状迅速取过拐杖摆好架势。

"小岛，你还是放弃为好，"荣二冷静地说道，"你若是刺伤我，这里可有的是证人。再说了，想要刺伤我，你恐怕得费点力气。"

小岛脸上浮现出不知所措的表情。此时，三名劳工手持类似六尺棒①的东西走上前来。

"不行，不能出手，"荣二瞪着小岛叫道，"这是我一个人的事，你们都坐下。"

小岛良二郎满眼恐惧，飞快地扫视了一遍房间里劳工们的脸。

"把刀收起来，"荣二说道，"你的事我一个字也不会提。官厅该来人了吧，你抵抗也没有用，还是把刀收起来离开这里吧。"

小岛手握出鞘的刀，一步步倒退着从门口出去了。

与平跟两名小班长一起查看着义一和阿龙的伤势，让人去把三哲医生叫来。有两三个人回答说三哲医生夜间不在。小岛良二郎刚一离开，房里的人全都像起死回生了一样，到处转来转去，议论纷纷。万吉跑着赶回来，他出现在门口的那一刻，荣二感觉到某种东西抽离身体一般的疲惫和虚脱感，无力地坐在了木地板区的边缘上。

"冈安过来了，"万吉伸手指向身后的屋外，气喘吁吁地说道，"已经来到那里了，你没事吧，大哥？"

荣二点点头、闭上眼，垂下了脑袋。

---

① 六尺棒：抓捕犯人时使用的橡木棒。

四

"官员这个职业并非世人想象的那般稳定，"冈安说道，"要顾虑上下级的划分、繁杂的规则以及各自的职务权限。官员们之间也会像普通人一样相互竞争，既有人想当大官，也有人不惜一切利用职务之便谋私利。收受贿赂、克扣劳工工钱、与常来往的商人不正当交易——社会上有的肮脏勾当在这里基本上一个不差。"

这里是荣二与清七一起戴上手铐、被监禁了三十日的房间。房间所在的长屋后面是大河，通过房内高处打开的采光小窗，每隔一会儿能悠然自得地听到冲刷石墙的波浪声和水面上行船的船橹声。

冈安继续讲述，劳工收容所是一个世界，官员们又是另外一个世界。在人类聚集形成的世界中，一定会有善与恶的争斗，善不会统一一切，恶也不会占领全部。特别是收容所"并非牢狱"的原则之中有很多矛盾和含糊之处，所以在处罚违反规定的人时有不少难办的情况，而看穿这一点后巧妙犯法的人也层出不穷。虽然表面上看不出来，但是他们这些人心里早就清楚。

"从一开始我就知道，义一他们可能在搞什么小动作。"冈安喜兵卫说道，"这种事情并非第一次出现，之前也发生过几次，多数情况都是下级官员被买通了。"

冈安察觉到网篮房的情况时，就已经知道小岛良二郎和另外两名下级官员被义一他们笼络过去了。他是总管，跟劳工们没有直接联系。他根据监视员、分配主管、各个房间的负责人以及小班长等人的报告下达各种裁决，没有越级直接插手劳工房事务的权限。若是发生了公开事件则另当别论，但如果不等待时机就稀里糊涂介入，很有可能演变成收容所整体的骚乱。义一等人拉拢官员，真正目的是将这些官员作为威胁的工具，一旦事情败露，将牵连到整个官厅。

"这件事你明白了吗？"冈安问道。

荣二似乎并不接受，但还是点了点头。

"不妙的是，"冈安继续道，"小岛是收容所奉行的远亲。奉行成岛大人虽是个好人，心里却不赞成收容所制度，而且他没有识人的眼力，一味盲目轻信小岛的话。我之所以无法再接近劳工房也是因为这个。"

听说义一等人渐渐得意忘形，竟然连酒都带进来，冈安便觉得不能再继续袖手旁观了。然而小岛良二郎等下级官员行事周密，他根本找不到接近的机会。

"即使我给你讲述事情的来龙去脉，你还是会不耐烦，认为我胆小怕事。如果……"说到这，冈安稍微喘了口气，随后继续说下去，"如果你这样认为，那么你想一下自己。想想我们是如何对待刚被送来这里的你，我们用什么方法对待不肯干活、处处反抗又不遵守规则的你。"

荣二仔细琢磨着冈安的话，安静地低下了头。

"处理人与人之间的问题，有时必须分秒必争，有时需要耐心等待时机成熟。"冈安语重心长地说道，"这次你忍耐到最后，大致把网篮房清理干净。或许时机未到，也或许时机刚刚好，无论是哪样都得再稍过一段时间才能知晓。总之，暂且告一段落是毋庸置疑的。"

荣二心想：对啊，事情已经告一段落了。他没有连累任何人，从头到尾都是一个人完成的。荣二被冈安拉到官厅，在奉行的监督下接受了同心们的审讯。别说是小岛良二郎和下级官员们的事情，就连赌博他也自始至终只字未提——同心们理应是知道的，奉行本人大概毫无觉察。对荣二的控诉是打架斗殴，其手段之残忍，令奉行大为光火，判定要将他送入大牢。同心们显然在审讯前商量好了，他们坚决为荣二辩护，陈述条件说对方是两个人，并且都持有违禁刀具，而荣二不仅孤身一人还有一只脚行动不便。然而奉行是如何领会那些辩护呢？成岛治右卫门对此并没有采纳的迹象，第二天就立马派人到町奉行那里去了，收容所内的全部赏罚都必须取得町奉行的许可。于是，荣二被监禁到了这个房间里。

"幸好你没有供出小岛和下级官员的名字，也没提起赌博的事。"冈安继续说，"这些事情一旦挑明，本来就反对收容所制度的成岛大人不知会如何向町奉行进言，那样一来，事情可能发展到关乎收容所存废的地步。"

"我想保住这座收容所，让它发展壮大。即便目前的制度有很多缺陷，但能保护那些因性格或境遇而极易犯罪的人不会成为罪犯，让他们学习一技之长，积攒资金后回归社会。这是一件非常有意义的事，在人口增长和生活状况两方面日益陷入困境的江户大共同体中，收容所将起到重要的作用。"

"事情看似都推到了你一个人身上，但是我心里自有打算，这一点也希望你了解。"

"我明白了。"荣二咳嗽了几声，接着说道，"不瞒你说，我怀疑过官厅方面为何一直放任不管，也曾埋怨你迟迟不肯出手。不过这些并不是全部原因，我从最初就决定了要亲自站出来解决此事。"

冈安喜兵卫凝视着荣二的脸："这是为什么呢？"

"倒也谈不上什么原因，就是觉得只有我才能制服义一和阿龙。"荣二一开始有些含糊其词，随后干脆直截了当地说道，"说老实话，是跟我同一房间的万吉先开口。万吉说他容忍不了义·他们把网篮房搞成那副样子，他的忍耐快达到极限了。"

"万吉就是以前做消防员的那个人吧？"

"是的，他自诩擅长打架，而且一副真有可能动手的架势。我曾经告诉他对方持有匕首，勉强打消了他的念头，但却不知道他是否会一直袖手旁观。既然如此，在万吉动手之前还是我自己先动手吧。"

"这件事不许再提，"冈安稍稍压低声音，"如果是你对那两人怀恨在心，早就开始等待时机的话，罪行可就不轻了。"

"我不在意罪行轻重，"说着荣二微笑起来，"不过那天晚上事情的发展，完全出乎我的意料。当时我刚一迈进房门，阿龙那家伙就踢倒了我的拐杖。我很惨地摔倒在泥地上，也只是在心里骂了一句，并没有打算动手。之后义一来到了木地板区的边缘——在他取笑我的那一刻，我突然失去理智，动手了。"

荣二说并没有企图减轻罪行，事实就是如此。

"案件报告书上就是这么写的，"冈安点点头，"他们是真不知道你的脚已经痊愈了吧？"

"都蒙在鼓里呢。"荣二又微笑了，"多亏如此，我才得以先发制人。那两个人看见我脚好了，都惊讶得瞪大了眼睛。"

冈安默默地笑了。

"那么，"荣二有些迫不及待地打听道，"我会受到什么制裁呢？"

"你应该知道自己在这里待不下去了吧？"

"大体已经做好心理准备了。"

"义一瞎了一只眼，断了两根肋骨，"冈安说道，"阿龙左手手腕骨折，左耳撕裂。不过两个人都没有生命危险。因为携带违禁凶器，所以伤势痊愈后会被送去传马町。"

"我也一起被送去吗？"

冈安喜兵卫摇摇头："你会被送回北町奉行，接受二次审讯，我能透露的只有这么多。"

"我明白了，"荣二深深低下头，自言自语似的说道，"事到如今回想起来，我下手太重了，对那两个人感到抱歉。"

"这话不对，"冈安强硬地打断荣二，"你要感到抱歉的并不是他们，应该另有其人吧。"

荣二不作声了。冈安喜兵卫没有继续往下说，他默默盯着荣二的眼，点了点头，似乎想说你心里明白。随后轻轻地起身。

"我有个或许无理的请求，"荣二问道，"离开这里之前，我还能和房间里的大家见一面吗？"

"这不是我一个人能说了算的。"

"实在拜托了，大家对我有无以言表的恩情，离别之际至少请允许我向他们道声谢，拜托了。"

荣二说明了自己的请求，随后两手撑地，一再低头行礼。

"我去向奉行请求看看。"冈安说道，"不过，恐怕他是不会允许的，你还是别抱希望为好，因为你目前是个罪人。"

五

荣二吃惊地抬头看冈安。他绝对没想到会从冈安的嘴里听到"你是个罪人"这种话——冈安喜兵卫的表情完全变了，虽然眼中还洋溢着温暖，但看上去冷淡且严厉，正是劳工们背地里称呼的那副"官员面孔"。在此之前，荣二从没见过这副表情的冈安。

"你放在网篮房的私人物品我会叫人送过来，"冈安说道，"估计你还得在这待两三天，这段时间你最好充分休息。"

荣二再次两手撑地，低头行礼。

又过了一天，第二天晚上吃过晚饭一个时辰之后，与平毫无征兆地出现了。不一会儿，两名下级官员端来食案，上面有一些简单的酒菜。他们悄悄对荣二说，这是一点心意，请他不要声张。随后离开了。

"真是个美好的夜晚啊，"与平似乎有点害羞，低声打破沉默，他试探地看了看荣二，"大家都在为你担心呢，不要紧吧？"

"要去町奉行接受二次审讯。"说完，荣二端起酒壶，"不过貌似没什么大事，你帮我转告大家不必担心。来喝一杯吧。"

"我不会喝酒。"

"哎呀，都要分别了，就别推辞啦。"

"那我就意思意思。"与平说完端起了酒杯。食案上摆着酸甜可口的味噌小菜、芝麻凉拌菜和甜煮小鱼。

"单是能见你一面，我就满足了。"荣二说道，"我给大家添了很多麻烦，欠你的恩情更是一辈子都还不清。"

与平挥挥手："我做的那点事算什么呀，相比之下，阿荣你这次为大家做的更值得感谢。"

与平喝完后放下酒杯，又给荣二斟上。荣二只稍稍用嘴沾了沾，就端着酒杯看向了与平。

"虽然光嘴上说也没什么用，但我原本是打算自己顺利离开的时候叫上你，我们出去一起生活的。"

与平手持酒壶，转头与荣二对视，从眼神中能看出来他被荣二的话吓了一跳。

"事情变成现在这样，我的计划也落空了。万一我能早点从大牢里出来，那时你还在这儿，我一定会来接你。"

"谢谢你，谢谢，"与平点头致谢，"有你这句话就足够了。"

"我孤苦无依，小的时候因为火灾一下子失去了父母和妹妹。兄弟姐妹不说了，但是我渴望能有父母，哪怕只有其中一方也好。"说到这里，荣二紧咬住牙，"要是没发生这件事，就可以跟你一起生活了。"

"你这么说我很高兴，可是阿荣，你说自己孤苦无依，这话不对呀。"与平说道，"抛开网篮房的伙伴们，你不是还有三郎、阿末和阿信吗？"

荣二回过头来看看与平。

"嗯，我都知道，"与平点点头，"这三个人我都知道，曾经我应该还劝过你对三郎温柔一点。"

"我记得，"荣二说完后喝了点酒，挺直脊背坐好，"好不容易有机会跟你道别，就别提那些了。"

"不管什么人都无法独自生存。"与平对荣二的话置若罔闻，继续说道，"社会上有聪明人也有笨蛋。如果全都是聪明人，社会反倒无法顺利运转。计算得失也是，正因为有人吃亏，才会有人沾光。如果你觉得欠我们恩情，那么不只是我们，你同样也不能忘记三郎、阿信和阿末。过去你绝不是孤身一人，今后你也绝不会变得孤苦无依。"

荣二一直盯着自己手里的酒杯，这时他突然皱起眉，从与平手里取过酒壶，说了句"再来一杯"，给与平倒上了酒。与平勉强拿起酒杯，喝毒酒似的轻轻把嘴凑了上去。

"我也没资格说这种教训人的话，所以就此打住。"与平一只手摸着嘴说道，"凭你的人品，一定能成为一流的工匠。当然，不只是你，社会上还有很多人生来就具备一流的才能，可惜的是，单凭他们自己却什么都做不成。一个有能力的人若想发挥自身的才能，需要几十个没有能力的人无形中伸出的援手。这一点你要好好考虑，阿荣。"

"上了年纪就会说些这样的话，讨人嫌了吧。"说完与平就笑了。

荣二在心里喊道："三郎！三郎！我真想再见你一面。"

第十四章

一

"再走一遍看看嘛，"阿信说道，"别摆架子了，我刚才没看见，好不好嘛。"

荣二原本想进小茶室，这么一来先在门外狭窄的地面上走了两三步给阿信看。

"哎呀，简直跟平左一模一样不是嘛。"

"平左是什么？"

"平气的平左卫门①啊，你不知道吗？我是说你的脚一点没事。"

先进入小茶室的三郎笑了，阿末也用手遮住嘴笑了。

"怎么会没事呢，"荣二说道，"你仔细看着。"

他又走了两三步给阿信看。留心观察的话，能发现荣二走路时右脚有一点拖地，但如果事先不说明，基本看不出来。阿

---

① 平气的平左卫门：日语谐音双关语，意思是满不在乎、不受影响。

信用着迷似的眼神看着荣二走路的姿态说："这样稍微拖着一只脚走路，可真是潇洒。"

"还有这样夸人的吗？"

"我没骗你，是真的。阿末，你也这么认为对不对？"

"是的呢，"突然被叫到，阿末有点慌张，她稍微迟疑了一下，"我觉得不潇洒也没关系，只要能好好恢复就行。"

"哎呀讨厌，已经摆出妻子的样子了。"说着阿信瞪着阿末，"才不想别的女人看我们家那口子说什么潇洒呢，是不是？"

"你讨厌，什么我们家那口子呀。"

"你讨厌，什么我们家那口子呀。"阿信模仿阿末的口气，随后又瞪着阿末说，"你的脸蛋着火了哟。"

那一天是四月七日。荣二从北町奉行的临时牢房里放出来了，三郎和阿末来接他。荣二在临时牢房里待了七天，被从石川岛送回来接受"二次审讯"，但是类似审讯的事情一件都没发生。在临时牢房里关了五天之后，与力青木又左卫门传唤荣二，问他有没有意向回家。

"下谷坂本二丁目的房东源助和三郎一起来北町奉行申请接收你。既然房子租好了，工作也有着落了，奉行所方面认为你应该回家，你意下如何？"

又左卫门是这么说的。荣二甚至没有怀疑三郎为何知道自己在这座町奉行所。三郎搜寻荣二下落的过程中曾经遇到了在町内巡逻的青木功之进，请求他帮忙。又左卫门是功之进的同族，一直就荣二的事情与功之进保持联系。因此，荣二从石川岛移送到町奉行的事情，三郎自然立刻得到消息了。尽管如此，针对收容所事件的二次审讯该怎么办？不管冈安喜兵卫再怎么从中斡旋，房间里的人都目睹了那起伤人事件，总不可能就这么不了了之。况且如果这事没个说法，荣二心里也不痛快。想到这里，荣二向又左卫门问起来。又左卫门平静地摇摇头，让他把那件事忘了。

"收容所的百余名劳工发来了请愿书，请求将你释放。我们调查后也发现，没有可以将你定罪的事实。"

又左卫门说："目前对你来说重要的只有一件事，就是把过去的一切统统忘光，怀着做一名踏实的工匠的心情回家。"荣二请求又左卫门再给他一点时间，回到临时牢房里思考了一天，他想到了芳古堂、绵文，还想到了目明。过去单是想起这些就会愤怒得血液仿佛要沸腾一般，可是现在他心里却几乎没有波动，愤怒就像一簇残余的小火苗，在记忆的底部燃烧殆尽。为了确认自己的心情，他把同样的事情反复回想了好几遍，他发现，曾经那样坚定立誓复仇的决心也基本上消失不见了。你确定吗？荣二问自己。人的心情变幻莫测，所以没法谈绝对，但是现阶段的心情他可以确定，以后大概也会这样渐渐平息下去吧。想到这一点，荣二向青木又左卫门报告了想法。

除了奉行所收存的衣服以外，荣二还领到了在收容所干活攒下的工钱，一共五两二分多，比估算的数额还多。他把领到的工钱一分为二，一半拜托又左卫门送回收容所。"我听说过不久长屋就要重建了，想把这些钱添到重建的经费里。"荣二说完后，又左卫门目不转睛地盯着他的眼睛，默默点了点头。

来接荣二的是三郎和阿末，没见到坂本町的房东。取回来的和服和腰带都弄脏了，阿末带来了新做好的衣服，于是荣二从里到外都换上了新衣。阿末帮荣二换衣服的时候说顺路去住吉坐坐吧。

"今天只是稍微意思一下，"阿信往三人的食案上摆放酒菜，说道，"下次可得好好庆祝一番。"

女主人好像去澡堂了，一名叫阿松的年轻女孩在帮忙。店里有三名女工，但都不住在这里，要到下午四时才会过来。酒菜备齐后，阿信摘下束袖带和围裙，坐在了三人面前。

"事先声明，"荣二说道，"我不会向各位道谢，大家也不要说恭喜。事实上，我现在还没有庆祝的心情，所以拜托了。"

说完荣二低头行礼。三郎和阿末的脸上露出些许紧张，阿信为了缓和紧张的气氛，端起酒壶给荣二斟酒。

"荣哥你变了，"阿信说着看向阿末，"我刚刚让他再走一遍给我看不是吗？换作原来的荣哥，肯定会大声吼我说真啰唆。可是刚才他非但没露出厌烦的表情，还听我的话又走了一遍呢。这对以前那个荣哥来说即使倒立①都不可能做到呢。"

"我再怎么厉害，"荣二说道，"也做不出倒立走路这么高难度的动作啊。不说这个了，阿信你曾经提过的那桩亲事怎么样了？"

"那个下次再说。"

---

① 即使倒立：日语原文直译，意思是竭尽全力、无论怎么努力。

"事情处理妥当没有？我就问这一句。"

"这样啊，"阿信放下酒壶，从袖兜里掏出一把用红绸包裹着的剃刀展示给大家，"这个，我把这个拿给他看。"

阿末倒吸一口气，牙齿碰撞出声音。

"这么说那个男的，"荣二问道，"我记得是叫阿德，他还没放弃呢。"

"现在拼的是耐性，我是不会输给他的。"阿信说着把红绸展开，右手握住剃刀，"那个人要是不喝醉就什么都干不成，一旦他喝醉了开始纠缠我，我就这样把剃刀抵在喉咙上给他看，跟他说'你动手试试，与其被你欺负，我宁愿死给你看'。"

"多危险啊，快收起来吧。"荣二指了指剃刀，"你以为凭这个能跟他硬扛到底吗？"

阿信用红绸把剃刀包起来，放进左边的袖兜里，说道："我就算逃得出这里，也逃不出那个男人的手掌心，就像姐姐们没能逃出人贩子阿六的手掌心一样——只要逃跑就等于认输，我是不会认输的。"

"真是坚强啊。"阿末发出一声叹息。

"谢谢，"阿信嫣然一笑，"你有荣哥所以不必担心，阿末你可不要变成我这样的女人呀。"

"阿信你把酒杯端起来吧，"荣二拿着酒壶说道，"我来给你斟上一杯。"

阿信赶忙坐正身体，温顺地端起酒杯。随后她双手小心翼翼地捧着那盏荣二斟满的酒杯，闭上眼，嘴里喃喃说了什么，随后平静地喝着。另外三人谁也没听到阿信嘟囔的话，或许他们都有各自的理解，有那么一会儿三人似乎都屏住了呼吸，寂静无声。

阿末似乎尚未辞去女佣的工作，刚走出住吉，她就回骏河台下①的雇主家去了。荣二和三郎两个人则去往下谷方向。

"我真担心啊，"刚一出发三郎马上说道，"阿信那样不会出事吧？"

"就算出事，我们也束手无策。"

"我觉得，能不能设法摆平叫阿德的人啊？"

"我的事情解决了，你又要担心阿信了吗？"荣二说完，用鼓励的眼神看着三郎，"你已经为别人操够心了，阿信的事情就让她自己处理吧，从今往后你要多考虑一下自己。"

"是啊。"三郎说着点点头，不过他脸上却看不出赞同的意思。因为正好顺路，所以两人去御徒町的裱糊店拜访了老板茂三郎。茂三郎五十岁上下，一副贫寒的样子，估计是患有癫痫的关系，脖子稍微往左歪着，习惯一边快速说话一边不停地晃脑袋。"听说你叫荣二，你的眼睛真好，我很中意你的眼睛。"茂三郎急急忙忙地说道，"我正发愁呢，工作积攒了一大堆，人手却不够，可得好好拜托你啦。"

"我也要请您多关照。"荣二鞠躬行礼。

---

① 骏河台下：地名。

二

下谷的房子位于坂本二丁目小巷里，是一栋双联房。隔壁住着一对中年夫妇，丈夫名叫增六。房内包括两间六帖大小的榻榻米间，一间八帖左右的木地板间，还有厨房和厕所。井口就在屋后很近的地方，厨房里有固定的炉灶，从水桶到水缸，再到炊具，全都置备齐了。三郎打开衣柜，向荣二展示放在里面的两套棉被，说其中一套是阿末做的，在别的地方还有一套。这两套棉被都用蔓草花纹的棉布包着。

"这一套是我的。"三郎说道，"你们俩的棉被我没动，等阿末来了我就搬去别处。"

"搬去别处？"

"我看这座房子的布局容不下三个人，所以就在金杉町以前的大杂院里租了房子。"

何必多此一举呢，这里不是明明足够了吗？荣二虽然想这么说，却没有说出口。里面的榻榻米间里摆着长火盆、置物柜、茶柜、衣架、挂镜子的镜架等，木地板间里面干活用的工具一应俱全。

"这都是你一个人准备的吗？"

"不是，里间的东西是我和阿末两个人置办的。"

"你还真有钱啊。"

"虽然有可能惹你生气，"三郎道歉似的说道，"但是我有样东西想给你看。"

荣二在没有点火的长火盆旁边坐下，心神不定地摸了摸长火盆的边缘和搭在上面的木板。三郎从置物柜收纳小物的抽屉里取出三张叠在一起的账单，拿着过来坐在荣二前面，递给了他。

"我用你暂存在我这里的钱置办了这些东西，抱歉事先没有跟你打招呼就擅自行动。物品的价格我都详细记录在这里了，"三郎说道，"应该不会出错，但为了慎重起见你还是看看吧。"

荣二把三张账单大致浏览了一遍，不用说，他根本没打算仔细核对账目。随后他从怀里掏出钱包，和账单一起推到三郎面前。

"你替我把一切都准备妥当了，应该是我向你道歉。钱包里是我在石川岛赚到的工钱，没有多少，不好意思，但是你先拿着，剩下的以后我再还你。"

"还我？"三郎露出诧异的眼神，"还我什么？"

"不谈这个了，"荣二说道，"晚饭咱们俩吃点好的吧。"

不用看账单荣二也知道，单凭他暂存在三郎那里的钱根本买不起这些家具和杂物，三郎肯定往里添钱了。三郎身患脚气病回乡疗养期间应该被葛西的家人讨要了不少伙食费吧，又买了这么些生活用具，恐怕钱包已经见底了。虽然这么想，但这件事情同样不是道谢就足够的，所以他转移了话题。

去房东源助家、隔壁的增六家以及街对面的三户人家一一打过招呼后，两人一起吃了晚饭。三郎只煮了饭，从主街上一家叫作鱼喜久的外卖店叫了汤、烧烤、生鱼片、醋拌凉菜外加两壶酒。按照习惯，两人不论是倒酒还是喝酒都各自随意，并没有互相斟酒或敬酒。

"这是咱们俩的店，"荣二喝完第一杯后转头环视房内，"咱们要从这家店起步了，三郎，好好干啊！"

"我会尽量努力不成为你的负担，"三郎说完鞠了个躬，"拜托了，阿荣。"

荣二本想斥责三郎，叫他别说傻话，但最终控制住了自己，说道："彼此彼此，我也拜托你了。"

"终于走到这一步了，"三郎喝完酒说道，"阿荣你曾经对我说过，再过不久咱俩就一起开家店。我连做梦都梦到这件事，却没想到有一天真的会实现，我现在的心情是既高兴又恐惧。"

"我也跟你一样，这个社会可并不简单。虽然我们好不容易开了自己的店，但不知道能不能顺利经营下去，这么一想我心里也惶惶不安。"

三郎好像吓了一跳，睁大眼睛看着荣二。

"怎么会呢！"三郎认真起来，反驳荣二道，"凭阿荣你高超的手艺，不管到哪里都能技压群雄，说这么灰心丧气的话一点儿也不像你的风格。"

"只有你一个人会那么想，"荣二严肃地说，"我前后三年没有工作了，什么时候能恢复到以前的水准，坦白说我自己都无法预测，不过……对于现在的我来说，单是有你在身边就是巨大的依靠。这一点你可不要忘了，三郎。"

"你这番话我不敢当,我现在仍旧又愚笨又无能。不过,"三郎郑重其事地抬起眼说道,"只要能帮上阿荣的忙,我什么都愿意干。"

<h2 style="text-align:center">｜三｜</h2>

"我情绪有点激动了,"荣二苦笑了一下,为了缓和气氛,他拿起筷子,用爽朗的口气说道,"这是我们两个单独吃的第一顿饭,不聊这种沉重的话题了,咱们热热闹闹地享用吧。"

"要不要每人再来一壶酒?"

"不用了,工作步入正轨之前,即使想喝酒也最多一壶,要是可能的话尽量坚持不喝。"说完荣二难为情地拿手指揉搓着太阳穴,"说着说着情绪又上来了,这可不成,回归社会以后我好像完全不知所措了。"

"很快就会适应的,"三郎担心地说道,"稍微等等看。"

第二天,三郎带荣二去金杉三丁目拜访阿末的父亲。笔店不大,雇了一名小伙计,平藏的妻子去世了,长期以来他都是独自一人生活。平藏的长相、身材跟阿末截然不同,他少言寡语、性格温厚,外表有些显老,像五十多岁的人,但是据他本人说才四十五岁。

"嗯,我就她这一个女儿。"平藏不停地抽着烟说道,"但你也不必担心,我会照顾自己的。女儿一到该出嫁的年纪都会离开父母，待在父母身边，就没法长大成人。"

阿末十三岁那年，平藏把她叫过来想要训斥。那时候平藏的妻子还活着，她很疼爱阿末，事事依着阿末的性子来。平藏觉得阿末已经十三岁了，也该学规矩了。原因已经忘了，平藏记得他把阿末叫过来准备数落一番。阿末答应了一声"是"，起身过来。她应答的声音、语调跟之前不一样了。

"那不是缠着我和妻子要东西或是哭闹任性时的声音了，"平藏冷静地继续说道，"该怎么形容好呢，用一句话说，大概就是从小女孩变成女人的声音吧。那个时候我心里就想，她跟我们做父母的缘分已经尽了啊。"

"这个时期一来，女儿们不知不觉中做好了离开父母的准备，我那个时候就已经不再把阿末看成是'我们的女儿'了。"说完这些，平藏绷着脸沉默了。

商量完婚礼的安排，两人离开了笔店，刚走没多远，晴朗的天空就下起雨来。抬头望去，湛蓝的天空中，白色和深灰色的云朵重叠在一起，一块黑色的雨云正从南边迅速扩散过来。

"雷阵雨要来了，"荣二看着那块雨云说道，"要不要走快点？"

"不如顺路去我家吧。"

"你家？"

"就是我租的那间房，"三郎说道，"在那边的小巷子里，你小心盖在脏水沟上的盖板。"

右侧是水田，对面能看到上野的小山和树林。一条细细的引水灌田用的河流，上面架着一座小桥，一步就能跨越。过桥后，再拐过左侧街角的一间蔬菜水果店，就进入了小巷。这一带似乎没有发生过火灾，两侧的大杂院都已老旧，伸出的房檐眼看就要碰到一起了。房子和柱子都倾斜着，从盖板溢出来的污水使整条小巷弥漫着奇怪的臭味。

这里的环境可真恶劣啊，荣二不由得皱起了眉。这时，倾盆大雨浇了下来，三郎纵身跳入大杂院的一间房里。

"阿世，你在吗?"他冲拉门后面喊着，招手示意荣二进来，"阿世，是我啊，三郎。"

应答声传来，拉门打开了。站在房前会被雨淋湿，所以荣二不得不进来站在门口狭窄的泥地上。打开拉门的是个十六七岁的女孩，她看到三郎后睁大了眼睛。

"真是稀客呀，"女孩喜不自禁地说道，"欢迎欢迎，这是你的同伴吗?"

"嗯，"三郎笨拙又含糊地笑了笑，"因为下起了雷阵雨，我想暂且来家里避会儿雨。"

"你在掏钥匙吗?"女孩说完刚想起身，又跪着看了看三郎和荣二，"要避雨的话在这里也可以呀，你的房间一直关着，应该有股霉味吧。"

"可是，在这里会影响病人的。"

"你不用顾忌我父亲，我现在去泡茶。"说完，女孩对着荣二也莞尔一笑，"你也是，快请坐吧。"

荣二默默点头致意，女孩起身离开了。

"他们是我住在这里时认识的。"三郎悄悄告诉荣二，"以前好像是武士家族，父亲常年卧床不起，现在靠这个叫阿世的姑娘做零活赡养他。"

"怪不得呢，我就觉得她的气质不太一样。"

荣二说着，心里想这姑娘看到三郎时吃惊地张大了那双明亮的眼睛，跟三郎攀谈时又是一副喜不自禁的口吻，这些显而易见地表现出她对三郎的感情。

"长得可真漂亮，"荣二悄悄问，"年纪多大了？"

"我想想，"三郎掰着手指头算了算，回答说，"十六岁整，还是个孩子呢。"

四

"茶有些淡，请别介意。"女孩说完后递上茶碗。如她所说，果然是淡茶，泡茶的水热得烫舌头。荣二和三郎坐在房间门口处的木横档上，女孩拿起摊开还没缝好的衣物，向两人解释："这个别人正急着要呢。"

"这一位，"女孩把针放在头发上蹭着，同时看着荣二和三郎问道，"应该是叫荣哥吧？"

"正是，"三郎答道，"你怎么知道的？"

"我随便猜的。"女孩说道，"以前跟三郎哥聊天时，你句句不离荣哥，甚至还向我卧病在床的父亲夸耀呢，所以我一下子就想到，这位可能就是荣哥。"

"你太夸张啦，"三郎害羞地冲着荣二笑了，"我才没有夸耀到那个程度呢，真的。"

"三郎受了你们很多照顾吧，"荣二对女孩说道，"我也要向你们道谢。"

"不是的，受照顾的是我们父女俩，"女孩停下手里的针线活说道，"要是没有三郎哥，我们就被赶出去了。"

三郎有些仓皇失措，结结巴巴地说："哪有呀，阿世你总是把事情说得那么夸张，让我无所适从。"觉察到自己说话声太大，三郎拿手捂上了嘴。荣二问："你父亲患病很久了吗？"女孩忙着手里的针线活，讲起了父女二人的身世——父亲名叫长沼十樫，现年五十七岁。到女孩的祖父辈为止，他们家还是俸禄微薄的御家人①，一直住在本所一带的小宅子里。父亲继承了祖父的身份，可谁知祖父死后不久，小普请组②中十年非现职的人员都被解职了。幕府基于财政状况出台了这条政策。十樫领了五十两钱，不得不离开一直居住的小宅子。成为浪人后的十樫与一名曾经的饭馆女工结了婚，做起类似私塾先生的工作，过着俭朴的生活。其间他们曾多次搬家。妻子生下了三个孩子，前两个都是出生不久便不幸夭折，只有第三个孩子阿世健康长大了。阿世出生在深川的某个地方，随后搬去了神田的柳原，

---

① 御家人：日本江户时代直属将军的俸禄一万石以下的家臣。

② 小普请：日本江户幕府的职位的一种，由俸禄三千石以下的非现职旗本、御家人担任。小普请组由小普请组成。

在日本桥也住过一段时间。阿世清楚地记得他们住在下谷御成道一间叫作太助店的大杂院里时发生的事情，那个时候阿世五岁，她的母亲扔下丈夫和女儿离家出走了。为了以备万一，十樫把领到的五十两钱藏起来，迫不得已的时候一点一点拿出来用。十樫生活极其节俭，所以剩了三十多两银钱。然而妻子发现了那笔钱，离家出走时一分不剩全拿走了。讽刺的是，十樫以备万一而小心保管着的钱被拿走后不久，"万一"就真的来了。那年冬天，十樫的手脚关节突然患病，他没法再办私塾教书，只能卧床不起，一直呻吟。起初，父女俩还能依赖学生家长的帮助和大杂院里邻居们的施舍勉强度日，但是这不可能长久维持，不到一年，他们就被劝离了大杂院。走投无路的十樫只能忍辱跑到长沼家族的嫡系后人家哭诉，在那里生活了三年。长沼家族的嫡系是俸禄二百多石的小旗本①，在麹町有宅子。那家要养活的人多，所以生活同样拮据。十樫父女俩被安置在类似储藏室的地方，待遇与乞丐无异——即便这样也比饿死强，十樫总是这么说。可到了第三年，阿世却哭着劝父亲离开。嫡系最小的孩子是个十五岁的少年，他猥亵了阿世。阿世凭借九岁的智慧判断，这件事如果告诉父亲，有可能会引发骚乱，所以她不断央求父亲离开却只字未提原因。父女俩离开了麹町的房子，在本所的业平、浅草的山谷、新鸟越等地辗转搬家，后来重返本所，在清水町住下了。这期间十樫的病情暂时好转，住在清水町的两年里，他又勉强开办了私塾。

① 旗本：日本江户时代直属将军的俸禄一万石以下的家臣。

"比起父亲，我似乎更随母亲。"说完，女孩微微笑了，"我父亲一向温和、朴素。我对母亲只有一丁点模糊的记忆，跟父亲的描述结合起来，母亲生性好强、干脆利落，是喜欢浮华事物的性格。"

在本所清水町开办私塾，也是阿世建议父亲的。过了两年左右，父亲旧病复发，阿世也没有让他放弃。从麹町出来以后，不管搬到哪里，阿世都会干些照看小孩或是跑腿打杂的活，偶尔还在大杂院狭窄的地上摆几盒粗点心卖。此外，只要有擅长缝纫的人，就硬去求着人家学手艺。不论哪条街道里都有那样的人，所以她到十五岁就已经能缝补丝绸衣物了。

"不好意思呀，任性地讲了这么久。"女孩说完，冲两人嫣然一笑，"父亲再次倒下，之后不久我们就搬到了这里。因为这里没人认识我们，自然也就没人知道我谎报年龄。去年三月来时，我说自己十八岁，这样既能接到好的工作，赚的工钱也多。"

女孩淘气地对着两人耸耸肩。荣二再次询问她父亲的病情如何。女孩轻描淡写地说，一旦疼起来也只能热敷，除此之外别无他法了。从她爽快又干脆的语调中能听出来，她并非对父亲没有感情，而是事已至此，实在束手无策。

不一会儿雨停了，两人道过谢后离开了大杂院。雷阵雨过后，路面上出现了水洼，路两旁排水沟里的水积聚成了流淌的小河，眼看就快溢出来了。

"你累不累？"三郎问荣二。

"真是个坚强的姑娘。"荣二拖着一只脚走路，但几乎看不出来。他边走边说道："讲述自己的身世时也简洁明了，看来头脑很聪明。"

"我十月份搬进那栋大杂院，十二月份租了坂本的房子，所以真正跟她来往的时间也就八十五六天。"三郎一如既往地啰唆，"在那些天里，她刚才讲述的身世，我都听过十来遍了。"

"你到底为他们做了什么？"

"他们因为积欠房租被人驱赶，"三郎不好意思地用手摸着脑袋，"可能我这人看起来太好脾气了吧，她应该算得上有胆量，把出租房管理人带到我这来了，说我会替她付房租，我是她的表兄。"

荣二张大嘴看了看三郎。

"她就是这么说的，我是她的表哥，"说到这里三郎似乎松了口气，笑着说道，"我当时也没能开口拒绝她。"

荣二觉得自己能想象出当时的情景。真是个坚强又聪明的姑娘啊。不只如此，看到刚搬进来的三郎，她立刻就认准了这个人可以依靠——这跟头脑聪明完全是两码事，应该是女人的直觉。从五岁开始，被贫穷及社会的冷酷无情磨炼了十多年以后，她终于遇到了可以依靠的对象——看到三郎时吃惊般张大的眼睛，说话时的举止神态中都能看出这一点。那姑娘并不是单纯使坏心眼让三郎替她付房租，她一定是本能地感觉到三郎是她可以托付终身的人。荣二心想：否则，她住在麴町的房子里时对男人可怕的一面有过不堪的体会，照理说不可能对三郎做出如此莽撞的事情来。

"不管听几次，"三郎说着，"她聊自己的身世都照样有趣。与其说是她的话有趣，倒不如说是她说话的样子有趣。嗯，她还是个孩子不是吗，阿荣？可明明还是个孩子，却说些大人话，这一点有种形容不出来的有趣，我说真的呢。"

"她会成为一名好妻子的。"说完，荣二突然转移话题，"虽然听你说她十六岁，但看上去比实际年龄大不少啊。"

"因为吃了很多苦吧。"

从金杉到坂本町只有几步路。因为刚下过雷阵雨，道路有些拥挤，行人、驮马和轿子络绎不绝。其中有一对卖糖的夫妇，女的敲锣打鼓，男的唱着黄色小曲儿，两人呈"之"字形穿过川流不息的道路，跳着舞前进。男的身材瘦削，四十五六岁；女的体型肥胖，看上去有男的两倍宽，年纪估计比男的大五六岁。她的发际线很高，脸涂成纯白色，两颊的位置画着又大又圆的红脸蛋。

那不是松造吗？

荣二以为是做头绳的松造，便斜眼仔细看了看男子的脸。当然不是松造，但是要论相像程度，能称得上是松造的双胞胎兄弟了。

"还有人过着那样的生活啊，"三郎悲伤地说道，"他们是何种心情呢？"

"有车过来了。"荣二说道。

两人回到坂本町的家，隔壁的夫妻正在吵架。丈夫增六是一家绸缎庄的掌柜，妻子原来也在同一个地方做女工长。自从三郎搬到这里，每天都能听到他们吵架。夫妻两个既不砸东西，也不大喊大叫，可是他们用尖酸刻薄的语言低声相互谩骂，比动手打架还要骇人。

"还有那样的夫妻呢，"荣二对三郎说道，"你觉得他们又是何种心情呢？"

五

四月二十一日那天，荣二和阿末举行了婚礼。日期特意选在收容所的休息日，石川岛方面来了小班长传七、与平、万吉和赤鬼松田权藏四个人。他们把带来的炭筐、火铲、成对的筷子、箱膳①、一匹漂白布、三件洗干净的浴衣等贺礼一一摆好。

"这三件旧浴衣是我的心意，"松田说起话来如同发火一般，"你们可能会认为这种东西有个屁用，要是真那么想，那你们就是傻瓜、呆子、大蠢蛋。"

他可一点儿没变，荣二想着露出了微笑。阿末却流露出畏怯的神色。松田转向怯生生的阿末，招手叫她过来。

"你知不知道啊，"松田坐正身体，煞有介事地说道，"给刚出生的婴儿做贴身衣物和尿布，不能用崭新的布料，要用洗过

---

① 箱膳：兼做食器盒的食案。有盖，盒中可放食器。盖子盖好后可摆饭菜，作食案使用。

几十遍的已经变柔软的棉布。因为婴儿的皮肤，我告诉你，就跟刚捣好的年糕一样，稍一不小心就会割破。万吉，有什么好笑的！"

"没有，没什么好笑的。"万吉忍着笑意说道，"婚礼都还没举行呢，就讲解怎么照顾孩子，是不是早了点啊？你看，阿末羞得都缩成一团了。"

"你个混账东西，虽说现在还没举行，但是从今晚开始他们不就一起睡觉了嘛。"松田说完急忙岔开话题，"所以啊，那个，对了，我们还不知道什么时候才能再来不是嘛，所以趁现在赶紧把话说完，要是冒犯了你们，那我道歉。"

"谢谢你，松田。"荣二一边鞠躬行礼一边说道，"这是最好的贺礼。我就不一一道谢了，大家的贺礼我感激地收下了。"

万吉一下子有些不知所措，回了句"不客气"，大家都笑了起来。

隔壁增六的妻子和出租房管理人的妻子前来帮忙，负责做菜、备酒。阿末的父亲平藏似乎不爱铺张，也没有邀请家里的三户亲戚，傍晚时分一个人过来了。三郎建议荣二至少邀请两三名以前的师兄弟来，但是荣二坚决不答应。他主张让与平代表父母，三郎代表亲戚，连形式上的媒人也没找。

"如果我们的确是通过媒人介绍认识的，那自然要请。"荣二说道，"但我们是自己相识并且自己决定要在一起的，才不需要请什么形式上的媒人，搞这种糊弄人的东西。"

"话虽如此，但也得考虑人情世故。"三郎叹息道，"而且如果将来你们之间发生什么事，也能有个人从中调解不是吗？"

"不是有你在吗？"荣二指着三郎说道，"我也好，阿末也好，我们有三郎这个可以商量的伙伴就足够了。"

"阿荣！"三郎低声呼唤道，他的眼神中有几分害羞，但又洋溢着深深的感动——这说的是昨天的事情了。今天一大早开始，三郎就独自忙里忙外、跑前跑后，收容所的四个人一到，他立刻摆上酒菜。荣二不知说了多少遍，今天他是东道主这一方的，杂事让别人去忙，他只管安心坐好。可是三郎总说那样会感到难为情、浑身紧张，一刻都没闲下来。

尽管简单行事，平藏还是穿着一身印有家徽的和服礼服。跟他一起来的还有一名卖酒的男子，搬着两个一升的酒桶。阿末身穿府绸做的条纹和服，系着厚布腰带，没穿短布袜，一身打扮跟平时一样。荣二则身穿棉布条纹和服，腰间扎着一条三尺带。荣二向平藏一一介绍了收容所的人，说他们是自己的恩人，平藏也向每个人道了谢，并且恭恭敬敬地打过招呼。即使听说对方是收容所的人，平藏也没有露出一丝不快，他言语不多，问候的方式也跟对待普通人没什么不同。

说是婚礼，但其实十分简单。两人用刚收到的箱膳代替三方①来盛放酒杯，举行了三三九度②的仪式，仅此而已。酒杯是

---

① 三方：带座的四角方木盘，给神佛和贵人进贡，或是举行仪式时拿来放东西用。
② 三三九度：新郎、新娘交换杯盏仪式。新郎、新娘在婚宴上用三只酒杯互相交换，每只酒杯交换三次，共九次。

与平拿来的陶器，喝的是酒壶里温好了的酒。仪式结束后，阿末起身招呼宾客用餐，荣二退回下面坐好。

"托各位的福，我们才能顺利结为夫妻，感谢大家。"荣二身体前倾，两手撑地，接着说道，"正如大家所见，我们一无所有，大家来为我们祝贺，我们无以为报。三郎、阿末加上我，我们三个要从零开始创业。这并不是件轻松的事，阿末也能理解。我在收容所学会了忍耐，就算五年、十年都不见起色，我也会坚持，我决心要开一家像样的店。"

"请大家拭目以待。"最后，荣二难得地用干劲十足的口吻结束了致辞。

"我来表演个节目祝贺他们吧，"万吉喝得满脸通红，"行吗，松田？我来唱首《高砂》①。"

松田权藏瞪大了眼睛："什么？你还会耍那种把戏？"

"什么叫把戏啊，那叫艺术。"

"唱来听听吧，"与平说道，"正好为今天这桩喜事收尾。"

万吉开始唱起来。

六

万吉的声音嘹亮，但明显是唱运木歌②的声音，歌曲的旋律

① 《高砂》：用作祝贺词曲和庆祝仪式上歌唱的短谣歌。
② 运木歌：日本民歌的一种，运送木材时所唱的歌。

也跟运木歌一模一样。或许曾经做过消防员，所以他自然而然地唱起了这个。唱到"与月亮一同起航的船儿"这句时，万吉扑哧一下笑出声来，敲了两三下脑门，摇晃着身体笑得前仰后合。

"连你自己都笑场，那可怎么办啊！这个混账东西！"松田大声斥责道，"眼看就要顺利收场了，结果让你小子给搞成了一出闹剧。"

"没那回事，松田。"荣二说道，"万吉即使唱不好，也要为我献上祝福，朋友的这份心意比一本正经的表演让我感激得多。谢谢你，阿万。"

"我说松田啊，"与平拿起酒壶递过去，"今晚情况特殊，你偶尔也脱下外衣大醉一场如何？"

"让我脱外衣？"松田又瞪大了眼睛。

"与平口中的外衣指的是你的伪装。"传七边吃东西边说，"你说话时故意措辞粗鲁，来掩盖自己温和的脾气，这一点我们都看出来了，所以你也别为难自己了。"

"少瞧不起人！"松田大吼，"你们这群臭家伙怎么可能知道我心里想什么。"

他的脸变得又黑又红，这就是他破口大骂的前兆，可是这次，他低下头默不作声，表现出不知该如何应对的样子，慌慌张张地不停喝酒。收容所有门禁限制，虽说今天出来获得了特别许可，但一听说到了七时，与平便提议到此结束，随后扣上了酒杯。荣二原本有话想对与平说，他想让与平离开收容所到这里来，两人像父子一样一起生活——可是荣二没有说出口。他想应该亲自到收容所，两人单独谈这件事。四个人站起身，平藏也站了起来。平藏起身时，大家都吃惊似的看向他，因为他既没说过话也没笑过，大家完全忘记了他的存在。

荣二和阿末、三郎一起，把大家送到主街上。

"你们要幸福啊，听到没。"分别时松田说道，"新娘子是叫阿末对吧，要是这小子敢不老实，你马上来告诉我，知道了吗？只要你告诉我，我立刻教训他。"

"你们一定要幸福啊。"松田权藏一个劲儿重复着，眼泪也不争气地流出来。

"哇，吓人一跳，"万吉说道，"俗话说鬼也会流泪①，原来是真的啊。"

"瞎扯什么呢，臭小子，我虽然是鬼，但不是普通的鬼，我可是赤鬼。"松田左右擦着鼻涕眼泪，靠在万吉的肩头，"哎呀喝多了，借我肩膀用用，你这个丑八怪。"

这时平藏和与平的身影已经消失不见了。

三人回到家后，阿末和增六的妻子以及出租房管理人的妻子一起忙着收拾打扫，荣二和三郎面对面坐下，把还没喝空的酒壶集中到一起，喝了起来。这两个人酒量都不好，三郎总爱多喝，照旧一喝就犯迷糊。

"感谢的话我只说一遍，"荣二两手撑着膝盖，鞠躬行礼，"谢谢你，三郎，真的谢谢你。"

---

① 鬼也会流泪：日本俗语，意思是铁石心肠也会动情。

三郎一只手举到额头前面摆了摆，嘴里什么也没说。

"咱们两个联手，"说完，荣二低下头，"好好努力。"

三郎似乎有话想说，但嘴巴不利索了，急得又是摇头又是嘴里打嘟噜。

"我，那个，"三郎说道，"我差不多也该回去了。"

"别说傻话了，你肯定要住在这里啊，喝酒吧。"

"嗯，"三郎说道，"那我再喝最后一壶。"

送走了来帮忙的两个女人，阿末擦着手过来，坐在荣二旁边。

"阿末，对不起，"三郎一边鞠躬一边口齿不清地说道，"我本来打算早点离开的，可是一不小心就待太久了，看样子，我果然还是会成为你们两个的负担啊。"

"我跟三郎要喝个通宵，"荣二对阿末说道，"你一定累了吧，先去睡吧。"

"可是，荣哥……"

"我们两个单独待着会比较好，"荣二说完，使了个眼色，"你明天还有事呢，我让你睡你就去睡吧。"

阿末也用眼神答复荣二，向三郎打过招呼便起身离开了。

虽然荣二说要喝个通宵，但他现在连酒的味道都不想闻了。迷迷糊糊的三郎烂醉如泥，身体摇摇晃晃，舌头也不好使了。

"睡吧，三郎。"荣二接着说道，"我看你醉得厉害，熬夜太难受了。"

荣二说着转过头去，穿过房间半开着的唐纸拉门，看到阿末正在隔壁房里换衣服。阿末脱下和服，披上睡衣，她那又小又光滑紧致的肩膀、赤裸着的纤细的腰身，散发出令人为之惊叹的清新与娇艳。

　　"我真是个没用的家伙啊，"三郎说完就横着倒下去了，"我一辈子都是个笨蛋。"

第 十 五 章

| 一 |

荣二从给三郎帮工做起。他们接到的工作中，好一点的当数给中等阶层的人家裱糊拉门，但大多数时候还是裱糊大杂院用的唐纸拉门，此外偶尔也给主路上的商店或者小妾们家里换门纸。前后三年没有工作，荣二的手艺大不如前，他想从这些不起眼的工作入手，逐步恢复曾经的水准。

"不用你做，"三郎每次都说，"这种工作不值得阿荣你出手，我一个人就能搞定。"

"哎呀行啦，"荣二总是不耐烦地回答，"你别担心了。"

三郎搬回了金杉的房子，每早八时过来，如果晚上没有活要干，吃过晚饭就回去了。两人的工作并没多到晚上还要忙活的程度，御徒町的裱糊店也基本没派什么活。最初御徒町的裱糊店曾委托两人装裱一幅庸俗的大型字画，但他们以手艺尚未恢复，做不了装裱为由拒绝了，因此让对方有些不太愉快。对方可能认为他们仗着芳古堂的名气傲慢自大，以至于原来一直分派给三郎做的活都减少了。

"没关系的，不用担心。"三郎总是重复，"即使是小舟町，到了夏天也一样清闲，每年不都是这样嘛。等初秋的凉风一刮起来，工作就开始忙了。"

"我没有担心，"荣二笑了，"不管做什么，都不可能从一开始就顺风顺水啊，你老是爱操心。"

还是收容所好，甚至说好很多都不为过——不用担心吃饭问题，一直有工作，能按时领到工钱，生病了还能免费接受治疗。荣二暗暗地想：不少人都不愿离开收容所，那是理所当然的。他曾经觉得收容所里的生活是坐吃等死，如今他有了妻子，有了一间属于自己的小店，每一天不得不与生存这件艰难得令人窒息的事情斗争，他才开始理解了在收容所里听到的那些话。

荣二心想：在这里，每一件工作都有几十个人在争夺。不论什么职业，要想抢到工作就必须掌握不输给任何人的高超技艺。即使水平够了，如果稍有闪失，工作照样会被人夺走，这简直就跟互相争夺同一只猎物的狼群无异。

只要有订单，即使工钱很少，荣二和三郎都接下来。没有订单的时候，就制作大杂院用的唐纸拉门拿出去售卖。即便这样，进入八月份以后，两人那点微薄的积蓄也都耗尽了。

"虽然说这种话有些缺德，"有一次三郎咕哝道，"但如果来一场大火灾，我们就能稍微松口气了。"

"要是发生大的火灾，"荣二说道，"最先起火的就是这栋房子吧。所谓的幸运与不幸，说的就是这种事。你与其琢磨这些奇怪的事情，倒不如好好调糨糊吧。"

阿末一直很能干。这个家一开始就完全没有新婚家庭生机勃勃、活跃欢快的氛围。每次家务活一干完，阿末就立刻到工作间来，勤勤恳恳地给荣二帮忙。继绵文之后，阿末到日本桥大街二丁目的一户大商人家干活，同样做贴身女佣，所以她的手指一直漂亮又纤细。可是婚后这双手很快就变得粗糙不堪，各个指节也渐渐凸起。因为舍不得梳头的费用和时间，过了五十天左右阿末就不再梳新娘子的发型了，只是简单地把头发扎在脑后。当然，她也不再化妆打扮了。

你可不要太快变成家庭妇女呀。

有好几次荣二都想跟阿末说，但是看到她作为妻子从早忙到晚，这话始终说不出口。

早上九时和傍晚六时吃饭，本来是三个人一起吃，可是从八月中旬开始，阿末不再一起吃饭了，没多久三郎也不在这吃晚饭了。三郎说阿世做好了饭菜在金杉的房子里等他回去。阿末则说稍后单独吃，然后在狭小的厨房里草草吃点了事。荣二并没有起疑。其实三郎是去金杉附近的流动小摊上吃便宜的盖浇饭，而阿末则把剩下的饭加水稀释，煮成菜粥或米粥喝，配菜也仅仅是加点生味噌或食盐。简单地说，家计已经困难到了不缩减伙食就维持不下去的程度。

荣二为了恢复裱褙的手艺，每晚都在工作间熬到很晚。阿末陪在他旁边，一会儿点蚊香，一会儿用团扇给满身是汗的荣二扇风，一会儿又把手巾浸湿再拧干后拿回来。

"三郎住的大杂院里有个叫阿世的姑娘，"有天晚上荣二对阿末说道，"虽然年纪才十六，但似乎迷上三郎了。"

"这么说就是那个人吧，三郎说做好晚饭等他回去的那个姑娘。"

荣二点点头："三郎好像把对方当孩子，完全没有觉察她的心意，但是那个姑娘已经成长为一个出色的大人了。她从五岁开始就一直受苦，现在还在赡养卧病在床的父亲。等哪天你也去见见。"

"我去见见？"

"是啊，你去见见，"荣二微笑起来，"我觉得她做三郎的妻子正合适。"

二

进入九月，到了该换夹衣的时候，荣二却发现阿末过了很久还穿着单衣。那是一件细条纹的棉布单衣，并非浴衣，阿末整个夏天一直穿着。

"这不是单衣，是夹衣，"阿末快速回了一句，翻过衣服下摆给荣二看，"看吧，有衬里不是嘛，因为我喜欢这件衣服的图案，所以重新缝过了。"

"你不是有件三角花纹的夹衣嘛，我喜欢那件。"

"那件送给隔壁的阿文了。"

"隔壁的阿文?"

"就是隔壁家的妻子呀。"阿末低声说道,"她的丈夫增六担任掌柜的绸缎庄倒闭了,之后他一直挑着担子卖绸缎呢。"

"生意并不好做,这段时间靠阿文在家做副业,两个人勉强度日,但他们的东西全都变卖或者抵押出去了,连一件夹衣也做不起。"阿末说,"我听说了这些,就把那件三角花纹的和服给了阿文。"

"阿文拜托我一件事情,说出来你会不会生气呀?"

"你帮我把那头按住,"荣二一边用毛刷均匀地涂着糨糊,一边说道,"要紧紧按好,对。"

阿末照荣二说的,用两只手按住纸的一端,然后抬起眼来看看荣二,"说出来你会不会生气呀?"

"她拜托你做什么事?"

"帮她做针线活,"阿末若无其事地说道,"阿文说现在订单很多,她一个人忙不过来了,如果拒绝的话以后就接不到活了,所以只要有订单,她就想全部做完。"

"也就是说,你想去帮忙?"

"不行吗?"

"这么说可能不近人情,我觉得你还是不要去为好。"荣二挥着刷子说道,"光是家里的工作,你就已经忙得不可开交了,从早忙到晚,连打盹儿的时间都没有,其实我都知道。"

"哎呀讨厌,我哪有那么忙嘛,家里这点活轻松得很。"阿末第一次撒娇似的哼唧起来，"好不好嘛，让我去吧，家里的事我也会照顾好的。"

"如果你说的是真的，是你自己想做的话，那就去吧。"荣二盯着手里的活说道，"只要别让自己太辛苦就行。灯油快烧完了。"

"好的，"说完阿末立起身，"明天我就去告诉阿文，她一定很高兴。"

荣二对隔壁的内情一无所知。他不知道增六曾经在哪家店工作，那家店是不是倒闭了，也不知道增六是不是真的挑担子卖绸缎。这些都是那天晚上第一次听阿末提起。现在社会普遍很不景气，日本桥批发大街上的不少店铺都倒闭了。在街上走一圈，随处可见"闭店大甩卖"的标语，或是停业商店的大门上贴着"此房出售"的字样。这条小巷的左右两边还有几条胡同，胡同里破旧的大杂院鳞次栉比。住在大杂院里的人大多数靠打零工赚钱，孩子们长到七八岁就不得不出去干活贴补家用。有一次阿末在屋后的水井边洗衣服时，来了一个七八岁大背着婴儿的女孩，她把阿末洗好的衣物拧干了。阿末心想真不愧是女孩子，道过谢后包了些点心给她，谁知女孩却说不要点心只要钱，说完就伸出手来。之后阿末也经常遇到类似的情况，她叹息说，世上还有人过着这样的生活啊。

当阿末说出要帮邻居家的妻子做针线活时，荣二心里立刻想到：我们终究走到这一步了啊。不仅工作订单少，做好的用来售卖的三十来扇普通拉门和唐纸拉门也一直立在工作间的角落里积灰。原本希望初秋的凉风吹起时情况会有好转，现在季节已经到了，前景却几乎一片黑暗。

"不管再怎么困难，一旦指望妻子赚钱养家，那这个男人就完蛋了。"

这是在芳古堂时经常听老板芳兵卫说的话。荣二也这么认为。小舟町一带确实有几户人家是妻子忙着赚钱，丈夫游手好闲，虽然看起来风平浪静，但注定不知何时就会落入家庭破裂或是家人连夜出逃的境地。荣二心里想着，不能让阿末做家庭副业，如果不凭借自己的手艺突破困境，那这份工作绝不可能步入正轨。可他心里也明白明天仍要为饭钱发愁，所以咬着牙把"不要做"这句话忍住了。

在这之前，三郎开始去别处帮工了。他只辩解似的说是对方坚持拜托他做的，至于去哪里、做什么却含糊其词，并未讲明。三郎每过两三天来一趟，偷偷给阿末一点钱。他给的是钱还是东西并不明显，荣二觉得大概是钱，不过他既没看也没打算搞清楚。

"前有强敌，后有追兵啊。"荣二喃喃道，"被前后夹击怎么敌得过呢，就快喘不过气来了。"

三郎和阿末两人试图在不被荣二察觉的情况下设法摆脱危机。可是对荣二来说，跟两人实际在做的事情相比，这份试图不被他察觉的关怀却是更大的负担。

进入十月后的某一天，荣二去公共澡堂洗澡。洗完出来以后，他没有回家，而是把湿手巾叠好拿在手里，在附近转悠起来。他漫无目的地走着，穿过二丁目大街来到街后面，又左拐右拐走进了入谷①的田埂。狭窄的田埂两侧是广阔的黑土地，稻子大多已经收割完了，黑土地上残留着密密麻麻的稻茬。像乌鸦的黑鸟一会儿轻飘飘地落下，一会儿又突然蹿上天空。

"说什么要把老头子叫来，真是笑死人了，"荣二边走边小声自言自语，"还说拿他当父亲，真把与平叫来，连他都得跟着我受苦。"

冬日的天空万里无云，荣二来到了寺庙众多的浅草区。寺庙的土墙和白壁沐浴着充足的太阳光，亮得刺眼，那光亮给荣二彷徨不安的心情又添了一份阴郁。

"必须得回去了，"他嘟囔道，"阿末应该担心了吧……可是，真不愿回去啊。"

身后传来两名男子的声音，他们聊着天走过来。

"他可是个怪人，那个叫玄僧的，"其中一名男子说，"每当他打算做一件事的时候，一定又会想起另一件不得不首先完成的事。"

"那还真是个大忙人啊。"

"在他房间的正中央摆着一个砚台，"刚才那名男子接着说，"最初他起身要去洗砚台时，突然意识到不得不去劈柴，于是就把砚台放下去劈柴了。等柴劈好了，他又想起还有别的事要做，念经啊，吃饭啊，接待信徒来访啊，被叫去主殿啊……反正他有很多事不是吗？前些日子他好几次都打算去清洗砚台，但是

---

① 入谷：地名。

每次都想起来还有别的事急着做。"

同行的男子说道："还真没见过有人像他那么忙啊。"

"渐渐地，房间正中央摆着一个砚台，变成了一件看上去很自然的事情。"前一个男子说道，"如此一来，他也不再移动原先的砚台，而是用起了另外的砚台，要洗的砚台就那样摆在原地了。"

两个人从荣二身后过来，经过他后走远了。看上去是两名中年僧人。荣二心里咕哝，真是无忧无虑啊，他们大概丝毫不了解生存的艰辛吧。荣二小时候听过一句俚语——杀死一只蚂蚁跟杀死一千个和尚没有区别。大概是说僧人们不事生产，而是吃白食的。听起来像是穷人们的气话，此刻荣二却觉得这话一点不假。

"你们俩要不要就这样走去什么地方啊，"他小声嘀咕，"走进谁也找不到的山里，横尸野外怎么样啊？"

"危险！"有人冲荣二大喊，"马过来了！"

荣二赶忙躲开，他这才发现情况很危险，自己差点就跟驮着货物的马撞在一起了。脸仿佛被马的呼吸和动物刺鼻的体味包裹住了，荣二拿起手里的手巾使劲擦了擦脸和脖子。怒火涌上心头，他不是生气被赶脚的吼了，而是生气自己踌躇不定，甚至走着路都差点跟马撞上。

"不该这样的，"荣二不自觉地出声，"喂，阿荣，你不应该这样的。跟个女人似的消极悲观、优柔寡断，没完没了地叹气，这可怎么行啊，以前那个阿荣到哪去了啊？"

这时有人从后方叫荣二。

"这不是阿荣吗？你要去哪里呀？"

荣二回过头，看到一名二十四五岁的女子抱着包袱，微笑着朝他走近。女子的容貌曾经在哪见过，但是荣二想不起来了。

"好久不见，"女子行过礼后说道，"打那之后生意还兴隆吗？"

"十分抱歉，我们在哪见过来着？"

"哎呀真是的，你把我忘了啊，"女子妩媚地盯着荣二，"我是以前在住吉待过的阿龟呀，阿龟。"

｜ 三 ｜

荣二在住吉店里喝酒。他没去往常那间小茶室，而是坐在外面大厅的椅子上。他面前摆着烤鱼干和甜煮炖菜，阿信坐在对面为他斟酒。

"那么阿龟过得还好吗？"

"这我倒是没问，"说完，荣二眯起眼睛想了想，"看上去好像过得不错，一副正经妻子的样子。"

阿信说："若真是如此，她能一直这么安分守己的话，可实在出人意料。"阿信讲述了阿龟离开住吉的经过，以及对方那个男人的情况。荣二并没有听阿信讲话。他已经很长时间没喝酒了，所以才喝到第二壶，似乎就开始醉了。原本他内心积郁，像是被铅块堵住了一般，现在犹如一阵风掠过，一切都化解了，他的内心渐渐充满一股早已忘记的干劲儿。

"事先声明啊，"荣二说道，"我今天可没带钱。"

"你已经说过了。"

"连一文钱都没带。"

"你干吗老是在乎带没带钱啊，"阿信给荣二斟上酒，使坏似的看了看荣二，"该不会是夫妻俩吵架，你离家出走跑到这里来了吧。"

"到了考虑要不要上吊的时候，夫妻俩还有闲工夫吵架吗？"

"这话怎么说？"

"没有工作啊。"能这么顺畅地说出来，荣二自己吓了一跳，"自从开店以来，没接到过一份像样的工作。虽然我也知道社会不景气，但这样下去我们无计可施，真的想上吊了。"

"哪有，你太夸张了，"阿信凝视着荣二的脸，"你的店才开了不到半年时间不是吗，干吗这么心急？"

"阿末做起了副业，三郎也在别的地方打零工。"荣二喝了口酒后说道。既不是自暴自弃的语气，也没表现出绝望的神态，反而一副挑衅似的口吻，"我不知道三郎去哪里、去做什么，总之他在别处打零工，偷偷把微薄的工钱给阿末。阿末也声称给隔壁邻居帮忙，从早到晚一有空就忙着做针线活。"

"别犯傻了，"阿信说完把酒斟满，"丈夫事业受阻时妻子做点副业赚钱，这不是理所当然的嘛。你去社会上看看，这种情况多得很呢。"

"哎，你听我说嘛，"荣二喝了口酒，稍做沉默，像是在整理思绪，"这段时间我只顾着恢复自己的手艺，虽然也干三郎接到的杂活，但是除此之外一心全扑在改进技艺上了。"

"从一开始你就是这么打算的吧。"

"眼下手艺总算勉强恢复到了原先的水准，大部分工作都能做了。"

"但是接不到活，对吧？"

"不只是这样，"荣二猛地挑起眉毛，"一个男人若是沦落到要靠妻子赚钱养家，那他就完蛋了。我不只听别人这么说，自己还好几次亲眼看见过。一旦开始靠妻子赚钱养家，那这个男人真的没救了。"

"你可真够骄傲自大的。"

荣二吃惊地看了阿信一眼，因为阿信的声音突然冷淡下来，换成了挖苦人的语气。

"荣哥你好强倒也无妨，但我很讨厌你这样骄傲自大。"说完，阿信瞪住荣二，"结为夫妻不就意味着两个人应该同心同德吗？说什么妻子干活赚钱丈夫就完了，这是你骄傲自大的想法，你认为男人要赚钱养女人。丈夫找不到工作的时候妻子来赚钱养家，这有什么不对的？男人也好，女人也罢，不同样都是人吗？这个世界上又不是只有男人了不起。"

"阿信你跑题了。"

"我也要喝点酒。"阿信站起身。

有客人来了，年轻女孩阿松说着"欢迎光临"，把客人领到一处座位上。看到那位客人，端着自己的酒杯和酒壶回来的阿信也爽朗地笑着说："哎呀，欢迎光临。"然后冲荣二使眼色，过去招呼客人了。

"看来她生气了，"荣二给自己斟上酒，边喝边自言自语道，"男人赚钱养女人吗？她明明知道我想说的不是那个。"

荣二心想：不过骄傲自大这一点可能真被她说中了。阿末和三郎是为了设法让我们三人渡过难关才去赚钱的，可我却认为那是让妻子赚钱养家，这么想或许确实骄傲自大。

"这样的我太反常了，"荣二使劲甩头，似乎要唤醒喝醉了而不太清醒的脑袋，"我一点都没骄傲自大，我怎么可能骄傲自大呢？我是心里觉得对不住三郎和阿末。"

听到有人说"打扰一下"，荣二抬起头，阿信和刚才那位客人过来了。那人大约五十五六岁，身穿结城茧绸的夹衣和服，外罩一件翻领和服短褂，腰间扎藏蓝色进献博多带，脚蹬麻衬草鞋，鞋上系着未经染色的熟皮鞋带。

"这位是咱们店里的客人，赞岐屋的老板。"阿信介绍道，"客人说想过来这边一起坐坐，有事相谈。"

阿信的口气完全由不得荣二说不。荣二似乎被她勾起了兴趣，挥挥手说请坐。

"硬来打扰你，实在抱歉。"这位客人带着地方口音，在荣二面前坐定，"我是赞岐屋的伊平，请多多关照。"

四

呆呆地盯着放在纸上的五枚小金币，荣二端起茶碗喝了点水。

"赞岐屋的伊平，这是真的吗?"

"相州的江之岛，"阿信说道，"可不近呢。"

"就算离这有上百里远我都不惊讶，不过这件事也太突然了，我不敢相信这是真的。"

"即使对你来说很突然，但是赞岐屋的老板可找了五天了呢。"

事情是这样的：赞岐屋是位于相州江之岛的一家饭馆，店里有十二间单间。为了更换全部单间的拉门纸，老板来到江户寻找工匠。特别的是，其中三间单间的拉门需要裱画，所以必须寻找会装裱的工匠。剩下单间的拉门从拆装门框到裱糊底纸，工艺要求十分繁复。面对这样一份可以大展身手的正式工作，荣二久违地兴奋起来，详细表述了自己的想法。伊平很中意荣二的见解，让荣二事先来现场实地看一次，然后留下了五两金币作为定金——伊平走访了七八家裱褙店和装裱店，似乎也到过芳古堂，但是双方没能就价格达成一致。不论是哪家店，都估计要派出五名以上工匠，从工作内容来看，派出的还必须得是高水平师傅。这样还不算完，目前的季节，各家店都不会随便派工匠外出去江之岛干活，真要去的话，材料费另计，光是工匠的工资加起来，店里的报价就比伊平心里的预算高出了三倍。听说只要能赶在正月前完工就可以，荣二觉得他跟三郎两个人能够胜任。价钱什么的都好说，荣二更在意的是找到工作，何况这还是一份正经工作，所以即便要他拜托对方，荣二都想接下来。"我刚才喝多了吧，"荣二说道，"正因为喝多了，才能那样流畅地表达吧。现在回想起来简直跟做梦一样。"

"钱不都实实在在摆在这儿了，"阿信说道，"事到如今，荣哥你该不会想要反悔吧。"

"我说的话听起来像是要反悔的意思吗？"

"我都给忘了，"阿信说完立起身，一边去取自己的酒杯，一边转向阿松吩咐她再添些酒，"刚才我是打算教训你所以想喝酒，现在我要喝酒为你庆祝。"

"你不用顾忌老板娘吗？"

"她昨晚回家了，不在店里，这事以后再说。"阿信自斟自饮了一杯，"赞岐屋的老板是五天前来的，他住在护城河另一侧叫作吉田屋的旅店里。要是他一开始就告诉我工作的事情，我早就转达给你了，可他什么都没说，所以我直到今天才知道。不过，如果你没提起接不到活的事，我可能也不会为你引见，毕竟江之岛可是在箱根山的对面呢。"

"哦？在箱根山对面呀。"

"给我斟上酒，"阿信伸手把酒杯递了过去，又立即吐了吐舌头，"对了，不行是吧？荣哥的习惯是不互相敬酒也不互相斟酒的。"

309

"我来给你斟上，多亏你，我才能找到工作。"

"你一说这个我想起来了。"

阿松端来烫好的酒，每天来上班的两名女工也出现了。两名女工道了声"下午好"，阿信心不在焉地听着，一边不断喝酒一边发起火来，准备好好跟荣二理论一番。

"荣哥你刚才说三郎在打零工，还说让妻子赚钱养家就如何如何对吧。"

"别提那些啦，你要找碴还早点儿。"

"这不才第三杯嘛，我没说酒话，我是认真的。"阿信说道，"我说荣哥，你的技艺水平之高，即使在芳古堂也屈指可数。就算没有这次的工作，你早晚也能成为一名抢手的工匠。男人如果靠妻子赚钱养家就完蛋了，世人所说跟你的情况并不一样。这句话原本说的是那些懒惰无用、只指望妻子赚钱、自己整天游手好闲的男人。荣哥你不一样，你是有心工作却接不到活，接不到活的话，就算是左甚五郎①都乞讨过，不是吗？"

"左甚五郎去乞讨啊，我还是第一次听说。"

"你别打岔，我才要进入正题。"阿信自斟自饮了一杯继续说道，"荣哥刚才说靠阿末赚钱养家对吧，我说你很骄傲自大是不是，你知道我这话是什么意思吗？"

荣二模棱两可地摇摇头。

"你可别生气，我是认真的。"阿信说道，"现在你认为是阿末在赚钱养家，等你的店生意兴隆时，这种想法就会变成靠我

---

① 左甚五郎：日本江户时代著名的建筑师、雕刻师。

荣二在工作养着大家了。"

"男人赚钱养妻子，这不是理所当然的吗？"

阿信冷静地摇摇头："真不敢相信，你是在开玩笑吧，竟然说一个人养另一个人，没想到你如此骄傲自大。荣哥之所以能一直做一名工匠，是因为有几个人或者几十个人在背后支持着你。三郎整天说他既没才能又反应迟钝，可是若没有三郎调制的糨糊，你也不能随心所欲地工作不是吗？"

"三郎调制的糨糊绝不输任何人，就算是在芳古堂，也无人能出其右。"

"以前你就经常这么说。"

这时进来两名男子，看样子是住在附近的熟客。阿信说着"欢迎光临"，喊女工们出来，接着冲荣二使了个眼色，把面前还热着的酒壶和小碟子小碗收到托盘里，站起身来。"咱们去那边吧。"阿信命令似的悄悄对荣二说，荣二跟着起身转移到里面的小茶室去了。此时已是日落时分，小茶室里光线昏暗，阿信让阿松把油灯拿来。

"还差一点儿我就说完了，你认真听着。"阿信匆匆忙忙地把酒菜摆好，一坐下便立即开口，"因为是荣哥说的，所以三郎调糨糊的手艺应该是真的不输给任何人。荣哥你用三郎调制的糨糊做工，不管是裱挂轴还是糊屏风，只要完成的效果好，别人便会称赞你，说什么效果真不错啊，手艺真精湛啊之类的。这种时候会有人称赞调制糨糊的人吗？裱这个挂轴用的糨糊调得可真棒啊，你觉得哪怕有一个人会这么称赞吗，荣哥？"

"阿末的情况也同样如此，"阿信换了个语调继续说道，"迟早有一天荣哥的店会生意兴隆，阿末也不用再做副业，但那并不意味着阿末就会比现在轻松。为了妥善安排家里的大小事务，让丈夫安心工作，阿末还要一直操劳下去，这比做副业辛苦得多了。你不这样认为吗，荣哥？"

荣二一个字没说，拿过茶碗喝了口水。阿信又自斟自饮，连喝两杯。

"我常年接待客人，深有感触。"阿信叹息道，"凡是那些在社会上受人尊敬的大哥、老板，背后全都跟随着几个像三郎那样的人，是真的，荣哥。"

"我懂了，我很明白。"

以前在收容所时，与平也曾对荣二说过类似的话。大体意思是荣二并非孤身一人，至少他的身边还有三郎、阿末和阿信，不管处在怎样的情形中，人都不会孤独无依。即便如此，听到阿信说事业有成、受人尊敬的人背后都跟随着三郎那样的人，荣二心里还是有些难受。

阿松拿着点亮的油灯进来了，还端来两壶烫好的酒。

"看来你应该懂了，"阿信取过新的酒壶斟上一杯，一饮而尽，"看你的眼神像是懂了。"

阿信说完，盯住荣二的脸，泪珠突然从她的眼眶中掉落。

"你为什么不娶我呢？"阿信眼泪汪汪，瞪着荣二说道，"我明明这么喜欢你，我明明一定能做个好妻子……只要为了你，别说是做副业，我明明连卖身都高兴。"

"浅黄色幕布①落下，从开场白过渡到苦情戏了啊。"荣二仿佛什么都没听到，"不能让家里人担心，我先回去了，谢谢你啦。"

"不行，你还不能回去，"说完，阿信一下握住荣二的手，"万分拜托！再稍坐一会儿吧。"

荣二从怀里掏出包好的金币给阿信看："这个你应该还没忘吧。"

看见这包金币，阿信宛如跌落悬崖般从兴奋中清醒过来，她慵懒地拢着扎不起来的短发，害羞地轻轻一笑。

"我喝醉了呢，抱歉。"阿信稍稍伸出舌头，缩了缩脖子，"阿末该担心了，你快点回去吧。"

"阿信，你还好吧?"

"我不好呀，"阿信拍拍和服腰带，"还有，这件事我本来觉得没必要跟你说的，住吉的老板娘有这个了。"

阿信竖起右手的大拇指②给荣二看。

"你猜对方是谁?"

荣二读懂了阿信的表情："是那个厨师阿德吗?"

"我现在已经没必要携带剃刀了，不可思议的是，"阿信耸耸肩，"那个人跟老板娘变成了那种关系，我反倒觉得像自己的男人被抢走了一样。女人可真是种奇怪的生物啊。"

---

① 浅黄色幕布：歌舞伎道具的一种，为了营造舞台效果而使用。
② 大拇指：在日本通常用大拇指表示丈夫、老板等。

五

　　荣二回到坂本二丁目后没给阿末任何说话的空闲，一上来就把在住吉遇到的事情告诉她了。讲述的过程中荣二觉得自己简直像是罪人辩解一般，心里很不快，但是阿末脸上的表情转眼间明亮起来，显得光彩动人。

　　"这可太好了，太好了，"阿末的声音里满是兴奋，"阿信的好意，我一辈子都不忘记。"

　　"这话你敢说一个字给她听听，阿信非得大发脾气不可。"

　　可不是嘛，谁让她喜欢你呢？阿末在心里这么说，嘴上当然只字未提。

　　"那你什么时候出发去看现场？"

　　"明天，明天天不亮就出发。"

　　"江之岛很远吧？"

　　"我第一次去所以不太清楚，但是肯定比箱根近。"

　　阿末说要去准备晚饭，开心地站起身，荣二询问她今天是否有三郎的消息。

　　"被你一问我想起来了，"阿末回过头来说道，"我见到阿世了，如你所言，既漂亮又可靠，是个好姑娘。"

　　"她来这里了？"

　　"是我去她那里了。你去澡堂后很久都没回来，我想会不会是到三郎那儿去了，就去金杉看了看。"

荣二心虚地转移开视线，说了句"抱歉"。

"你说的没错，"阿末边往厨房走着边说道，"那姑娘做三郎的妻子正合适。"

厨房里传来阿末欢快的声音："虽然只是站着闲聊了一会儿，但阿世那姑娘的言语和眼神都明显表现出对三郎的喜欢。三郎是个沉稳大方的人，阿世活泼干脆、遇事机灵的性情应该能帮助三郎。我得找个好的时机，把两人撮合到一块儿。"荣二问三郎是否在场，阿末回答说三郎似乎出去工作了，今晚不来的话，明天应该一定会来。

"三郎也跟你一起去江之岛吗？"

"不过是事先看现场，我一个人去就足够了。我不在的期间得让三郎去买材料。"荣二说道，"之前囤积的材料都用不上，最起码裱糊用的底纸必须重新买，而且如果不马上订货的话有可能会来不及。"

"要忙起来了呢，"阿末走过来，一边摆放饭菜一边说道，"在这个值得庆祝的夜晚，却没什么像样的菜，要不要喝壶酒？已经很久没喝了。"

"酒已经喝够了，"荣二摆摆手，"有什么就凑合吃点吧，吃完饭还得准备明天的事呢。"

吃饭时，阿末一直兴奋不已，满脸洋溢着微笑，还不停地说些不着边际的话。荣二本想说现在为时尚早，等工作完成之后再高兴也不迟，但他转念想到，阿末这么高兴说明她之前应该非常担心，便不忍心给阿末泼冷水。吃过晚饭后，荣二立刻开始写订货单。往拉门上裱画，必须用到若干个品种的裱褙纸。因为待装裱的画作有的画在宣纸上、有的画在画绢上，所以直接与画作粘在一起的底层纸以及二层纸、三层纸必须分别选用薄美浓纸、雁皮纸等特性与画作正面色彩相协调的纸张。因为是手抄纸，所以就算同为美浓纸，每张纸的疏密厚薄也各不相同。此外纸质均匀也至关重要。要选对合适的纸张，只能依靠常年积累的经验和直觉。虽然让三郎去做这个工作稍有些不放心，但考虑到这些材料订货后并不一定能立刻到手，眼下也只能委托他了。

"等明天三郎来了，"荣二把写好的订货单拿到阿末眼前说道，"你跟他说，拿着这个去本石町的大和屋订货，让大和屋在十日内备齐订单上列出的材料。"

"本石町的大和屋对吧？"

"本石町四丁目的大和屋，老板叫三郎兵卫。"荣二叮嘱道，"三郎可能会说是榛原，因为芳古堂一直是从榛原进材料，但我说了是去大和屋，你要记清楚。"

"我知道了。"阿末点点头。

"这五两钱，"荣二拆开包装，拿出金币，"往返江之岛要坐轿子，这两枚我带走，估计一两也用不了，但急着出远门所以带上以防万一。剩下的三枚转交三郎，让他去大和屋交定金。也就是说，抱歉，这笔钱一文也不能留给你了。"

"我给你看看吧。"阿末咧嘴笑着起身，从置物柜收纳小物的抽屉里取出钱包，把装在里面的钱抖落到了膝盖上，"你数数看，二分一朱稍多一点，我没事的。"

荣二目不转睛地盯着那些钱，像是卸下了肩头的重担一般，全身放松下来，长叹一口气。

"现在睡觉还有点早，"荣二仿佛喉头被堵住了，"我去查看一下毛刷吧。"

第 十 六 章

| 一 |

启程后的第三天傍晚，荣二回来了。刚结束一趟匆忙的旅行，他虽满脸倦容但精神振奋，一边更换旅行的装束一边欢快地讲个不停。

"阿末，你也要一起去。"荣二一开口就说，"那景色美得几乎要把人给看傻。一边能远远望到富士山，岛的四周环绕着辽阔得吓人的大海，海滩上纯白的浪花一刻不停地拍打过来。还有那风，我跟你说，清新得让你以为是在闻高汤呢。"

"你去澡堂洗洗吧，"阿末笑着说道，"满身都是尘土。"

"这个点，澡堂的水都已经洗脏了，在家烧点热水我擦擦身子吧。"荣二系着腰带说，"我一开始就说的，下次阿末你也跟我一起去工作。"

"去江之岛那么远的地方，我有些害怕呢。"阿末把荣二脱下来的衣服放到一旁，站起身，"我这就去烧热水。"

厨房传来阿末的声音："你累了吧，稍微躺会儿吧。"荣二对阿末的话置若罔闻，自顾自说道："跟我料想的一样，这是份正经的一流的工作。要是在江户，我转眼间就能出名，不过出不出名倒是其次，自立门户以后能碰上这样一份正经的工作，单凭这点就算幸运的了。有意思的是，我给出整体估价后，赞岐屋的老板在那基础上又多加了五成。他说很满意我的估价，如果费用超支，不必客气尽管告诉他，如今上哪去找这样的客人啊。"

荣二突然发觉自己话说得太多了，赶忙闭嘴。当他想再次开口询问三郎的情况时，房前的格子门被推开，传来了三郎的声音。荣二说"快进来吧"。走进屋来的三郎身穿藏青色平纹棉布和服，外罩一件直细条纹的棉布和服外褂，头发也重新梳理整齐了。

"坐下吧，"荣二假装什么都没注意到，"江之岛的工作定下来了。"

说完，他从置物柜里拿出钱腰带①，推到坐着的三郎面前。

"总金额的一半，三十五两，"荣二说道，"开始时对方给了五两定金，所以是剩下的三十两。"

"那么说，"三郎舔了舔嘴唇，"那么说，这是份七十两的工作吗？"

"如果完成的效果好，对方说还给再加五成。不过，还是先

---

① 钱腰带：缠于腰际，内放金钱或贵重物品的细长袋子。主要用于旅行，一般存放大笔钱。

别指望吧。"

"真惊人啊，不愧是阿荣。"三郎结结巴巴地说道，"像我这样的人，每次只能接到些现成的杂活，果然有本事和没本事的人档次就是不一样啊。"

"还不多亏你，"荣二干脆地说道，"多亏了你和阿末。现在我什么都不说了，等工作完成后再好好向你道谢。"

三郎像是要躲避荣二这番话似的，急忙摆着手打断荣二："哪有的事，你可别谢我。"荣二对三郎的反应不加理会，转移了话题。

"你去帮我订购纸张了吗？"

"嗯，"三郎又舔舔嘴唇，"我把订货单和定金交到大和屋了。"

"那些材料都能很快备齐吗？"

"大和屋的人说会备齐，"三郎怯生生地看了荣二一眼，"那个，这份工作很急吗？"

听三郎的语调，像是在担心什么，于是荣二假装刚刚察觉到的样子，注视着三郎的脸。

"约定在正月前完工，有什么问题吗？"

"倒是没什么问题，就是……"三郎心虚地垂下眼睛，"葛西老家那边托人捎信来了，说我母亲病了，已经快不行了。"

"然后呢？"荣二似乎生气了，催促三郎往下说。

"然而，不管怎么说，那也是我母亲，而且葛西也并不是很远。"

"你真急人啊，"荣二不自觉地语气粗暴起来，"葛西到底算得上什么啊？你在葛西受过什么苦，自己都忘了吗？"

"你这么说我也不知该如何回答。"

"别的不说，单说你生病回去疗养时的事就足够了。他们把瘦骨嶙峋、脚肿到两倍大的病人扔到储物间里不管不问，甚至还让你去田里干活不是吗？要是外人就罢了，血肉相连的父母手足能干得出这种事来吗？这些人中也包括你母亲吧？说什么母亲病了，哦，现在说是你母亲了，按情理他们不该说这种话吧。"

"哎呀欢迎，"阿末和三郎打招呼，从厨房走进房间，对荣二说，"水已经烧开了。"

二

"今晚去买些酒，再弄点好吃的。"荣二说完就到厨房里去了。他说要自己洗漱，不用阿末帮忙，于是阿末留下来给三郎倒茶。

"怎么了？"阿末悄悄问三郎，"我刚才听到他大声嚷嚷。"

三郎讲述了事情缘由，说想现在启程连夜赶去葛西。

"这可真难办啊。"

"阿荣是为我着想才会生气的，"三郎说道，"葛西老家的人对我很无情，所以阿荣从前就憎恨他们，说那种人根本不是我的父母和兄弟姐妹——确实，我的父母手足全都是冷酷无情的人。"

阿末留意着厨房里的动静，冲三郎点点头。

"不过，我觉得，"三郎压低声音继续道，"冷酷对待我的是父母手足，我自己并没做过什么应当受责备的事情。"

"我丈夫不是在生你的气，"说完，阿末脸红起来，似乎是害羞了，这是她第一次下意识地说出"我丈夫"这个话，"有谁会认为你应该受到责备呢？"

"不是的，我不是那个意思。"三郎着急地摇摇头，"该怎么说才好呢，我这人嘴笨，不能把心里的想法原封不动地表达出来。总之，不管受到家人怎样无情的对待，对我来说母亲终究还是母亲。如果我做过错事则另当别论，既然没做过，那去给母亲送终也没什么不对的。"

"当然没什么不对的，"阿末还没搞懂三郎的话，但仍旧安慰似的说道，"这些事他心里也都明白。"

荣二拿湿手巾擦着耳朵根走出来，让阿末去备酒。阿末回答说这就去，冲三郎使了个眼色后站起身。荣二在长火盆旁边坐下。

"什么时候出发？"荣二问道。

三郎不经意地换了个坐姿。

"你要去葛西吧？"

"你允许我去吗？"

"你啊，真是个可悲的家伙。"荣二说道，"不过我事先声明，材料一备齐就立刻启程离开江户，估计阿末也能帮上一点忙，所以我打算把她也带上，你要是磨磨蹭蹭的那就不好办了。"

"谢谢你阿荣，我很感激你。"三郎鞠了个躬，"我去去就回，根据我收到的通知，能不能在母亲临终前赶到都不好说，即使见不到母亲最后一面，我也立刻赶回来。"

"为了慎重起见，你跟我说说糨糊的情况吧。"

三郎反问道："现在吗？"荣二点点头。两个人起身去了工作间。三郎把蜡烛点着，掀开工作间一角的盖板，向荣二展示地板下面的五个坛子。那五个坛子比水缸稍小一点，下半部分埋在土里，其中三个的盖子用纸糊上密封了起来，盖子上面写着调制的年月日。三郎指着这些坛子，从最边上那个开始依次向荣二说明，荣二点点头说明白了。盖上盖板后，三郎熄灭蜡烛，不安地看了一眼荣二。

"那个，"三郎担心地小声问道，"你该不会不带我去吧？"

"那就取决于你了，"荣二把湿手巾挂到厨房里，走回来坐下说道，"这次的工作可能会决定我的一生，真的是犹豫不得。"

"我明白，不会有事的。"三郎充满歉意地说道，"那么，那个，我打算现在就出发。"

"现在要略表心意，庆祝一下。咱们一起吃完饭，你再坐轿子去不就行了。"

"坐轿子？"三郎瞪大了眼睛。

"为了让你尽快了结此事，这也算是工作的一部分。"荣二把钱腰带拉到跟前，取出一枚小金币，"这是你应得的报酬，先预付给你，你收下，不要客气。"

三郎刚要开口。

"行了快收下吧，"荣二没给三郎说话的机会，把钱腰带系上了，"以你的性格，这话虽然说了也没用，但我还是得说。这钱是你的，可能有些薄情，但是不准给葛西那些人。你啊，三郎，等工作稳定下来了，就跟阿世结婚。要是让葛西的人看到你出手大方，那成家以后可是会让阿世难过的。"

"等等，"三郎一下结巴了，"你一口气说了这么一通，我完全摸不着头脑啊。你说我跟阿世干什么，阿荣？"

荣二不耐烦地摆摆手："行了，别问了，这件事等你回来以后再说。"

"但是，如果你打算让我和阿世在一起的话，你可想错了。"

"你想说对方还是个孩子对不对？行了，这件事以后再说吧。"

三

第二天，西北风大作，天气十分寒冷。早饭过后没多久，荣二就到本石町四丁目的大和屋去确认订购纸张的情况了。大和屋的老板说，荣二指定的货品五日内可以备齐，如果今后也关照店里生意的话，货款日后再结也无妨。经营纸张店的商人通常自命不凡，因为若想不论产地远近都能将大量上等纸张备齐，就必须拥有巨额资金和甄别纸张的眼光。最重要的是，纸张是贵重商品，这使它产生出跟其他生意不同的气质。不过，大和屋并非如此。这应该和荣二订购的都是正规的、最上等的材料有关，或许对方还满意荣二的订货方式，见面后也中意他的人品。总之老板三郎兵卫待人亲切，说不必担心付款的事情，希望今后荣二能继续光顾。

"哦?"看到荣二起身，三郎兵卫问道，"你的脚受过伤吗?"

"是的，因为去年夏天那场大风暴，"荣二摸着脚上受过伤的部位说道，"干了件蠢事，把脚扭伤了，现在已经不要紧了，碍您的眼了吗?"

三郎兵卫摇摇头："这么问是因为我家二儿子同样腿脚不灵便。总之，请多加小心。"

荣二默默低头行礼。

从店里出来，站在被强风刮得尘土飞扬的街道上，荣二突然想去石川岛看看。或许是因为别人问起了他的脚，他想把接到工作的幸运跟冈安喜兵卫和与平说说。遇到大和屋的老板，让荣二觉得这份幸运再次得到证实。自从被送到收容所，坏事接踵而来。他亲身体会过什么叫祸不单行，不幸的事情总是一次次重复袭来，不过，幸运的事情说不定也是一样。荣二心想，如果真是那样，那要牢牢抓住这好运，让它为自己所用。

荣二在街角拦了一顶轿子，到达船松町后从河岸搭上去石川岛的渡船。一上岛，他先来到大门口的岗哨，要求会见冈安喜兵卫。

"这不是武州吗?"岗哨里的老哨兵惊讶地说道，"真意外呀，你怎么来了？现在过得如何啊？脚没事了吧？快来这坐会儿。"

此时，一名中年哨兵去官厅传话，冈安回复立刻接见荣二。老哨兵吸着烟草，看样子是想聊聊那场暴风雨的事情，恋恋不舍地一再叮嘱荣二回去之前再过来一趟。

来到官厅，下级官员把荣二领到了接待室。没过多久，冈安喜兵卫就出现了，只见他身上穿的和服裙裤满是褶皱，胸前还露出内衣的衣领。荣二瞪大了眼睛，心想这是出什么事了。他从没见过冈安如此邋遢，简直就像刚跟人打了一架。冈安察觉到了荣二的眼神，他拍拍裙裤、整理着领口坐下来，辩解似的小声嘟囔说："新来的劳工里有难对付的暴徒。"接着，他突然不安地盯住荣二的脸。

"你，"冈安悄悄地试探着说道，"你遇到什么为难的事了吗？"

荣二深受感动。刚一见面就如此询问，说明他一直发自内心地关心着自己吧。荣二感到眼底发热，摇摇头说没那回事，随后双手撑地，低头向冈安行礼问候。

"实际上是我终于找到了工作，想让您也一起开心一下，所以前来拜访。"荣二抬起头说道，"地点不在江户，是乡下的客人委托我过去工作。我认为如果这份工作能顺利完成，那便可以独立把店开下去了。"

"太好了，真是太好了，"冈安像是松了口气，紧张的表情缓和下来，"这可是最好的消息了。哦，对了，婚礼的情况我听松田说了，你好像娶到了一位好妻子呢。"

冈安喜兵卫突然心不在焉起来，似乎也没心情亲密地听荣二讲话了。不用猜也知道，他的注意力转移到了新来的劳工身上。如果荣二是带着难题来的，那他无论如何都会出谋划策。可荣二已经是离开收容所的人了，也找到了工作。只要知道这一点就够了，他已经可以对荣二放手了。现在占据冈安喜兵卫头脑的只有新来的劳工中那难对付的暴徒。荣二这么想着，询问了与平的情况，又问起清七。网篮房里的劳工全都到岛外去干活了，与平当然也一起去了，荣二认识的人都不在。清七在那之后始终杳无音讯，连身处何处也不为人知。

"是叫阿丰吧，那个女人。"冈安的眉宇间透出担心的神情，"清七跟她一起搬了三次家，第三次搬到了木挽町一丁目，清七就是在那里消失了踪影。"

"您是怎么知道这些的？"

"从这里出去的人，会被町奉行的同心监视一年。当然了，同心不会引起当事人以及他们附近邻居的注意。"

"那就是说，"荣二压低声音，"也有人在监视着我吗？"

冈安微笑了："看来你没有觉察到呢。你当然也被监视了，这是为了防止你犯错。"

荣二安静地深深垂下了头。

"那个叫阿丰的女人，现在依旧住在木挽町一丁目的大杂院里。"冈安说道，"这次的男人是个赶脚的，好像比阿丰要小五岁。"

"说不定清七回乡下去了呢。"冈安喜兵卫说道。

四

荣二心想：清七不可能回乡下。清七自始至终那么迷恋阿丰，很难想象他会主动与阿丰分手。清七是搬到木挽町之后才失踪的，在官厅的监视下"消失了踪影"，不就说明发生了不同寻常的事情吗？那个比阿丰小了五岁之多的赶脚人，犹如一团不祥的阴影，堵住了荣二的胸口。

"发生了什么呀，阿清？"坐在返回坂本町的轿子里，荣二轻声呼唤道，"你在哪里啊？"

荣二祈祷似的自言自语道："如果你平安无事地待在某个地方，倒不如干脆回收容所去吧，只要在岛上，就不用再受人欺负了。"

三郎没有回来的迹象。大和屋把纸送来了，荣二比对着量尺记录，埋头裁剪纸张。因为一想到三郎的事就来气，所以除了依照尺寸裁剪纸张外，荣二无法考虑其他事情。白天如此度过，晚上吃过饭，他又借酒浇愁。阿末也绝口不提三郎的名字，大概是看出了荣二的焦躁不安，她如同触摸荆棘的刺尖一样，时刻神经紧绷。

三郎走后第八天的晚上，吃完晚饭正在喝酒的荣二突然咣当一下放下酒杯。

"阿末，"他说道，"你的东西都准备妥当了吗？"

阿末不安地点点头，答道："嗯，都准备妥当了。"

"好，既然准备好了，那咱们明天出发。"荣二站起身，"我要去看看糨糊，你把灯拿来。"

荣二显然已经失去耐心了，阿末一个字也没能说出口。

走进工作间的荣二仿佛感觉不到木地板的寒冷，他掀开角落里的盖板，等阿末拿着油灯过来以后，说了句"把糨糊桶递给我"。阿末从固定在工作间一头的架子上取下带盖的平桶，拿一块干布头仔细擦拭了里面。荣二剥下第一个坛子的密封纸，揭开紧紧卡在坛口的木头盖子。冰凉的泥土的芬芳从地板下方飘来，和熟糨糊的气味一起罩住了荣二的脸。把揭开的坛子盖倒扣在木地板上时，荣二留意到盖子的背面似乎写了些字。

调制糨糊的日期标在盖子正面，背面会写什么呢？想到这里，荣二把油灯拉到跟前。毫无疑问，那是三郎的笔迹，读着读着，荣二的脸僵住了，酒意似乎也在瞬间消散了。

"阿末，"他用沙哑的声音说道，"给我拿酒来，凉的也行。"

"拿到这里来吗？"

"拿到这里来，"他无力地说道，"拿两三壶来，我用茶碗喝。"

阿末想说什么，但荣二的神情实在过于反常，她只得顺从地去拿酒。荣二直接盘腿坐在油灯旁边的木地板上，盯着倒扣过来的糨糊坛子的盖子，用茶碗喝起凉酒来。阿末端来了盛放着小菜的食案，说在这喝酒太冷，可是荣二好像完全没听到，既不回话，也不动筷子，目不转睛地凝视着盖子背面的字。转眼间喝下去两壶酒。

"如果明天出发的话，"阿末安抚似的说道，"是不是不能喝这么多啊?"

"是那个家伙，"荣二说道，"是三郎那家伙。"

"三郎怎么了?"

"绵文的金襕啊，"荣二皱着脸说道，"你读读这个。"

荣二伸手指指糨糊坛子的盖子背面。阿末把脸凑上去，读了写在那里的文字，紧接着用胆怯的眼神看了荣二一眼。

"明白了吧。"荣二说道。

阿末摇摇头。

"都这么写着了，"荣二用指尖一个字一个字地指着读给阿末听，"是我不对，阿荣因为那块金襕被送去岛上，是我的罪过，就算用尽一生，我也必须弥补我的罪过。"

五

荣二挺直腰板坐正，注视着阿末的脸。随后他端起第三壶酒，倒入茶碗中，仰起脖子一气儿喝了下去。

"我从前就想不通，"荣二气得两眼冒火，抬头盯着天花板继续道，"确实，我跟三郎从小一起长大，可是我被送去岛上的这三年，他为我做的事绝不普通，再怎么想也好得过分了吧。单是利用工作闲暇搜寻我的下落，这件事就非比寻常不是吗? 我既没说过自己的名字，也压根儿没提过芳古堂，是被当作彻头彻尾的流浪汉送去的——在这么大的江户城里，要追查这样一个人，可以说是人力所不能及的。况且还有后面的事，三郎那家伙不仅仅找到我的下落，还频繁地来岛上探望我，以致被芳古堂辞退。"

"等一下。"

"你先听我说，"荣二把酒倒进茶碗，喝了一口，"每到工作闲暇或休息日，他就拿着东西来探望我，甚至还给我房间里的伙伴们带礼物，这是为什么呢？不久这件事传到了芳古堂老板耳朵里，那家伙被赶了出去，这又是为什么呢？难道单纯因为我们是从小一起长大的好朋友吗？"

"嗯，我觉得就是这个缘故。"阿末面色苍白、表情僵硬，她点了点头，"我在绵文时就听说了，三郎不只把你当成一起长大的好朋友，还把你当作他一生的依靠不是吗？'我的一生多亏有阿荣，如果没有他，我已经在工地做工或是沿街叫卖了。'这是我亲耳听三郎说的。"

"哼，"荣二喝口酒，嘲笑似的缓缓摇头，"'你还记得吗，阿荣？'三郎又要问我这句话了吧。"

"为什么问你这句话？"

荣二轻轻摇了摇头，那动作像是要把浮现在眼前的雨中两国桥的情景抹掉。

"我是这么认为的，"阿末继续道，"金襕事件发生时，三郎和你在一起，他跟你一起工作，却不知道金襕被放进了你的工具袋里，他当时跟在你身边却没觉察到那么重要的事情，他跟在当作毕生依靠的人身边却没能阻止发生在那个人身上的灾难。

'这是我的罪过，不论做什么我都必须弥补这个罪过。'要是三郎，当然会这么想不是吗？别人很难说，要是三郎，一定会这么想的。"

荣二目不转睛地盯着阿末的脸："你在浑身发抖呢。"

"三郎为你做了普通人做不到的事情，你却因此怀疑他，这可一点也不像你的所作所为。"

"如果确实照你所说，那么写在这里的这句话该怎么解释？"

阿末的脸紧绷着，她低下头，说了句"我去喝点水"，起身离开。荣二往茶碗里倒了些酒，刚送到嘴边却又停住了。他皱起眉头，端着茶碗的手落到膝盖上。这时阿末回来了，跪坐下来。

"有件事，我要向你道歉。"阿末盯着自己的膝盖，耳语似的说道，"我原本打算不论发生什么，一辈子都不提起这件事，但如果你怀疑三郎，两人因此关系破裂的话，那才是无可挽回的。所以我现在要告诉你。"

荣二一言不发，注视着阿末。

"对不起，请原谅我！"阿末双手撑着地板，低下头去，"把那块金襕放进你工具袋里的人，是我。"

"喂喂，"荣二打断阿末，"你若想为三郎那家伙说情，还是不要编这些拙劣的谎话为好。"

"我说的不是谎话，是实情。"阿末把双手收回到膝盖上，瞪大眼睛看着荣二，"那时我想做你的妻子，只要能让荣哥娶我，我决定不择手段。"

荣二左右摇头，又定睛看了看阿末的表情。接着他突然起身，从工作间走出去，把房前的大门关上了。这一连串动作似乎是为了清空自己的大脑，好去理解阿末刚才那番话。

"跟我说说吧，"荣二回到原位置坐下，"这是怎么回事？"

"你在绵文很受欢迎，"阿末说道，"跟绵文的两位小姐阿君和阿园的关系都很好，与其说是老主顾家的小姐和经常出入的工匠，倒不如说你们简直亲如兄妹。有传言说，迟早有一天，其中一位小姐会跟荣哥结为夫妻。"

"你别老是荣哥荣哥地称呼我。"

"听到这个传言，"阿末继续说道，"每次听到这个传言，我就心情郁闷，难受到连饭都吃不下。"

"当时你应该知道我的心意。"

阿末点点头："我知道，虽然我知道，但女人或许就是心胸狭隘的生物吧，总觉得耳朵里听到的传言才是真的。我心想这样下去可不行，我是女佣，对方是绵文的小姐，我根本敌不过她们，你早晚会被她们抢走，该怎么办呢，怎么办才好呢？我苦恼万分，又想不出法子，一直焦虑得夜不能寐。"

"我明白了，"荣二说道，"如果事实真的如此，那你不用继续说下去了。"

"不，请让我说吧，马上就说完了。"阿末拿手指擦拭着眼角说道，"要想你不被那两位小姐抢去，除了让你无法进出绵文，别无他法。那时我满脑子里翻来覆去只有这一件事，于是——后来回想起来，我自己都不知道怎么会做出那种事，我知道绵文的老爷珍爱那块金襕，所以，我稀里糊涂地……"

"好了，够了，"荣二说道，"后面的事你不说我也知道了。"

"对不起。"

荣二说着"不要哭"，跪着蹭到阿末身边，双手抱住她的身体。

"对不起，请原谅我，"阿末紧贴在荣二胸口抽泣道，"我太想做你的妻子了，当时这个想法占据了我整个大脑，其他什么事我都无法考虑了。"

"没关系，这样就好，"荣二用力抱着阿末说道，"你看，经历过这些以后我们现在成为夫妻了，不是吗？这就是很好的证明啊。"

"你肯原谅我吗？"阿末呜咽着，喉咙已经哽住，脸贴在荣二胸口摩擦，"不要赶我走，求你了，不要赶我走。"

阿末的呜咽声越来越高，进而放声大哭起来。荣二左手抱着阿末不动，抬起右手抚摸她的后背，拿自己的脸颊蹭蹭阿末的脸颊。

"你是我的妻子，"荣二低声私语道，"我一开始就说过，这个世界上我的妻子只有你一个人，你忘记了吗？"

阿末的哭声更高了，荣二用双手抱紧她。

"下面我要说些奇怪的话，你别笑，听我讲。"荣二平静地说道，"我现在认为自己被送到岛上去是件好事。待在收容所的三年，我学到了很多东西。在普通社会中不会遇到的人与人之间的相互牵连、想法与行动的背道而驰、生存的艰难和困苦，我都刻骨铭心地学到了——不是从书本中，也不是从别人讲的故事中学到的，而是我直接亲身体验到的。"

阿末止住了哭泣，身体还是一抽一抽的。

"待在收容所的三年带给我的益处，比在外面社会待十年还多，"荣二继续说道，"这是我真实的想法。你不要以为我在撒谎，我现在甚至想感谢你呢。"

阿末突然双手搂住荣二的脖子，叫着"夫君"。荣二亲吻阿末的嘴唇、面颊、耳朵，接着又用力抱紧她，亲吻她柔软的脖颈。

这时，传来拍打房前的防雨门的声音。

"阿荣，"外面有人喊道，"你在吗，阿荣？我回来了。"

"是三郎。"荣二说道。

"原谅我，阿荣，"只听三郎站在防雨门外说道，"我母亲一直没咽气，拖到今天去世了。对不起阿荣，原谅我吧，是我啊，把门打开吧，我是三郎。"

图书在版编目（CIP）数据

三郎 / (日) 山本周五郎著 ; 张静文译. -- 苏州：
古吴轩出版社, 2020.5
ISBN 978-7-5546-1551-5

Ⅰ. ①三… Ⅱ. ①山… ②张… Ⅲ. ①长篇小说—日
本—现代 Ⅳ. ①I313.45

中国版本图书馆CIP数据核字(2020)第067635号

责任编辑：韩桂丽
见习编辑：李　倩
责任校对：孙佳颖　沈　玥

书　　名：三郎
著　　者：〔日〕山本周五郎
译　　者：张静文
出版发行：古吴轩出版社
　　　　　地址：苏州市十梓街458号　　邮编：215006
　　　　　电话：0512-65233679　　传真：0512-65220750
出 版 人：尹剑峰
印　　刷：无锡市证券印刷有限公司
开　　本：880×1240　1/32
印　　张：11
版　　次：2020年5月第1版　第1次印刷
书　　号：ISBN 978-7-5546-1551-5
定　　价：54.00元

如有印装质量问题，请与售后联系。0512-87662766